Krimi Bergisches Land

rga. Buchverlag

Andreas Schmidt ist verheiratet und Vater zweier Kinder. Er lebt und arbeitet mit seiner Familie in Wuppertal. Die Leidenschaft für das Schreiben entdeckte er als Jugendlicher; so schrieb er als Schüler diverse Kurzgeschichten und arbeitete an Schülerzeitungsprojekten mit. Nachdem er zahlreiche Heftromane für große Verlage geschrieben hatte, gab er 1999 mit „In Satans Namen“ sein Krimi-Debüt. Seit 2008 ist er hauptberuflich als Autor und Texter für verschiedene Agenturen und Verlage sowie als Freier Redakteur tätig. 2002 gelang ihm mit „Das Schwebebahn-Komplott“ der Durchbruch als Krimi-Autor. „Bernstein Verschwörung“ ist der siebte Wuppertal-Krimi.

www.andreasschmidt.org

Andreas Schmidt

Bernstein Verschwörung

Kriminalroman

Andreas Schmidt - Bernstein Verschwörung
Kriminalroman - Krimi Bergisches Land

ISBN 978-3-940491-20-6

1. Auflage 5/2011

rga.Buchverlag
J.F. Ziegler KG, Druckerei und Verlag
Konrad-Adenauer-Str. 2-4
42853 Remscheid
Tel.: 0 21 91 / 909 444
E-Mail: info@rga-buchverlag.de / www.rga-buchverlag.de

Lektorat: Volker Maria Neumann
Titelgestaltung: Tanja Schmidt, www.guter-lesestoff.de
Druck: fgb · freiburger graphische betriebe

Für Tanja
Schön, dass es Dich in meinem Leben gibt.

Prolog

Wuppertal im Jahr 1944, kurz nach Mitternacht

Still lag die zerstörte Stadt da. Ein Leichentuch hatte sich über Barmen gesenkt, als im letzten Jahr die Flugzeuge gekommen waren. Erst war es ein leises, klirrendes Geräusch gewesen, das vom Gleiskörper ausging. Fast so, als gebe es etwas zu verbergen, schob sich eine dicke Wolke vor den Mond, der die Bahnanlage bis vor Kurzem in ein kaltes Licht gehüllt hatte. Die Umgebung wirkte karg wie eine Mondlandschaft, die unbeleuchteten Gebäude im Hintergrund grotesk.

Der Krieg hatte die Stadt in die Knie gezwungen; viele Gebäude waren im Bombenhagel zerstört worden. Menschen waren gestorben, viele Bewohner flüchteten vor den Angriffen in die hintersten Gegenden des Bergischen Landes. Ende Mai letzten Jahres hatten Bomber große Teile der Stadt in einer einzigen Nacht zerstört; die Aufräumarbeiten kamen nur schleppend voran. Wie durch ein Wunder waren die Eisenbahnschienen nahezu erhalten geblieben. Anders sah es da bei der Schwebebahn aus: Durch die Bomben waren einige Stationen zerstört worden, die Bahnhöfe Alexanderbrücke und Kluse ausgebrannt. Niemand wusste, wie es weitergehen sollte. Kein Mensch wagte zu sagen, ob es jemals wieder eine Schwebebahn geben würde, die ihre Runden über dem schwarzen Fluss dreht.

Man hatte Wuppertal in die Knie gezwungen und es sich zum Vorteil gemacht, dass es keinerlei Verteidigung gab, als die Bomber über die Stadt flogen und ihre tödliche Fracht abwarfen. In dieser Nacht im Mai waren 3.500 Menschen dem Bombenhagel zum Opfer gefallen; Barmen und Ronsdorf waren um 0.49 Uhr dem Erdboden gleichgemacht worden. Knapp einen Monat später fand der schwere Luftangriff auf Elberfeld statt, bei dem es 6.000 Tote gab. Mehr als 60.000 Wohnungen wurden zerstört, und seitdem bot Wuppertal ein Bild des Schreckens. Nichts war mehr so wie es mal gewesen war.

Das sechstgrößte Ballungsgebiet im Deutschen Reich, bekannt für seine Textilindustrie, gab es nicht mehr – Wuppertal lag in Schutt und Asche, und die Menschen, denen nichts geblieben war als das pure Leben, hatten keinerlei Perspektiven mehr. Doch ein Mann hatte an seine Heimatstadt gedacht. Er saß im fernen Königsberg und sorgte dafür, dass es der Stadt auch nach dem Ende des Krieges gut gehen würde. Aber davon ahnte niemand etwas. Weder in Königsberg noch im zerbombten Wuppertal. Dieser Mann, dessen Wurzeln im Bergischen Land lagen, arbeitete an einer streng geheimen Mission. Dabei war er es, der die Zügel in der Hand hielt. Nicht der Führer, und auch nicht Göring. Himmler, der Polizeichef, führte aus, was der Mann im fernen Königsberg anordnete. Zwangsarbeiter hatten dafür gesorgt, dass die Schienenstücke, die bei den Angriffen zerstört worden waren, ersetzt wurden, sodass der Zug darüber nach Wuppertal rollen konnte. Diese Mission hatte er von langer Hand vorbereitet und sich dabei einen kleinen Stab vertrauenswürdiger Mitarbeiter geschaffen. Und so war es gekommen, dass sich in einer nebeligen Nacht ein Güterzug in westliche Richtung in Bewegung gesetzt hatte, um heute sein Ziel zu erreichen.

Das rasselnde Geräusch wurde lauter, und die Schienen lebten plötzlich. Die Nieten ächzten, und die Bohlen auf dem Gleis knarrten, als würden sie unter der Last des herannahenden Zuges bersten wollen. Der Boden schien

zu beben, dann näherte sich das schwarze Ungetüm aus Stahl unaufhaltsam seinem Ziel. Schnaufend kam die Lokomotive zum Stehen. Schwarz gekleidete Männer sprangen vom Zug und warfen sich ins Unterholz neben der Bahnstrecke. Sie betätigten einen versteckten Mechanismus, von dem nur wenige Menschen wussten. In der dunklen Nacht wirkte das unbeleuchtete Fahrzeug wie ein Geisterzug.
Die Schienen führten geradewegs in einen Berg, so hatte es den Anschein. Es gab ein mächtiges Stahltor, das von Efeu bewachsen war, um neugierige Zeitgenossen von einem Besuch abzuhalten. Nun öffneten sich die eisernen Klappen. Ein Schlund gähnte dem Zug entgegen.
Nachdem die Männer eine Weiche per Handbetrieb umgelegt hatten, setzte sich der Zug langsam in Bewegung. Die stählernen Räder quietschten unnatürlich laut, als sich der Güterzug neben das Gleis zu bewegen schien. Ein Tor hatte sich geöffnet – gleißendes Licht drang aus dem Tunnel in die Nacht hinaus. Der Mann im Führerstand der Lok stellte zufrieden fest, dass es hier wenigstens elektrischen Strom gab. Sie hatten an alles gedacht, so musste es sein. Im Schneckentempo manövrierte er das Ungetüm in den Tunnel. Wie eine schwarze, nicht endende Wand schob sich der Koloss immer tiefer in den Berg hinein. Dass sich das Stahltor hinter dem Zug wie von Geisterhand wieder schloss, konnte der Mann im Führerstand nicht sehen.
Es war, als hätte der Berg einen ganzen Zug verschluckt. Das Ziel war erreicht, dachte der Mann zufrieden. Es war, als hätte die Erde den Güterzug verschlungen. Niemand ahnte, was hier vor sich ging. Niemand ahnte, dass der Berg unter dem Gebäude der Konsumgenossenschaft ab

sofort ein geschichtsträchtiges Geheimnis tragen würde, dem Forscher auf der ganzen Welt in den nächsten Jahrzehnten vergeblich hinterherjagen sollten.

Mittwoch

Eins

Gegenwart, Grönhoffstraße, 18.50 Uhr

Ein eisiger Wind fegte ihm den Regen ins Gesicht, als er am späten Nachmittag vor die Haustür trat. Von der Grönhofstraße war es ein Katzensprung zur Völklinger Straße. Die Hünefeldstraße verlief in diesem Bereich fast parallel zur Wupper. Nur wenige heruntergekommene Häuserblocks trennten die Straße vom Fluss. Unterbarmen ertrank, wenn das so weiterging.

Missmutig klappte er den Kragen seiner Jacke hoch und versenkte die Hände in den Taschen seiner Jeans. In solchen Augenblicken verfluchte er, als 400-Euro-Schuhverkäufer nicht genügend Geld für ein eigenes Auto zu verdienen. Immerhin machte er auf der Abendschule das Abitur nach. Somit konnten seine Eltern wenigstens etwas stolz auf ihren einzigen Sohn sein. Arzt, wie sie es sich vorgestellt hatten, war er zwar nicht geworden, aber immerhin würde er mit dem Abi in der Tasche studieren können.

Er hatte sich nicht den Verstand weggesoffen, er hatte sich nicht das Gehirn mit Joints weggeblasen, so wie viele seiner Freunde.

Er war sich immer treu geblieben, das war es, worauf er selbst ein wenig stolz war.

Doch das alles änderte nichts an seiner augenblicklichen Gemütslage. Es regnete seit Stunden, und er dachte an den alten Spruch: Wer in Wuppertal geboren wird, kommt mit einem Regenschirm zur Welt. Er wandte sich um und blickte an der Fassade des Hauses empor. Die Bude war kein Schloss, aber die Miete war erschwinglich. Mehr zählte nicht. Es würden auch bessere Zeiten kommen, vielleicht schon bald. Daniel Mehrmann zog den Kopf zwischen die Schultern und schlug die Kapuze seines Shirts über den Kopf, bevor er sich auf den Weg zur Schwebebahnstation machte. Auf dem schmalen Bürgersteig der Hünefeldstraße wich er den Hundehaufen aus. Braune Ränder an den Schuhen waren so ziemlich das Letzte, was Mehrmann jetzt gebrauchen konnte.

Nicht jetzt, nicht vor dem Videodreh.

Immer wieder rollten Autos an ihm vorüber. Das Surren der Reifen auf der regennassen Fahrbahn wirkte fast einschläfernd. Das Scheinwerferlicht spiegelte sich auf der Straße. Er fröstelte und wich den Pfützen aus, die sich auf dem Bürgersteig gebildet hatten. Der junge Mann war spät dran, also beschleunigte er seine Schritte und erreichte schon bald die Völklinger Straße. Hier spannte sich die kleine Brücke über den schwarzen Fluss, wie die Wupper oft genannt wurde. Quer zur Brücke verlief das lindgrüne Gerüst der Schwebebahn, linker Hand lag die Station. Mehrmann liebte das Wahrzeichen, es bedeutete ihm viel mehr als nur ein Fortbewegungsmittel zu sein: Die Schwebebahn war für ihn ein Stück Heimat. Er war froh, dass die Station Völklinger Straße trotz der Modernisierung originalgetreu erhalten blieb. Die Haltestelle stand wohl unter Denkmalschutz. Ihm konnte es recht sein; liebte er die alten Stationen doch viel mehr als diese futuristischen Haltestellen, die sie jetzt überall anstelle der alten Jugendstil-Stationen errichteten. Transparent, modern, behindertengerecht. Tolle Argumente, doch Mehrmann fürchtete, dass das Wahrzeichen seiner Heimatstadt bald schon ihr Gesicht verlieren würde.

Das alles ging ihm durch den Kopf, als er, stets zwei Stufen auf einmal nehmend, den Bahnsteig in Richtung

Oberbarmen erreichte. Gerade rechtzeitig, denn die eiserne Konstruktion über seinem Kopf vibrierte bereits; ein untrügliches Zeichen dafür, dass sich die Bahn näherte. Tatsächlich vergingen nur wenige Sekunden, bis der orange-blaue Zug aus Richtung Westen in die Station einlief. Auf dem Bahnsteig herrschte kaum Betrieb. Eine südländisch aussehende Frau Anfang zwanzig mit hohen Wangenknochen und ein gebückt dastehender, alter Mann im grauen Zweireiher erwachten zum Leben, als die Bahn in die Station rollte. Ein gelangweilt dreinblickender Fahrer nickte ihm zu, dann öffneten sich mit einem Rattern die vier Türenpaare der Bahn, und der Zug spuckte Fahrgäste aus.

Unbewegte Mienen, hektische Gesten.

Hier hatte niemand seinen Mitmenschen etwas mitzuteilen. Die Stadt war so verdammt anonym und kalt geworden. Das war nicht mehr seine Welt. Mit versteinerter Miene bestieg Mehrmann die am Gerüst pendelnde Bahn und ließ sich auf einem der freien Kunststoffschalensitze am Fenster sinken. Die Türen des Waggons schlossen sich, und die Bahn setzte sich in Bewegung. Die vier Antriebseinheiten summten, dann lag die Wupper unter dem Zug, und er konnte rechts in die eine oder andere alte Fabrik, die sich vor mehr als hundert Jahren am Flussufer angesiedelt hatte, blicken. Teils staubblinde, teils mit Farbe übermalte Fensterscheiben, die sich durch eiserne Sprossen in viele kleine, gläserne Felder unterteilten. Am Wupperufer grüne Auen, die Mauern, die zum Ufer führten, waren teilweise von den Kreativen der Stadt bemalt worden. Das war das Wuppertal, das er liebte, dachte er und lehnte sich im Sitz zurück. Er schloss die Augen und versuchte sich auf das zu konzentrieren, was vor ihm lag.

Mehrmann war Rapper. Man sah es dem jungen Mann nicht auf den ersten Blick an, doch er liebte den rhythmischen Sprechgesang, in dem er seine Gedanken und Gefühle auszudrücken vermochte. Lange Zeit hatte er Lieder über Wuppertal getextet, hatte sich mit der selten gewordenen Liebe zur Heimatstadt auseinandergesetzt. Doch in letzter Zeit, das spürte er, ging in Wuppertal mehr und mehr schief. Die bergische Metropole war hoch verschuldet, und wenn es der städtischen Politik nicht gelang, sich an den eigenen Haaren aus dem Sumpf zu ziehen, würde die Stadt bald sterben. Hilfe von der Landesregierung erwartete im Rathaus niemand mehr. Das sprach zwar kein Politiker offen aus, aber längst schon hatte man sich seinem Schicksal, eine insolvente Stadt zu regieren, gefügt. Alle Versprechen, bei der Regierung in Düsseldorf um Unterstützung zu kämpfen, waren nichts als Wahlkampfgerede.

Vor einiger Zeit hatte Mehrmann sogar einen Song gemacht, der sich mit dem Verfall der Stadt auseinandersetzte. Darin hatte er auch das Verhalten des Oberbürgermeisters angeprangert, der Mehrmanns Meinung nach schon längst die Notbremse hätte ziehen müssen. Johannes Alt hatte sich von Mehrmann persönlich angegriffen gefühlt, hatte gegenüber einer Zeitung geäußert, dass er auf diesem Niveau keine Stellungnahme zu dem Lied abgeben wollte. Auch wenn seine Politik nicht jedermanns Geschmack war, so sah sich Johannes Alt selber als Opfer und prangerte das Verhalten der Landesregierung an. Alts Ansehen in der Öffentlichkeit war in den letzten Wochen tief gesunken, das ließ sich nicht von der Hand weisen.

Seine Laune besserte sich nicht gerade, als er an die Situation der Stadt dachte, in der er sich einmal heimisch

gefühlt hatte. Wahrscheinlich würde er, nachdem er das Abi in der Tasche hatte, die Stadt ein für allemal verlassen, so wie es schon zahlreiche Wuppertaler vor ihm getan hatten.
Mehrmann hielt in dieser Stadt nichts mehr – er würde studieren, in Köln, vielleicht auch in Dortmund. Der Journalismus hatte es ihm angetan. Mehrmann war ein sehr aufmerksamer und neugieriger Mensch. Er betrachtete die Dinge immer kritisch, aber nie negativ. Ja, er würde Journalist werden. Eines Tages ganz bestimmt. Vielleicht eine Familie gründen, Kinder haben. Aber nicht in Wuppertal.
Da draußen flog eine trübe Welt an ihm vorüber. Er blickte sich in der Bahn um. Teilnahmslose Gesichter, durch die beschlagenen Scheiben nach draußen ins Nichts starrend. Hier und da blätterte jemand in einer Zeitung. Immer wieder wurden die Fahrgäste aufgeschreckt durch die Lautsprecheransagen, die die nächste Station ankündigten.
Wartegesichter, so nannte er das.
Man traf sie in den Wartezimmern von Ärzten, in den engen Kabinen öffentlicher Aufzüge, an Haltestellen und in Bussen und Bahnen. Unverbindliche Mienen, den Blick in die Ferne gerichtet, leere Augen.
So konzentrierte er sich auf die Dinge, die ihn augenblicklich nach vorn brachten. Wie der Job als Schuhverkäufer, der ihm mehr schlecht als recht den Lebensunterhalt sicherte. Wie das Abitur, das ihm die Türen für das Studium öffnen sollte. Oder wie die Rap-Musik, die er über alles liebte. Ab und zu verdiente er mit den anderen Jungs sogar mal ein Taschengeld. Aber das Geld wurde meist am gleichen Abend noch auf den Kopf gehauen – es wurde in Alkohol und in Zigaretten umgesetzt. Rappen, um

sich ab und zu mal einen netten Abend gönnen zu können. Nicht mehr und nicht weniger. Doch darauf kam es auch gar nicht an, auf die Kohle. Die Musik war seine Leidenschaft.
Nachdem die Schwebebahn die mächtigen H-Pylonen am Alten Markt passiert und die große Kreuzung überquert hatte, erhob sich Mehrmann. Auf dem Bahnsteig herrschte Betrieb. Zahlreiche Fahrgäste aller Altersklassen stiegen in die Bahn ein und machten es dem jungen Mann mit den kurzen braunen Haaren schwer, den Zug zu verlassen.
Er hatte unwillkürlich einen Spruch seiner Oma im Kopf. Immer erst aussteigen lassen.
Wo waren der Anstand und die Höflichkeit geblieben?
Als er unten an der Straße stand, wehte ihm der verführerische Duft der Fast-Food-Restaurants am Alten Markt in die Nase. Es duftete herrlich nach Burgern. Mehrmann klimperte in der Hosentasche mit dem Kleingeld, haderte sekundenlang mit sich und entschied sich schließlich doch gegen eine Zwischenmahlzeit. Er war spät dran, und die Jungs sollten nicht auf ihn warten müssen. So marschierte er zielstrebig an der Barmer Fußgängerzone vorbei, nahm ein Stück weit den Steinweg in nördliche Richtung und bog schon bald in die Sedanstraße ab. Nun führte sein Weg steil bergauf, und er rang schon nach wenigen Metern nach Luft. Vielleicht sollte er mal wieder im Nordpark joggen gehen, so wie er es früher zweimal in der Woche getan hatte. Seine Kondition ließ zu wünschen übrig, und das, obwohl er kein Übergewicht hatte.
Daniel Mehrmann wusste nicht mehr, wie lange er durch den Regen gelaufen war, als vor ihm ein hässlicher, grauer Klotz in den wolkenverhangenen Himmel ragte. Er

blieb stehen und betrachtete das unansehnliche Gebäude. Grauer, verwaschener Beton. Teile der Fassade bröckelten und wiesen Risse auf. Anzügliche Graffiti zierten das Gebäude. Ein schmaler Weg führte zum Eingang. Eine breite, ausgetretene Steintreppe, auf der sich noch das Laub vom letzten Herbst befand. Verrottet und vergammelt, wie alles an diesem Gemäuer. Er legte den Kopf in den Nacken und blickte an dem Bunker empor. Irgendwann waren die Fenster mit Brettern verrammelt worden. Ihm konnte es egal sein. Er wollte hier nicht einziehen. Der Bunker war eine coole Location für seinen neuen Song, den er heute hier mit den Jungs aufnehmen wollte. Tom war recht fit in Sachen Videoschnitt; er würde das Tape überarbeiten und sicherlich noch heute ins Netz stellen.
Mehrmann blickte sich um, doch von seinen Freunden weit und breit keine Spur. Er zog das Handy aus der Hosentasche und warf einen Blick auf das Display. Eine Armbanduhr besaß er nicht – wozu auch, das Handy hatte schließlich eine Uhr, und er trug es immer mit sich herum. Zu früh war er jedenfalls nicht, aber von den Jungs war nichts zu sehen.
Wut keimte in ihm auf, er hasste es, wenn sie ihn zum Narren hielten.
Er setzte einen Fuß auf die breiten Stufen und wäre fast auf dem Grünspan ausgerutscht. Mehrmann stand ein wenig unschlüssig vor dem Eingang. Auch die Türen hatte man mit Brettern zugenagelt. Allerdings gab es zwei Bretter, die schief hingen und den Blick ins Innere des Bunkers erlaubten.
Mehrmann zögerte. Er blickte sich um. In den umliegenden Häusern war kein Mensch zu sehen. Was sollte also geschehen? Schließlich tat er nichts Verbotenes. Er stand mit dem

Rücken zum Eingang, als er plötzlich eine Hand auf seiner Schulter spürte.
Bevor er sich's versah, packten ihn starke Hände und zogen ihn in das Gemäuer.
Mehrmann fand nicht einmal mehr die Zeit, zu schreien.

Luftschutzbunker Münzstraße, 19.25 Uhr

»Du bist spät dran!«
Gelächter drang an seine Ohren. An den Armen spürte er die Stellen, an denen sie ihn unsanft gepackt hatten, um ihn in das Innere des Bunkers zu ziehen. Seine Knochen schmerzten, und er unterdrückte einen Fluch. Mehrmann lag mit dem Rücken auf dem Betonboden und spürte kleine Steine, die sich durch den Stoff der Kleidung in seine Haut bohrten. Er versuchte, die Dunkelheit mit seinen Blicken zu durchdringen. Mehrmann sah schemenhaft zwei Gestalten, die sich breitbeinig über ihm aufgestellt hatten und mit vor der Brust verschränkten Armen auf ihn herabblickten.
Fauliger Geruch stieg in seine Nase, und Mehrmann zweifelte, ob die Idee, den Videoclip zum neuen Song ausgerechnet in einem Bunker zu drehen, so gut gewesen war.
Als sich seine Augen an das Dämmerlicht gewöhnt hatten, glaubte er, in den beiden Gestalten seine Freunde zu erkennen. Jetzt halfen sie ihm auf die Beine.
»Was soll der Scheiß?«, fragte Mehrmann und blinzelte.
Sein Blick blieb an einem altmodischen Schild an der Wand haften. Die Farbe der Schrift blätterte ab.
Allen nicht ordnungsgemäß eingewiesenen Personen ist ab 22 Uhr der Aufenthalt in dem Bunker ohne Genehmigung des Bunkerverwalters untersagt.
»Früher hatten die Menschen Angst, in einen Bunker zu

gehen«, murmelte Mehrmann. »Sie wussten nicht, ob sie ihn lebend wieder verlassen würden.«
»Das ist über fünfzig Jahre her, Alter«, erinnerte ihn Domme.
Seine Freunde hielten Taschenlampen in den Händen und grinsten.
»Toll«, brummte Mehrmann. »Meine Taschenlampe liegt zu Hause. Da liegt sie gut.« Dann blickte er mit grimmigem Gesicht zu seinen Freunden auf. »Und was sollte die Show eben? Wolltet ihr mir den Arm abreißen?«
»Sorry, kleiner Scherz.« Tom lachte meckernd.
»Mach mal keinen Stress, wir wollten dich nur auf das Ambiente hier einstimmen«, sagte der hagere Typ in dem hellen Sweatshirt. Er trug weite Jeans und Turnschuhe. Domme hieß eigentlich Dominik, arbeitete als Maschinenführer und war ein netter Typ, ebenso wie Tom, der eigentlich Thomas hieß und im wahren Leben als Staplerfahrer im Schichtdienst arbeitete.
»Das habt ihr toll hingekriegt, ihr Halbaffen.« Mehrmann klopfte sich den Dreck aus der Kleidung. Die Lichtkegel der Taschenlampen huschten unstet umher und erfassten die Umgebung. Mehrmann blickte sich im Eingangsbereich des Bunkers um. In den Ecken stapelte sich Unrat, das Mauerwerk schien zu bröckeln, und unter der hohen Decke verliefen armdicke Versorgungskabel, die irgendwo im Nichts des Luftschutzbunkers endeten. In unregelmäßigen Abständen standen einfache Holzbänke, auf denen sich eine dicke Staubschicht befand. Mehrmann spürte die Beklemmung, die nach ihm griff.
»Sieht toll aus, richtig heruntergekommen.« Je weiter sie in den Bunker eindrangen, desto mehr erkannten die jungen Männer, wie die Feuchtigkeit sich durch die Wände

zog und diese zu bröckeln begannen.
Domme hob die Hände. »Bleib cool, Alter. Dann kommst du wenigstens authentisch als Ghetto-Bruder rüber. Außerdem passt dein Outfit zu unserer Location.«
»Was ist das überhaupt für ein Schuppen?«, fragte Mehrmann.
Schulterzucken. »Kein Plan. Aber hier ist irgendwas im Krieg gelaufen. Luftschutz, glaube ich.« Tom zog die Mundwinkel nach unten. »Und nun steht der alte Kasten schon seit gefühlten tausend Jahren leer. Höchste Zeit, dass wir ihm wieder zu neuer Berühmtheit verhelfen.« Er lachte und zog eine zerknautschte Tabakpackung aus der Hosentasche. Nachdem er sich ein Blättchen gefüllt und zu einer Zigarette gedreht hatte, zündete er sich den windschiefen Glimmstängel an. Der Duft der Zigarette überlagerte den muffigen Geruch nur ansatzweise.
»Dann an die Arbeit, Jungs. Alt werden will ich hier nämlich nicht.« Mehrmann erkannte, dass Domme einen kleinen silbernen Camcorder auf einem Stativ befestigt hatte. Das Ding war sehr lichtempfindlich, da gelangen auch die Aufnahmen in diesem Zwielicht.
»Aber weiter hinten ist es sicherlich dunkel.«
»Domme war so freundlich, Licht anzuschleppen«, erklärte Tom.
Wie schon zu früheren Videodrehs, hatte Dominik sich die Scheinwerferanlage seines Vaters, der ein ambitionierter Videofilmer war, leihen können.
»Jetzt kommt es auch nicht mehr drauf an.« Tom winkte gelassen ab. »Wir müssen tiefer rein in den Bunker, dann wird es was. Da hinten sind einzelne Räume mit alten Feldbetten und Kloschüsseln, keine Ahnung, vielleicht haben die das früher mal als Knast genutzt oder so. Klei-

ne Nischen, alles, was wir für den geilen Dreh brauchen. Also, mach dir mal keinen Kopf, wir haben das Ding noch heute in der Kiste.«

»Na also«, grinste Mehrmann. »Worauf warten wir noch?«

»Geht doch«, erwiderte Dominik und gab Tom ein Zeichen. Den Rest der Zigarette warf er achtlos auf den Boden. Die Glut trat er mit der Sohle seiner Schuhe aus, dann marschierten die drei jungen Männer tiefer in den alten Bunker hinein.

Immer muffiger und fauliger wurde der Geruch, der den Männern entgegenschlug. Domme und Tom hielten ihre Taschenlampen umklammert. Geisterhaft huschten die Lichtkegel der Lampen über das feuchte Mauerwerk, leuchteten immer wieder in kleine, abzweigende Räume, die durch rostige Eisentüren vom Hauptgang abgetrennt waren und nun windschief und verwittert in den Angeln hingen. Mehrmann glaubte irgendwann, ein schrilles Fiepen zu hören. Wahrscheinlich trieben sich in diesen Katakomben Ratten herum. Wenn sie eines dieser Viecher vor die Kamera bekamen, war das sicherlich noch besser für den Dreh. Es würde den morbiden Touch unterstreichen. Genau so hatte er es sich vorgestellt. Seine Laune besserte sich langsam. Der Tag wurde doch noch gut.

Zwei

Sedanstraße Barmen, 20.10 Uhr

Ein mulmiges Gefühl beschlich ihn, als er an das bevorstehende Treffen mit seinen Geschäftspartnern dachte. Er hatte alle Trümpfe auf der Hand, gar keine Frage. Doch nun war es an ihm, sie auch auszuspielen.

Wenn ihm das gelang, dann wäre er ein gemachter Mann. Steinreich – und er würde wahrscheinlich in seinem Leben niemals mehr arbeiten müssen. Hatte er sich bislang mit Gelegenheitsjobs über Wasser gehalten, so würde er künftig am Strand liegen und es sich gut gehen lassen. Im letzten Herbst hatte er sich beim Reifenhändler um die Ecke ein paar Euro dazuverdient, als im Oktober der Run auf die Winterreifen ausgebrochen war. Elf, zwölf Stunden am Tag hatte er in der Kälte geschuftet, zig Reifen gehoben und auf die Achsen der Autos gewuchtet, um dann abends mit einem Hungerlohn nach Hause zu gehen und vor dem Fernseher einzuschlafen. Nachts war er aufgewacht, weil er nicht mehr wusste, wie er liegen sollte. Er hatte sich gefühlt, als würde sich seine Wirbelsäule in ihre Bestandteile auflösen. Und das mit Anfang zwanzig! Damit sollte bald schon Schluss sein. Wenn es gut lief, schloss er heute den Deal seines Lebens ab.

Aber noch war es nicht soweit.

Erst das Treffen, und dann galt es, den alten Mann zu beseitigen. Doch alles der Reihe nach. Und außerdem würde er vereinbaren, dass sie die Drecksarbeit machen sollten. Schließlich waren sie die Profis; er nur der Handlanger, der sie gegen Geld zum Erfolg ihrer Mission führen würde.

Als er den Kopf zum Fenster drehte, rieselte ihm ein Schauer über den Rücken. Der Regen rann in dichten Bahnen an der Scheibe herunter. Er wandte sich nach rechts. Mirja lag neben ihm und schlief friedlich. Sie war der Schlüssel zum Erfolg, und sie ahnte nichts davon, dass er noch einmal los musste. Die dünne Decke war bis zu den Hüften heruntergerutscht, und er betrachtete ihren makellosen Körper. Im Schein der kleinen Lampe wirkte ihre Haut wie Samt. Am liebsten hätte er sie berührt, doch dann wäre sie aufgewacht. Strähnig hing ihr das Haar ins Gesicht. Gleichmäßig hob und senkte sich ihre Brust. Nun strich er ihr zärtlich eine Strähne aus der Stirn und betrachtete sie nachdenklich. Mirjas Gesichtszüge wirkten entspannt.

Am liebsten wäre er gar nicht aufgestanden. Er hätte sich gern noch einmal zu ihr gelegt, um ihre warme, weiche Haut zu spüren. Hätte sich an sie geschmiegt und die Welt vergessen.

Seit zwei Monaten waren sie jetzt zusammen. Mirja machte an der Gesamtschule Barmen gerade ihr Abi; er selbst verdiente sich ein wenig Geld mit Aushilfsjobs. Auf Schule hatte er schon vor zwei Jahren keinen Bock mehr gehabt. Doch es schien Mirja nicht zu interessieren, wie er seinen Lebensunterhalt bestritt. »Ich liebe dich auch ohne Doktortitel«, sagte sie immer, wenn er ihre Karriere mit seiner eigenen verglich.

Doch auch er träumte vom großen Geld.

Dafür brauchte er kein Abitur.

Das ging auch anders.

Derzeit jobbte er in einem Getränke-Discounter, schuftete schwer und hatte nach Feierabend Rückenschmerzen wie ein alter Mann. Und das in seinem Alter …

Er seufzte leise, stieß die Decke fort und erhob sich. Eilig schlüpfte er in seine Boxershorts und in die Socken. Ob-

wohl er sich leise verhielt, erwachte sie, als er sich die Jeans anzog und nach dem Handy angelte, das auf dem Nachtschränkchen gelegen hatte.
Mirja blinzelte ihn verschlafen an und streckte eine Hand nach ihm aus. Er nahm sie und hauchte einen Kuss auf ihren Handrücken.
»Wohin willst du?«, fragte sie.
»Ich muss noch mal los.« Er lächelte.
»Warum denn?« Sie richtete sich auf und gähnte. »Ich dachte, du hast frei heute.«
»Es dauert nicht lange«, antwortete er ausweichend und griff nach dem Sweatshirt. »Musst du nicht sowieso noch für die Lateinklausur büffeln?«
»Das schon«, nickte sie enttäuscht darüber, dass er sie noch einmal verließ.
»Na, siehst du.« Er sank auf die Bettkante, atmete tief ein und genoss ihre Nähe. Mit der rechten Hand strich er ihr durch das schwarze, schulterlange Haar, mit der linken hielt er ihre Hand fest.
»Ich werde mich beeilen, und dann machen wir uns einen schönen Abend, gucken uns ’ne DVD an und bestellen Pizza. Wie klingt das?«
»Du willst einen Frauenversteherfilm mit mir gucken?« Mirja lachte amüsiert.
»Davon war keine Rede.« Auch er lachte, doch es klang nicht unbeschwert. Zu sehr fürchtete er sich vor der Mission, die er heute noch erfüllen musste. »Aber ich lasse mich darauf ein, wenn ich dich damit besänftigen kann.« Am liebsten wäre er zu ihr in die Laken gesunken. Er begehrte sie so sehr, war süchtig nach ihr. Und es war ihm egal, wenn seine Kumpel ihn auslachten, dass er der Liebe einer einzigen Frau verfallen war, während sie sich

durch die Betten unzähliger Mädchen der Stadt schliefen. Er war anders, er war nun vergeben. Und alles, was er tat, tat er für sie beide.

Mit einer ruckartigen Bewegung erhob er sich. Beugte sich zu ihr herab und küsste sie leidenschaftlich. »Bleib da«, sagte er leise. »Bleib genau so da und warte auf mich!« Dann verließ er die kleine Wohnung unter dem Dach des Mietshauses an der Sedanstraße.

Im Treppenhaus begegnete ihm niemand, nur aus einer Wohnung in der ersten Etage hörte er laute Musik. Jemand sang laut, aber schief mit. Alexander war nicht zum Lachen zumute, und so setzte er seinen Weg nach unten fort. Als er vor das Haus trat, rückte der Reichtum, den er in greifbarer Nähe hatte, in unendlich weite Ferne. Das mulmige Gefühl, das er schon seit einigen Stunden in sich spürte, wurde stärker. Sein Magen krampfte sich zusammen, und seine Knie wurden weich. Am liebsten wäre er umgekehrt. Nicht nur, weil es immer noch in Strömen regnete.

Drei

Luftschutzbunker Münzstraße, 20.25 Uhr

»Mann, so geht das nicht!« Tom schüttelte den Kopf und legte den Camcorder vorsichtig auf dem Boden ab. »Ihr seit überhaupt nicht synchron. Wir machen die letzte Zeile noch mal, sonst blamieren wir uns mit dem Clip.«

Domme und Mehrmann tauschten einen Blick.

Mehrmann zuckte mit den Schultern und übte sich in Geduld. »Lass uns ‚ne Pause machen, Alter.« Er zog die Zigarettenpackung hervor und hielt sie in die Runde.

Seine Freunde nahmen einen Glimmstängel. Er gab erst ihnen, dann sich selbst Feuer. Der schwere Tabakgeruch breitete sich im Bunker aus. Sie hatten sich für den Dreh einen großen, halbhoch gefliesten Raum mit dem Charme eines vor Jahrzehnten verlassenen Leichenschauhauses ausgesucht. In einer Ecke gab es eine verrostete Maschine, dessen Typenschild das Baujahr 1941 verriet. Vermutlich handelte es sich um irgendeine Pumpe oder um ein Stromaggregat, das man hier unten vergessen hatte. Mehrmann war sicher, dass der Generator einen musealen Wert darstellte und nicht nur die Freunde von Industriehistorie begeistern würde. Doch sie waren nicht hier, um den Bunker in ein Museum zu verwandeln. Sie drehten hier einen Clip und würden danach auf Nimmerwiedersehen verschwinden.

Domme hatte sich einen kleinen benzinbetriebenen Stromgenerator von einem Freund geliehen. Das Ding machte zwar einen Höllenlärm, aber da der Clip nachvertont wurde, hörte man später im Video nichts von dem Aggregat. Als Domme den Generator abschaltete, breitete sich Grabesstille im Bunker aus.

»Das tut gut«, murmelte Mehrmann. »Fast wie ein Luftkurort ohne das alte Knatterteil.«
Während sie rauchten, besprachen die jungen Männer die nächste Einstellung. Beim Filmen mit dem Camcorder wechselten sie sich ab. Die Szenen, auf denen sie alle drei zu sehen waren, wurden mit einem Stativ aufgenommen.
Plötzlich legte Tom den Zeigefinger an den Mund. »Seit mal leise«, zischte er.
Mehrmann und Domme schwiegen und blickten sich fragend an.
»Da war ein Geräusch«, flüsterte Tom und schaltete seine Taschenlampe aus.
»Was soll der Quatsch?«, fragte Domme.
»Ich habe ein Geräusch gehört«, beharrte Tom.
»Klar.« Mehrmann lachte auf und trat den Zigarettenstummel mit der Schuhsohle aus. »Hier gibt es wahrscheinlich zig Ratten, die wir aufgescheucht haben. Die Viecher sind nicht gut auf uns zu sprechen. Wir sollten uns in Acht nehmen.«
»Manchmal bist du ein Arschloch«, erwiderte Tom und schüttelte den Kopf. »Ich habe Stimmen gehört, gar nicht so weit weg von uns.«
Domme grunzte. »Er hört Stimmen«, sagte er spöttisch zu Mehrmann, doch der bedeutete ihm, ruhig zu sein.
»Psst, jetzt hab ich auch was gehört.«
Domme schaltete die Lampe nun ebenfalls aus, und sie standen in völliger Dunkelheit da und lauschten schweigend. Tatsächlich drangen Stimmen an die Ohren der jungen Männer. Die Worte, die dort gewechselt wurden, verstanden sie zwar nicht, aber es war nicht zu überhören, dass man sich stritt. Wer betrat einen verlassenen Bunker, um sich dann zu streiten?

»Sind das Russen?«, fragte Tom, der versuchte, einzelne Wörter zu verstehen.
»Kein Plan, aber die zoffen sich – hör mal«, erwiderte Mehrmann.
So wie es klang, hatten sich die Streithähne in einem der vom Hauptgang abzweigenden Räume getroffen. Gedämpft durch den dicken Beton klangen die Stimmen dumpf und weit entfernt. Nun polterte etwas, anscheinend war ein schwerer Gegenstand umgeworfen worden.
Im nächsten Augenblick bellte ein Schuss auf, jemand schrie heiser auf.
Der Schrei mündete in ein Stöhnen, dann kehrte Ruhe ein. Tödliche Ruhe …
»Verdammt, was soll …«, wollte Domme fragen, doch Mehrmann hielt dem Freund geistesgegenwärtig den Mund zu.
»Schnauze«, zischte er. »Ich habe keinen Bock darauf, denen in die Schusslinie zu kommen.«
Domme schwieg, und die Freunde hörten, wie sich zwei Männer in einer Sprache unterhielten, die sie nicht verstanden. Dann vernahmen sie Schritte, die sich eilig entfernten. Stille kehrte ein.
»Was war das für eine Scheiße?«, fragte Tom nach einigen Minuten in die Dunkelheit.
»Keine Ahnung«, erwiderte Mehrmann. »Vielleicht sollten wir hier für heute Schluss machen.«
»Spinnst du?« Domme schaltete die Taschenlampe ein. Der Lichtkegel der Lampe huschte über das Mauerwerk und den Fußboden. »Die haben geschossen, die haben einen abgeknallt, und du quatschst davon, für heute Schluss zu machen?«
»Was hast du vor?«, erwiderte Mehrmann. Er hatte genug gehört und war froh, wenn er den Bunker wieder verlassen

konnte. Vermutlich war es doch keine so gute Idee gewesen, hier ein Video zu drehen.

»Die haben rumgeballert, Mann. Ich geh da jetzt hin und seh nach.« Ohne eine Antwort abzuwarten, wandte sich Dominik um und verließ den Raum.

Mit ihm verschwand der Lichtkegel seiner Lampe im Hauptgang. Mehrmann und Tom hörten, wie sich seine Schritte in die Richtung entfernten, aus der sie die Stimmen der Fremden und den Schuss gehört hatten.

»Der spinnt«, murmelte Mehrmann kopfschüttelnd. Am liebsten wäre er sofort aus dem Bunker verschwunden. Doch auch er hatte das ungute Gefühl, dass sich hier etwas Schlimmes ereignet hatte, deshalb gab er Tom ein Zeichen, und sie folgten ihrem Freund, der schon gut zehn Meter in Richtung Ausgang marschiert war. Gedämpft klangen seine Schritte an ihre Ohren.

Vom Hauptgang aus zweigten in unregelmäßigen Abständen rostige Eisentüren rechts und links ab, in denen sich teilweise Gerümpel befand. In einigen Räumen huschten die Lichtfinger der beiden Taschenlampen über alte Holzbänke. Dies waren die Luftschutzräume, in denen die Menschen Zuflucht gesucht hatten, wenn es für Wuppertal Bombenalarm gegeben hatte.

»Ach du Scheiße – hier liegt einer«, hallte Dommes Stimme plötzlich durch den Bunker.

Seine Freunde sprinteten los und waren im nächsten Augenblick bei ihm. Domme stand in einem zehn Quadratmeter großen Raum. Dass er blass geworden war, lag nicht am Schein der Taschenlampe, sondern an der leblosen Gestalt, die in verrenkter Haltung vor seinen Füßen lag und ihn mit weit aufgerissenen Augen anzustarren schien. Das Loch in der Stirn war nicht zu übersehen.

Vier

Sportplatz Linde, 21.05 Uhr

Vor einer guten Stunde war der Regen nach Süden weitergezogen. Es war ein milder Abend, und die Luft roch angenehm frisch. Er liebte die Atmosphäre auf dem Fußballplatz. Obwohl sich die Dunkelheit noch nicht ganz über der Stadt ausgebreitet hatte, waren vor wenigen Minuten die leistungsstarken Scheinwerfer eingeschaltet worden und tauchten das Spielfeld nun in gleißendes Licht. Seine Lieblingsmannschaft schwächelte, und dennoch fieberte er mit der Elf des Ronsdorfer Fußballclubs. Hier konnte er vom Alltag abschalten, so genoss er es abends, mit den anderen Fans um die Wette zu brüllen, um die Mannschaft auf dem Platz weiter anzufeuern. Hauptkommissar Norbert Ulbricht verfolgte das Geschehen auf dem Kunstrasen der Ronsdorfer Gastgeber gebannt. Es stand 1:1, aber die zweite Halbzeit hatte eben erst begonnen. Ulbricht stand immer am Rand des Spielfelds, wenn sein Verein spielte. Heute teilte er sich den schmalen Streifen neben dem Spielfeld mit rund fünfzig anderen Fußballfans, die hier in der Bezirksliga ihrem Hobby frönten. Obwohl er in Heckinghausen lebte, so verband ihn seit vielen Jahren eine Freundschaft mit dem Ronsdorfer Fußballverein. Wenn es irgendwie ging, ließ er sich kein Spiel seiner Mannschaft entgehen. Heute allerdings musste er mit den Spielern auf dem Platz bangen – die Spieler waren nicht in Form.

»Mann, das Mittelfeld ist viel zu schwach!«, brüllte er.

Anfangs versuchte er das Vibrieren in der Manteltasche zu ignorieren. Wenn er Fußball guckte, vergaß er seine Umwelt gerne. Aber das half ihm, abzuschalten. Wer sich wie er jeden Tag mit Verbrechern herumärgerte und längst den Glauben an das Gute im Menschen aufgegeben hatte, der benötigte den Ausgleich dringend. Die Fans grölten und rissen wutentbrannt die Arme hoch, als ein Spieler der gegnerischen Mannschaft versuchte, dem Ronsdorfer Stürmer den Ball abzunehmen.

Zum Vibrieren in seiner Manteltasche ertönte nun das Schrillen eines Klingeltons, der auch Tote geweckt hätte. Der Typ neben ihm, ein unrasierter Enddreißiger mit rotem Haar, blickte ihn mitleidig an.

»Verdammt«, brummte er missmutig, als er das Telefon aus der Tasche zog und einen Blick auf das kleine Display warf. Er erkannte die Nummer des Polizeipräsidiums. Also war wieder etwas in Wuppertal geschehen.

Ausgerechnet jetzt.

»Ja?«, meldete er sich knapp und ging mit dem Handy am Ohr in Richtung Vereinsheim. Dort hielten sich nur wenige Fans auf, und er konnte ungestörter telefonieren. Den Namen des Streifenbeamten, der ihn anrief, kannte er nicht.

Der Bursche druckste herum.

»Es hat einen etwas seltsamen Zwischenfall am alten Luftschutzbunker an der Münzstraße gegeben«, sagte der Kollege schließlich. Er klang jung. Und am Klang seiner Stimme hörte Ulbricht, dass es ihm durchaus unangenehm war, den Leiter des KK 11 in seiner wohlverdienten Freizeit zu stören. Es war im Präsidium bekannt, dass Ulbricht mitunter cholerisch reagierte.

»Kommen Sie auf den Punkt, Mann«, bellte Ulbricht, während er sehnsüchtig zum Spielfeld schielte.

»Drei junge Männer waren im Bunker, um dort ein Video zu drehen. Dabei wurden sie Zeugen eines Mordes.«

»Was heißt das?«
»Sie hielten sich in einem der Räume auf und hörten einen Streit, der offenbar eskalierte und damit endete, dass von einer Schusswaffe Gebrauch gemacht wurde.«
»Das ist alles?« In Gedanken verabschiedete sich Ulbricht bereits von seinem Feierabend.
»Nicht ganz.«
»Lassen Sie sich nicht alles aus der Nase ziehen, Mann!«
»Die Leiche ist weg.«
Ulbricht hätte fast an einen dummen Scherz geglaubt, doch der erste April war längst vorbei.
»Was soll das heißen?«, fragte er gefährlich leise.
»Dass das Opfer des Anschlags in der Zeit, als die jungen Männer uns alarmierten, verschwunden ist.« Der Streifenpolizist klang jetzt kleinlaut.
»So, die Leiche erhebt sich also und marschiert davon. Sagen Sie mal, haben Sie getrunken?«
»Nein, Herr Ulbricht, absolut nicht.«
Ulbricht hatte genug gehört. Höchste Zeit, sich selbst einen Überblick zu verschaffen. Dafür würde er wohl oder übel zur Münzstraße fahren müssen. Das Fußballspiel hakte er ab. Schweren Herzens. Er unterbrach die Verbindung, fluchte wüst und stapfte zu seinem Wagen, der an der Straße parkte.

Der hochgewachsene Mann mit den etwas zu langen und ungepflegten Haaren war anscheinend wütend, so viel war auch von Weitem zu erkennen. Er warf die Zigarette, die er eben noch geraucht hatte, auf den Boden und trat sie mit der Sohle seiner altmodischen Hush Puppies aus. Fast sehnsüchtig warf er einen Blick auf das Geschehen auf dem Platz und zerquetschte einen Fluch auf den Lippen.

Dass er dabei beobachtet wurde, hatte der Kommissar nicht bemerkt.
Eigentlich war er aus einem anderen Grund hier, aber als er Kommissar Verdammt, wie ihn alle nannten, am Spielfeldrand gesichtet hatte, war das Interesse am Spiel in den Hintergrund gerückt. Er ließ Ulbricht nicht aus den Augen, hatte das Telefonat zwar nicht mithören können – dafür stand er zu weit von ihm entfernt –, aber er hatte gesehen, dass etwas geschehen sein musste. Mit einer grimmigen Miene steckte Ulbricht das Telefon in die Innentasche des für ihn obligatorischen beigefarbenen und zerknitterten Trenchcoats, verließ das Vereinsgelände und stapfte wütend zur Straße.
Er hatte ihn nicht gesehen.
Gut so.
Nachdem der Kommissar außer Sichtweite war, angelte auch er nach dem Telefon. Eilig rief er eine im Menü gespeicherte Nummer auf und drückte die grüne Taste. Das Freizeichen ertönte nach einer gefühlten Ewigkeit. Dann endlich wurde am anderen Ende der Leitung abgenommen.

Marienstraße Elberfeld, 21.15 Uhr

Heike warf einen Blick in den Backofen. Der Käse der Lasagne war goldbraun, und so langsam konnte Stefan ruhig nach Hause kommen. Während sie sich die Hände an einem karierten Tischtuch abputzte, amüsierte sie sich darüber, dass sie Stefans Wohnung als Zuhause bezeichnete.
Sie hatte den freien Abend genossen, war mit einer Freundin im neuen Fitnessstudio auf der Friedrich-Engels-Allee gewesen, um sich dann, frisch geduscht und umgezogen,

auf den Weg in den nächsten Supermarkt zu machen. Im großen Markt in den City-Arkaden hatte sie die Zutaten für eine Lasagne besorgt; sicherlich nicht das, was sie nach einem Workout im Fitnessstudio bevorzugte, aber Lasagne war nun mal Stefans Lieblingsgericht, und sie hatte sich vorgenommen, ihn heute zu verwöhnen, wenn er später nach Hause kam. Stefan hatte nach der Feierabendsendung noch einen Außentermin angenommen. Florian Kill, ein neuer Kollege im Team der Wupperwelle, war krankheitsbedingt ausgefallen, nachdem er bei einer Außenreportage über die Eissporthalle in Solingen böse gestürzt war und sich einen Beinbruch zugezogen hatte. Somit war der junge Sportredakteur ausgefallen. Da aber heute noch ein Fußballspiel in der Bezirksliga auf dem Spielplan stand, hatte Michael Eckhardt, der Chefredakteur des kleinen Radiosenders, händeringend eine Vertretung am Spielfeldrand für Florian Kill gesucht.
Dumm gelaufen für Stefan, der nach Ende seiner Sendung auf dem Weg vom gläsernen Studio in die angrenzende Redaktion geradewegs in Eckhardts Arme gelaufen war.
Und da er seinen Job mochte und Eckhardt nicht hängen lassen konnte, nahm er den Auftrag an, sich das Spiel auf dem Sportplatz an der Linde in Ronsdorf anzusehen, um darüber zu berichten.
Ausgerechnet heute.
Heike sehnte sich danach, dass er endlich nach Hause kam.
Obwohl sie vor einiger Zeit eine eigene Wohnung in der Bartholomäusstraße in Wichlinghausen gemietet hatte, hielt sie sich dort nur selten auf. Heike verbrachte die Freizeit meist gemeinsam mit Stefan. Sie genoss jede freie Minute mit ihm, denn auch wenn sie den gleichen Arbeit-

geber hatten, so sahen sie sich tagsüber nicht zwangsläufig. Der Job beim lokalen Radiosender Wupperwelle war abwechslungsreich: Sie waren als rasende Reporter immer vor Ort, konnten spannende Live-Reportagen gestalten, im Studio eine Sendung moderieren und waren beim Geschehen in der Region hautnah dabei. Natürlich waren die Jobs bei den Öffentlich-rechtlichen Sendern lukrativer, aber dort lief alles viel geordneter und reglementierter ab als bei den Privaten. Und vielleicht war das auch der Grund, weshalb Heike Göbel und Stefan Seiler inzwischen die Mitarbeiter waren, die am längsten zum Team gehörten.

Michael Eckhardt, der Chefredakteur, war ein Arbeitstier, und böse Zungen behaupteten hinter seinem Rücken, er würde in der Redaktion übernachten. Eckhardt war ein Vollblutjournalist und liebte das, was er tat, über alles. Allerdings war von seinem Privatleben nicht viel bekannt, außer, dass er ein leidenschaftlicher Hobbyfotograf war und sogar schon einmal eine Ausstellung in der Barmer Immanuelskirche ausgerichtet hatte.

Irgendwann hatte er das Team für den neuen Privatsender in der Stadt zusammengestellt. Dabei hatte er auch Stefan Seiler und Heike Göbel in die engere Wahl gezogen. Und so war es gekommen, dass sie auch heute noch für die Wupperwelle arbeiteten.

Vom ersten Tag an waren sich Heike und Stefan sympathisch gewesen, und im Laufe der Zeit hatte sich auch mehr daraus entwickelt.

Ein herrlicher Duft wehte durch Stefans Wohnung im Ölbergviertel. Heike hatte den Tisch in der Küche festlich gedeckt – sie hatte Kerzen angezündet und leise Musik eingeschaltet. Nun fehlte nur noch Stefan.

Gerade, als sie sich vor dem Backofen bückte, um noch einen Blick auf die Lasagne zu werfen, klingelte das Telefon. Sie griff nach dem schnurlosen Gerät, das auf der Anrichte lag.
»Bei Seiler?«
»Hier Seiler.« Er lachte kurz, bevor er ernst wurde. »Hi, ich bin's.«
»Und hier gibt es Lasagne. Ist das Spiel zu Ende?«
»Hmm, du hast gekocht? Also die zweite Halbzeit läuft schon. Deshalb rufe ich dich aber nicht an.« Stefan berichtete ihr, wie er beobachtet hatte, dass Kommissar Verdammt den Platz eilig verließ, nachdem er einen Anruf bekommen hatte.
Während sie Stefans Worten lauschte, wurde Heike kribbelig. »Da ist was passiert.« Auch für sie war die Lasagne sofort Nebensache.
»Ich glaube auch, sonst würde sich niemand wagen, Ulbricht von seinem Lieblingshobby wegzuholen.«
»Du musst ihm nachfahren.«
Stefan lachte auf. »Und das Fußballspiel? Ich bin hier, um den Bericht zu machen, schon vergessen? Und nach dem Spiel muss ich die Trainer beider Vereine interviewen.«
»Das kannst du doch auch telefonisch.«
»Wie stellst du dir das vor?« Stefan überlegte, doch er schien tatsächlich auch längst von seiner beruflich bedingten Neugier gepackt worden zu sein. »Also gut«, seufzte er. »Ich werde mir die Spieldaten vom Trainer besorgen und die Interviews nachholen. Der Beitrag soll ja erst morgen früh laufen.«
»Na also, geht doch«, erwiderte Heike gut gelaunt. Plötzlich hätte sie gern mit Stefan getauscht. Wenn etwas in der Stadt geschah, musste sie hautnah dabei sein.

Nachdem sie die Verbindung getrennt hatte, trat sie an den Backofen und schaltete ihn ab. Es dauerte wohl noch ein wenig, bis Stefan nach Hause kam.

Linde, 21.20 Uhr

Ein kleiner Weg führte vom Sportplatz zur Straße Linde, an denen die Autos von Spielern und Zuschauern parkten. Wenn hier ein Spiel lief, wurde es immer eng mit Parkplätzen. Stefan sah, wie Ulbricht in seinen Wagen stieg, dort noch einmal telefonierte und dann mit durchdrehenden Reifen in Richtung Blombachtalbrücke davonbrauste. Stefan glaubte noch zu sehen, wie sich der Kommissar auf die Linksabbiegespur einordnete. Das konnte bedeuten, dass er über die Parkstraße entweder ins Stadtzentrum von Ronsdorf fuhr, dass er nach Cronenberg musste oder nach Elberfeld oder Barmen. Es konnte also alles bedeuten.

Stefan durfte keine Zeit mehr verlieren, wenn er sich dem Kommissar an die Fersen heften wollte. Er sprintete zu seinem Wagen, der unweit der kleinen Tankstelle parkte. Inzwischen hatte Clemens, wie er seinen alten Käfer liebevoll nannte, längst die Vierzig überschritten. Dennoch hatte der Rost dem 69er Schmuckstück stark zugesetzt, und der TÜV hätte dem langen Autoleben im letzten Jahr um ein Haar ein jähes Ende bereitet. Nun hatte Stefan vor der Wahl gestanden, sich für viel Geld einen neuen fahrbaren Untersatz zu kaufen. Dann hätte er ein Fahrzeug der neuesten Generation gehabt, mit Airbags, Servolenkung, Klimaanlage, Antischlupfregelung, Zentralverriegelung und allerhand elektronischen Spielereien. Doch Stefan hatte auf diese Vorzüge dankend verzichtet. Denn ein neuer Wagen war für ihn nichts als ein überteuertes Werk-

stück aus Kunststoff, Blech und einem Haufen störungsanfälliger Elektronik. Und so hatte er sich dafür entschieden, das sauer ersparte Geld in seinen geliebten Käfer zu stecken, den er vor Jahren einem älteren Herrn aus erster Hand abgekauft hatte, nachdem dieser beschlossen hatte, Führerschein und Auto altersbedingt abzugeben.
Nachdem Stefan bei einem Schrauber, der auf die Restaurierung alter Käfer spezialisiert war, eine Menge Geld für die Beseitigung der Rostschäden hingeblättert hatte, war im zweiten Arbeitsgang der kleine Motor im Heck gegen eine leistungsstärkere Variante eingetauscht worden. Ab sofort musste Clemens auf der Autobahn nicht länger hinter endlosen LKW-Kolonnen herschleichen. Der Käfer war nun fit, um auf freier Strecke die 200 km/h-Marke zu schaffen. Dazu hatte Stefan weder Kosten noch Mühen gescheut. An den Einbau des größeren Motors waren auch Sicherheitsbestimmungen gekoppelt. So musste er zum Beispiel leistungsstärkere Bremsen und ein anderes Fahrwerk einbauen lassen.
Die Hauptsache war aber, dass der Käfer eine neue TÜV-Plakette erhalten hatte. Und auch die fast menschlichen Macken, die Clemens manchmal gezeigt hatte, nämlich an schlechten Tagen und in entscheidenden Momenten einfach nicht anzuspringen, waren damit vorbei. Seitdem er den alten Käfer wiederhatte, schnurrte der kleine Wagen wie eine Nähmaschine und lief zuverlässiger als ein Neuwagen.
Doch diesmal überkam Stefan ein schlechtes Gefühl, als er sich seinem Fahrzeug näherte. Er hatte das Licht brennen lassen, da es geregnet hatte, als er zum Sportplatz gekommen war. In der Hektik hatte er es einfach vergessen.
»Oh nein«, murmelte er, als er die Tür aufschloss und

sich hinter das Steuer sinken ließ. Hastig fummelte er den kleinen Schlüssel ins Zündschloss und betätigte den Anlasser. Das heißt, er wollte den Anlasser betätigen. Denn außer einem metallischen Knacken unter der Rücksitzbank war nichts zu hören. »Vielleicht hätte ich auch noch ein paar Euro in eine neue Batterie investieren sollen«, brummte er und hieb wütend auf das Lenkrad. »Dann hättest du mir meine Vergesslichkeit vielleicht verziehen.« Er unternahm weitere Versuche, doch jedes Mal, wenn er den Schlüssel drehte, erloschen die beiden Kontrollleuchten in dem kleinen kreisrunden Tacho. Die Batterie war schlapp, und hier würde nur die Starthilfe eines anderen Autos helfen. Oder eben, den Käfer anzuschieben. Seufzend stieg Stefan aus, kurbelte die Seitenscheibe herunter und schob Clemens aus der Parklücke. Er war froh, dass an der Linde um diese Zeit nicht mehr viel Verkehr herrschte. Und so schob er den Wagen an. Doch auch als der Motor lief, verschwendete er keinen Gedanken mehr daran, dass er Kommissar Verdammt jetzt noch einholen könnte.

Fünf

Luftschutzbunker Münzstraße, 21.30 Uhr
Beim Anblick des Bunkers fiel Ulbrichts Laune auf den Tiefpunkt. Das schlechte Spiel der Fußballmannschaft hatte er immer noch nicht verarbeitet. Liebend gern hätte er den Abend in seiner Wohnung verbracht, um den Ärger über das bescheidene Spiel mit ein paar Flaschen Bier herunterzuspülen. Nach dem Spiel war bekanntlich vor dem Spiel, und so hoffte er, dass die Mannschaft das nächste Spiel wieder für sich entschied. Eine Hoffnung blieb ihm: Als er den Platz verlassen hatte, war das Derby noch nicht beendet, und so bestand noch die Möglichkeit, dass seine Jungs als Sieger den Platz verließen. Statistisch wenigstens.
Aber nicht mit diesem Mittelfeld.
Düster und uneinnehmbar wie eine Festung ragte der verwitterte Betonklotz in den Himmel über dem Sedansberg. Unkraut rankte an der Fassade empor, man hatte Türen und Fenster mit Brettern zugenagelt, um das Gebäude vor unberechtigtem Zugang zu schützen. Ein Zaun umgab den Bunker, der allerdings an einigen Stellen Löcher aufwies. Irgendwelche Witzbolde hatten den Stahlbeton mit anzüglichen Graffiti besprüht. Der Bunker dokumentierte mit seinem morbiden Charme eines der dunkelsten Kapitel Wuppertals. Ulbricht hatte einmal gehört, dass beim großen Luftangriff auf die Stadt in den Jahren 1943 und 1944 mehrere hundert Menschen hier Schutz gefunden hatten.
Doch das war längst vorbei. Jetzt standen drei Streifenwagen vor dem Bunker. Streifenbeamte hatten rotweiß schraffiertes Absperrband gespannt, um die Schaulustigen auf Distanz zu halten.

Immer wieder zuckte Blitzlichtgewitter auf. Ulbricht erkannte Osterholz von der WZ und Schattenfeld von der Rundschau.
Na toll, also rannte die Aasgeierbande von der Presse auch schon hier rum und schnüffelte. Ulbrichts Laune sank beinahe minütlich.
Er parkte den Dienstwagen schräg zwischen zwei blausilbernen Streifenwagen und stieg aus. Um ein Haar wäre er in einen Hundehaufen getreten. Im letzten Moment zog er den Fuß zurück und fluchte. Er hatte die Hände tief in die Manteltaschen vergraben, während er auf den seltsamen Tatort zumarschierte. Ulbricht gehörte lange genug zur Firma – man kannte ihn und ließ ihn anstandslos passieren.
Ein Mord ohne Leiche. Das roch nach Arbeit.
»Ah, da sind Sie ja!« Frank Heinrichs, sein pickelgesichtiger Assistent, war bereits anwesend.
Es wurde immer schlimmer. Ulbricht stellte frustriert fest, dass ihm heute aber auch nichts erspart blieb. Er seufzte, als Heinrichs ihn entdeckt hatte und dienstbeflissen auf ihn zutrat.
Er hatte es irgendwie geahnt, dass dieser Schleimer vor ihm am Tatort war. Um sich seinen Unmut nicht anmerken zu lassen, zündete sich Ulbricht in aller Ruhe eine Zigarette an und ließ sich von seinem Assistenten den Stand der Dinge schildern.
»Was machen Sie denn hier?«
»Ich hatte Dienst in der Kriminalwache, als der Anruf kam.«
»Schön.«
»Das ist ein seltsamer Fall«, bemerkte »Brille« Heinrichs und deutete auf den Betonklotz. Den Spitznamen trug

er, weil seine Brille mit dem dicken, blauen Rahmen das Markanteste an seiner sonst eher unscheinbaren Erscheinung war. Heinrichs musterte seinen Vorgesetzten aus kleinen Schweinsaugen. Er war von der Kriminalwache des Präsidiums zum Tatort beordert worden, da er Bereitschaft hatte.
»Kommen Sie runter, Heinrichs.« Ulbricht zog die Mundwinkel nach unten. »Jetzt bin ich ja da.« Er paffte, ohne seinen Assistenten aus den Augen zu lassen. »Was ist mit diesen Musikern? Wo sind die Kinder jetzt?«
»Es sind junge Männer«, verbesserte Heinrichs ein wenig pikiert.
»Von mir aus.« Ulbricht zog an seiner Zigarette. »Also, wo sind sie?«
»Im Bulli. Kommen Sie, Chef.«
»Sagen Sie nicht ...«
»Chef, ich weiß. Entschuldigung.« Heinrichs' Gesichtsfarbe wechselte von Weiß auf Tiefrot.
Ulbricht betrat das abgezäunte Gelände, das den Bunker umgab. Ein Kastenwagen parkte vor dem Eingang des Bunkers – die Kriminaltechniker. Lichtmasten verdrängten die hereinbrechende Dunkelheit. Kabel führten in das Innere des Bunkers; wahrscheinlich hatten sie dort auch Scheinwerfer aufgebaut. Mitarbeiter der Spurensicherung huschten in weißen Einmalanzügen umher und wirkten im grellen Scheinwerferlicht wie Gestalten von einem anderen Stern. Sie erkannten Ulbricht und nickten ihm zu. Vermutlich hatten sie nicht damit gerechnet, dass der Chef sich um diese Zeit persönlich am Tatort blicken ließ.

Heinrichs führte Ulbricht zu einem VW Bus der Polizei, der neben dem Bunker parkte, zog die seitliche Schiebetür auf und steckte den Kopf in den Kleinbus. »Hauptkommissar Ulbricht hat noch ein paar Fragen an Sie.«

»Schon gut, danke, Heinrichs.« Ulbricht nahm einen letzten Zug von der Zigarette, schnippte den Stummel fort und kletterte in den Bulli. Schwerfällig faltete er seinen langen Oberkörper auf eine der Sitzbänke. Als sein Assistent Anstalten machte, sich auch in das Innere des Kleinbusses zu zwängen, winkte Ulbricht ab.

»Ich komme klar hier. Kümmern Sie sich um die Spurensicherung.«

»In Ordnung.« Heinrichs schlug militärisch die Hacken zusammen und machte auf dem Absatz kehrt.

Ulbricht blickte ihm nach, bis Heinrichs in dem unansehnlichen Betonklotz verschwunden war, dann zog er die Schiebetür zu und widmete sich den drei Musikern.

»Kriminalhauptkommissar Ulbricht«, stellte er sich grimmig vor.

»Daniel Mehrmann.« Der junge Mann, der ihm direkt gegenüber saß, hatte seine Sprache zuerst zurückgefunden. »Und das ist Thomas Brinks«, er deutete auf den hageren Knaben, der wie ein Häufchen Elend neben Ulbricht hockte und teilnahmslos aus dem Fenster starrte. Mehrmann tippte mit seinem rechten Daumen an die Schulter des dritten jungen Mannes. Er saß neben ihm und bewunderte seine Schuhe.

»Und Dominik Müller.«

»Kriegen wir ‚ne Anzeige?« Mehrmann blickte Ulbricht beinahe ängstlich an. Der Kommissar schätzte ihn auf Anfang, Mitte zwanzig. Die dunklen Haare trug er kurz, und nur der Kinnbart lenkte davon ab, dass sein Gesicht fast kreisrund war. Die Augen waren grün, und Ulbricht glaubte etwas unendlich Trauriges darin erkennen zu können. Sie saßen sich direkt gegenüber, und der hagere Typ mit den schwarzen Haaren stierte ein Loch in den Fahrzeugboden, während sein linkes Knie hektisch auf und ab wippte. Ulbricht betrachtete die beiden auf der gegenüberliegenden Sitzbank. Nur der kleine Klapptisch trennte sie. Sie sahen nicht wie Kriminelle aus, ebenso wenig wie der Typ neben ihm.

»Ob Sie eine Anzeige bekommen?« Ulbricht winkte ab. »Dafür, dass Sie ein Musikvideo gedreht haben?«

»Dafür, dass wir den Clip in einem Bunker drehen wollten, dessen Betreten offiziell verboten ist«, erwiderte Daniel Mehrmann. »Und eine Drehgenehmigung hatten wir auch nicht.«

Ulbricht wunderte sich darüber, wie gewählt sich der Musiker ausdrückte. Er hatte immer gedacht, dass Rapper durch die Bank weg Ghetto-Jargon sprachen. Aber er war nicht auf der Höhe der Zeit, und die Dinge schienen sich zu ändern; ein Umstand, der Ulbricht den Sprecher der Band – sagte man Band? – sympathisch machte. Auch wenn er selbst gern herumpolterte, so respektierte er Menschen, die sich der Situation angepasst gewählt ausdrücken konnten.

»Für das Eindringen von Jugendlichen in gesperrte städtische Gebäude verlasse ich ganz bestimmt nicht den Fußballplatz«, erwiderte der Kommissar. »Außerdem ist das nicht mein Zuständigkeitsbereich. Wäre ich vom Ordnungsamt …« Er beendete den Satz nicht.

Nun räusperte sich auch der Bursche neben dem mit dem runden Gesicht. Dominik Müller presste die Lippen zusammen und nickte fast unterwürfig. Er machte den Eindruck, als hätte man ihn gerade eines Mordes überführt.

»Was war da drin los?« Müllers Stimme klang brüchig,

wie unter einer schweren Last, die der junge Mann zu tragen hatte.

Ulbricht lachte auf und eröffnete das Frage-Antwort-Spiel. »Ich dachte, das könntet ihr mir erzählen. Schließlich wart ihr da drinnen, und nicht ich. Also – ich bin ganz Ohr.«

»Die Idee, den Clip in dem Klotz zu drehen, hatte ich«, bekannte Dominik Müller.

»Mensch Domme, das ist doch jetzt egal«, fuhr Mehrmann ihn an. »Wir sitzen alle in der Scheiße.« Er wandte sich an Ulbricht. »Wie Sie inzwischen wissen, haben wir in dem Luftschutzbunker verbotenerweise einen Video drehen wollen. Dann hörten wir Stimmen – es klang, als würden sich zwei, drei Personen streiten.«

»Zwei oder drei?«, fuhr Ulbricht sofort dazwischen.

Die jungen Männer tauschten Blicke aus, Brinks zuckte mit den Schultern und zog es wieder vor, aus dem Seitenfenster des Bulli zu starren.

»Drei«, antwortete Müller schließlich. »Es waren drei.«

»Und wir haben kein Wort verstanden. Sie haben polnisch gesprochen, oder russisch. Vielleicht auch rumänisch oder tschechisch, das kann ich nicht einordnen.« Mehrmann gestikulierte beim Sprechen, als würde er einen Vortrag halten.

Ulbricht glaubte sich daran zu erinnern, dass Rapper auf der Bühne immer ihre Arme zucken ließen, so, als hätten sie spastische Lähmungen. Fast wie sein alter Freund Joe Cocker, nur sah das bei Joe kultig und bei den Rappern cool aus, wenigstens für ihre Fans.

Brinks ließ sich nun doch zu einer Äußerung herab. »Die Männer begannen zu streiten.«

»Was habt ihr gemacht?« Ulbricht musterte die drei der

Reihe nach.
»Wir haben unsere Scheinwerfer ausgemacht und uns still verhalten«, erwiderte Mehrmann.
»Moment, Moment«, fuhr Ulbricht dazwischen. »Soll das heißen, dass ihr nicht alleine in dem Bunker wart? Und dass euch die russischen Polen oder die tschechischen Rumänen nicht bemerkt haben? Ihr habt doch ein Musikvideo gedreht. Das geht doch nicht ohne Geräusche, oder rappt ihr für Taube?«
»Wir haben eine Pause gemacht, weil es nicht so lief.« Mehrmann tauschte einen Blick mit Brinks. »Und um die Batterien zu schonen, haben wir die Scheinwerfer abgeschaltet, als es ein paar Räume weiter zur Sache ging. Dann der Schuss, und wir hörten, wie zwei Männer wegliefen.« Nun lächelte Mehrmann. »Und wir waren froh, dass die uns nicht erwischt haben.«
»Und als Ruhe im Karton war, habt ihr nachgesehen?«
»Ja. Und den Toten entdeckt. Dann sind wir raus aus dem Bunker, weil unsere Handys drinnen kein Netz haben. Haben die Polizei angerufen, auf den Schreck in der Kneipe schräg gegenüber ein Bier gekippt, und dann kamen Ihre Kollegen auch schon mit Blaulicht an. Dazwischen lagen zehn, allerhöchstens fünfzehn Minuten.«
Ulbricht schüttelte den Kopf. Etwas schien ihm an der Geschichte des Rappers unlogisch zu sein. »Warum seit ihr nicht am Tatort geblieben und habt auf die Polizei gewartet?«
Mehrmann blickte seine Freunde an, dann zog er ein wenig kleinlaut die Schultern hoch. »Da wurde ein Mann erschossen. Was, wenn das die Russenmafia war und wenn die zurückgekommen wären?« Er schüttelte den Kopf. »Sorry, das ist eine Nummer zu groß für uns. Wir hatten

einfach Angst, verstehen Sie das?«
Ulbricht verstand. Mehrmann hatte das ausgesprochen, was er selber gedacht hatte. Und wenn er es hier mit der Russenmafia zu tun hatte, dann schien das eine ziemlich harte Nuss zu werden.

Kaiserstraße, 22.35 Uhr

Der alte Mann schaltete das Radio ab, nachdem die Lokalnachrichten auf der Wupperwelle gelaufen waren. Er hatte befürchtet, dass etwas schiefging. Nun erhob er sich aus seinem alten, verschlissenen Ohrensessel und durchquerte das Wohnzimmer, das mit dem Licht einer kleinen Tischlampe auskommen musste. Er hatte kein Blick für die alten Möbel, die ihn schon sein halbes Leben lang begleiteten und, wie er auch, langsam klapprig wurden. Der Alte trat an das Fenster und blickte hinaus in die hereinbrechende Nacht. Straßenlaternen tauchten das dunkle Gerüst der Schwebebahn, das direkt an seinem Wohnzimmerfenster vorbeiführte, in ein unwirkliches Licht.
Er hatte es geahnt.
Was sollte denn nun aus seinem Lebenswerk werden?
Wofür hatte er sich fast sechzig Jahre lang abgerackert?
Dass er mit der kümmerlichen staatlichen Rente nicht auskam, lag auf der Hand. Obwohl die Miete in dieser Bruchbude günstig war, musste er jeden Cent zweimal umdrehen, bevor er ihn ausgab. Weil er das schon in frühen Jahren erkannt hatte, war ihm die Idee mit der Altersvorsorge der anderen Art gekommen. Er hatte die Kisten rechtzeitig beiseite geschafft und in seiner Heimat versteckt, um sie zu einem günstigen Zeitpunkt wieder ans Licht der Öffentlichkeit zu rücken. Doch nun, so schien es, war dieser Traum geplatzt. Er musste schnellstens an-

dere Pläne schmieden. Schließlich hatte er selbst auch nicht mehr lange zu leben. Sein Geheimnis mit ins Grab zu nehmen, war keine Alternative. Für sein Vaterland hatte er größere Pläne gehabt, und nun, so schien es, war die Zeit reif, den Schleier zu lüften. Vielleicht sollte er sich selber noch einmal zum Ort des Geschehens begeben.
Während er das Licht im Wohnzimmer löschte und sich mit schwerfälligen Bewegungen ins eiskalte Schlafzimmer begab, hoffte er, in dieser Nacht Schlaf zu finden.

Marienstraße, 22.40 Uhr

Als sie hörte, wie der Schlüssel ins Schloss der Wohnungstür gesteckt wurde, sprang Heike hektisch vom Küchenstuhl auf und zündete die Kerzen auf dem festlich geschmückten Tisch wieder an. Sie machte sich am Backofen zu schaffen und zog die Auflaufform heraus, um sie auf den Tisch zu stellen. Nun war der Käse mehr braun als gold, doch sie wusste, dass Stefan den überbackenen Käse knusprig mochte. Eilig wischte sie sich die Finger an einer Serviette ab, dann stand Stefan auch schon im Türrahmen.
Er lächelte müde, doch als er sah, was sie vorbereitet hatte, blickte er verdutzt drein.
»Was ist denn hier los?«, fragte er sichtlich überrascht.
Heike stellte sich auf die Zehenspitzen und küsste ihn. »Denk nach«, forderte sie ihn auf. »Es hat was mit uns zu tun. Eine Sache, die uns verbindet.«
Stefan überlegte fieberhaft und stellte den Rucksack auf dem Hocker hinter der Tür ab. Als er an den Tisch trat, sich den Duft der Lasagne zuwedelte und auf seinen Stuhl sank, erhellte sich seine Miene.
»Eine Sache, die uns verbindet?«

»Ja.« Heike setzte sich ihm gegenüber und legte das Kinn in die Hände.
»Jetzt hab ich's: Wir haben beide Hunger!«
»Noch ein Wort, und die Lasagne landet im Müll.«
»Und was esse ich dann?« Stefan blickte sie mit großen Hundeaugen an und war sich offensichtlich keiner Schuld bewusst.
»Ich hole die Jungs aus dem Aquarium, dann kannst du sie in die Pfanne hauen«, schlug Heike ihm vor.
»Apropos Jungs, die muss ich auch noch füttern«, überlegte Stefan und sah Heike zu, wie sie ihm eine große Portion Lasagne auf den Teller schaufelte. Er spielte mit dem Besteck. »Das darf ich nicht vergessen, sonst sprechen sie kein Wort mehr mit mir.«
»Und?«, fragte Heike.
»Was – und?« Stefan begann zu essen.
Heike öffnete eine Flasche Weißwein und schenkte ihnen zwei Gläser ein. »Wo musste unser Lieblingskommissar denn so schnell hin?«
»Ich weiß es nicht.«
Ein wenig kleinlaut berichtete Stefan von seinem Missgeschick und versprach, nach den umfangreichen Restaurationsarbeiten am Käfer nun auch noch eine neue Batterie einzubauen.
»Die kostet schließlich nicht die Welt«, setzte er nach.
Heike hob das Glas. Sie machte ihm keinen Vorwurf, auch wenn sie sich insgeheim ein wenig darüber ärgerte, dass ihnen vielleicht eine heiße Story entgangen war.
Sie prosteten sich im romantischen Kerzenschein zu.
»Auf uns«, sagte Stefan kauend, legte die Gabel weg und lächelte ihr über den Rand des Weinglases zu. »Also – was feiern wir heute?«

»Denk nach, du elender Stoffel.« Aber an seinem Blick erkannte sie, dass er beim besten Willen nicht wusste, warum sie ihnen einen romantischen Abend vorbereitet hatte.
»Auf den Tag genau kennen wir uns heute zehn Jahre«, verkündete sie mit feierlicher Miene. »Und obwohl wir uns so lange kennen, habe ich mir noch keinen ernsthaften Schaden zugezogen.« Heike machte eine kleine Pause, bevor sie fortfuhr. »Darauf stoßen wir jetzt an!«
Stefan hatte keine Einwände. Der Wein schmeckte ihm – auch wenn er nichts gegen ein kaltes Bier aus dem Kühlschrank gehabt hätte, das sah sie ihm förmlich an. Doch er schwieg, und so genossen sie die Lasagne.

Polizeipräsidium, 23.05 Uhr
Den Feierabend hatte er sich wahrlich anders vorgestellt. Ein bis sechs Bier auf dem Balkon seiner Mietwohnung an der Bergbahn, etwas fernsehen und danach ins Bett fallen. Und vor dem Einschlafen hätte er sich noch ein wenig über das schlechte Spiel seiner Mannschaft aufregen können.
Aber nein.
Übel gelaunt lehnte er sich im quietschenden Sessel hinter dem wuchtigen Schreibtisch zurück, verschränkte die Arme hinter dem Kopf und betrachtete die drei jungen Männer, die eben in Begleitung von Heinrichs sein Büro betreten hatten. Sein Assistent zitierte die Rapper höflich mit einem »Bitte einzutreten« ins Büro und rückte ihnen drei Besucherstühle zurecht, die er im Halbkreis vor dem Schreibtisch des Hauptkommissars aufbaute, weltmännisch auf die klapprigen Sitzgelegenheiten deutete und sich dann selber einen alten Hocker aus der Ecke hinter

der Tür hervorholte, auf den er sank.
»Was soll das denn jetzt?«, grollte Ulbricht, der sich im Nachdenken gestört fühlte. Er betrachtete die drei Musiker, dann blieb sein Blick auf Heinrichs haften.
»Bilden wir jetzt einen Erzählkreis?«
Heinrichs errötete einmal mehr, und Ulbricht fragte sich, wie er den Kerl irgendwann einmal auf Verbrecher loslassen sollte. So höflich, wie er war, so unsicher und von Komplexen behaftet war er auch. Vielleicht sollte er Heinrichs zu einem Seminar für Konfliktbewältigung schicken.
Als Ulbricht keine Antwort von seinem Assistenten erhielt, wandte er sich an seine Besucher. »Okay, meinem Assi scheint es die Sprache verschlagen zu haben. Also – wie ist der Stand der Dinge?«
»Die Phantomzeichnung der Leiche ist fertig«, berichtete Mehrmann schließlich. »Aber wir sind uns nicht sicher, alles exakt angegeben zu haben. Schließlich haben wir den Toten nicht sehr lange und auch nur im Schein unserer Taschenlampen gesehen.«
»Das wird schon«, winkte Ulbricht gönnerisch ab. Heinrichs hatte gut mitgearbeitet, das musste er sich heimlich eingestehen: Sein Assistent hatte noch am Abend mit den Kollegen des Landeskriminalamtes telefoniert und einen Mitarbeiter des LKA aus Düsseldorf kommen lassen, der nach den Angaben der jungen Männer ein Phantombild der verschwundenen Leiche angefertigt hatte. »Und weiter?«
Nun war es Brille Heinrichs, der sich räusperte. »Finkenrath vom Erkennungsdienst durchforstet gerade die Datenbänke. Mal sehen, ob der Tote bei uns aktenkundig ist.«

»Und wenn nicht?« Mehrmann schob ein wenig trotzig die Unterlippe vor.
»Das lassen Sie mal unsere Sorge sein«, erwiderte Heinrichs ein wenig arrogant. Dafür fing er sich gleich einen vernichtenden Blick von Ulbricht ein.
»Was mein Assistent meint, ist, dass wir uns um den Fall kümmern.« Ulbricht beugte sich weit über seinen Schreibtisch und betrachtete die ratlosen Mienen der drei jungen Männer. »Und zwar so lange, bis er geklärt ist. Es gibt einen Toten, und es gibt gewiss auch einen Mörder. Wir werden die Sache aufklären.« Er lächelte, als er sich erhob und die Musiker zur Tür brachte. »Und sobald es Neuigkeiten gibt, werden wir Sie informieren.«
»Bis dahin halten Sie sich bitte zu unserer Verfügung und verlassen die Stadt nicht.« Heinrichs linste tückisch durch die Gläser seiner Brille.
Ulbricht gab ihm ein Zeichen, endlich die Klappe zu halten, dann wandte er sich an die drei jungen Männer.
»Was mein Assi Ihnen sagen möchte, ist, dass er Ihnen einen schönen Abend wünscht.«

Sechs

Sedanstraße, 23.10 Uhr

Sie erwachte, als ihre Schulter schmerzte. Mirja Blum richtete sich auf und stellte schlaftrunken fest, dass sie auf dem Sofa eingenickt war. Der Fernseher lief ohne Lautstärke; ein Privatsender wiederholte einen Serienklassiker aus den frühen Neunzigern. Die junge Frau richtete sich auf und spürte jeden Knochen, da sie in verrenkter Haltung eingeschlafen war. Nun fiel der Spiralblock, der auf ihrem Schoß gelegen hatte, zu Boden. Langsam nur kehrte die Erinnerung zurück.

Alexander war noch einmal losgezogen, weil er noch etwas erledigen musste, wie er ihr berichtet hatte. Als sie allein war, hatte sie sich ein Wellness-Programm gegönnt: Kerzen im Bad aufgestellt, eine heiße Wanne mit extra viel Schaum, dazu ein Glas Rotwein und ein gutes Buch. Als sie schläfrig geworden war, hatte sie sich abgetrocknet, war in den flauschigen Bademantel geschlüpft und hatte es sich im Wohnzimmer der kleinen Dachgeschosswohnung gemütlich gemacht. Dann war ihr eingefallen, dass sie noch für eine Klausur üben musste.

Latein war nicht eben ihre Stärke. Also hatte sie sich das Buch und den Block geholt, um sich mit der aktuellen Thematik auseinanderzusetzen. Der Kopf hatte ihr geraucht, und irgendwann war sie dann auf dem Sofa eingeschlafen. Vielleicht hatte das auch am Wein gelegen, den sie getrunken hatte, sie wusste es nicht.

Als Mirja einen Blick auf die Uhr im Display des DVD-Players warf, schreckte sie hoch. Wahrscheinlich war Alexander längst zurück und hatte sie schlafen lassen. Es war ihr ein wenig peinlich, dass sie eingeschlafen war.

Eilig richtete sie sich auf und verdrängte den Schmerz, der sie durchzuckte. Dann wanderte sie durch die spärlich beleuchtete Wohnung. Von Alexander keine Spur; weder in der Küche, noch im Bad und auch im Schlafzimmer traf sie ihn nicht an. Mirja begann sich Sorgen zu machen. Es war ihr nicht verborgen geblieben, dass ihr Freund seit einiger Zeit ein Geheimnis vor ihr hatte. Er verschwand einfach, ohne ihr zu sagen wohin, und bei bestimmten Themen blockte er ab und war sehr einsilbig. Hatte das damit zu tun, dass er auf der Suche nach einem Job war, mit dem er seinen Lebensunterhalt finanzieren konnte? Sie war nicht glücklich darüber, dass er sich mit Gelegenheitsjobs über Wasser hielt, doch sie waren nicht verheiratet, und im Grunde genommen war er ihr keine Rechenschaft schuldig.

Vielleicht schämte er sich dafür, dass er sich mit schlecht bezahlten Aushilfstätigkeiten durchschlug.

Ein anderer Verdacht keimte in ihr auf, als sie nachdenklich im Türrahmen des Schlafzimmers lehnte: Vielleicht hatte er eine andere.

Genügte sie ihm nicht mehr?

Schon seit einiger Zeit war er so anders. Manchmal einsilbig und geradezu verschlossen, oft wirkte er gedankenverloren auf sie. Natürlich hatte sie sich nach dem Grund für sein Verhalten gefragt, war aber nie zu einer plausiblen Antwort gekommen. Plötzlich klang es so einfach, und Mirja machte sich Vorwürfe, dass sie nicht schon viel früher zu diesem Schluss gekommen war. Die Veränderungen an Alexander waren ihr schon vor einigen Wochen aufgefallen, und sie hatte sich immer damit zufrieden gegeben, dass er finanzielle Probleme hatte, auch, wenn er das niemals zugeben würde.

Sie war allein in der Wohnung. War er jetzt bei der anderen Frau?
Eine schmerzhafte Mischung aus Trauer und Wut ergriff Besitz von ihr.
Plötzlich war da noch ein anderer Gedanke: Was, wenn sie sich täuschte und ihm etwas zugestoßen war? Mirja trat an das Dachfenster unter der Schräge des Zimmers und öffnete es einen Spalt breit. Ein lauer Abendwind wehte in den Raum und kühlte ihre erhitzten Wangen. Die Häuser am Sedansberg schienen ihr zu Füßen zu liegen. In einigen Fenstern brannte noch Licht, und die Stadt schien den Nachthimmel anzuleuchten. Gedämpft drang Autolärm an ihre Ohren, wahrscheinlich war es der Verkehr vom nahen Steinweg.
Mirja hielt das Warten nicht länger aus. Ihr Verdacht, dass sich Alexander die Zeit mit einer anderen Frau vertrieb, brachte sie um den Verstand. Sie riss sich vom Blick auf das nächtliche Barmen los und durchsuchte die Wohnung nach ihrem Handy. Schließlich fand sie es. Als sie in die Wanne gestiegen war, hatte sie das kleine Telefon auf die Waschmaschine gelegt, um notfalls für ihn erreichbar zu sein.
Doch er hatte nicht angerufen.
Mirja griff nach dem Handy, löste die Tastensperre und starrte wie gebannt auf das leuchtende Display. Sie zögerte. Sollte sie ihn wirklich anrufen?
Was, wenn sich die Stimme einer anderen Frau meldete?
Mirja setzte sich auf den Wannenrand, dann tippte sie sich mit dem rechten Daumen durch das Menü des Mobiltelefons und rief seine Nummer auf. Wieder zögerte sie, schloss einen Moment lang die Augen, bevor sie die grüne Taste drückte und die Verbindung herstellte.

Es dauerte eine gefühlte Ewigkeit, bis das Freizeichen ertönte. Ihre Aufregung wuchs. In wenigen Sekunden würde sie mehr wissen.
Als sich nach langem Läuten die Mailbox meldete, ließ sie den Arm sinken.
Er war nicht ans Telefon gegangen. Das tat er nie. Alexander war immer erreichbar. Für jeden. Manchmal neckte sie ihn damit, dass er handysüchtig sei, weil er nirgendwo ohne Handy hinging. Nicht einmal aufs Klo.
Und nun ging er nicht dran.
Mirja zog ihre Schlüsse daraus und unterbrach die Verbindung. Eine Nachricht hinterließ sie ihm nicht auf der Mailbox. Sie hatte genug gehört und starrte auf das Handy in ihrer rechten Hand. Das konnte nur eines bedeuten: Dass er nicht gestört werden wollte.
Was das wiederum zu bedeuten hatte, konnte Mirja sich denken. Ihre schlimmsten Befürchtungen und Ängste hatten sich mit einem einzigen Anruf auf dem Handy ihres Freundes bewahrheitet. Je länger sie darüber nachdachte, desto sicherer war sie. Bald schon tauchte vor ihrem geistigen Auge das Bild ihres Freundes auf, der sich mit einer hübschen Frau die Zeit vertrieb.
Die Hand, mit der Mirja das Telefon umklammert hatte, lockerte den Griff, und das Telefon fiel zu Boden. Der flauschige Wannenvorleger verhinderte, dass das Handy auf dem harten Fliesenboden im Bad zu Bruch ging. Mirja barg das Gesicht in den Händen. Ihre Schultern zuckten unkontrolliert, und sie erlitt einen Weinkrampf. Dann rutschte sie vom Wannenrand auf den Boden.
Sie hatte so große Pläne mit Alexander gehabt; er war der Mann, mit dem sie alt werden wollte. Ihre Träume waren zerplatzt wie eine Seifenblase.

23.50 Uhr, An der Bergbahn

Rauchend stand Ulbricht auf seinem Balkon und betrachtete die gegenüberliegenden Häuser. Nichtssagende, anonyme Mietshäuser. Die meisten Fenster waren um diese Zeit bereits dunkel, und viel gab es nicht mehr zu sehen. Bei der alten Frau Beiersdorff gegenüber flackerte das bläuliche Licht des Fernsehers. Wahrscheinlich war die Rentnerin wieder vor der Flimmerkiste eingeschlafen. Drei junge Mädchen marschierten kichernd den Berg hinunter.

Seit zig Jahren lebte er in dieser Straße, damals noch mit seiner Familie. Er erinnerte sich noch an seine Kindheit, als die Wagen der weltweit zweiten elektrischen Zahnradbahn den Berg hinaufgerumpelt waren und die Fahrgäste zwischen dem Clef und dem Toelleturm befördert hatten. Die Bahn, Ende des 19. Jahrhunderts durch einflussreiche Barmer Bürger wie Adolf Vorwerk initiiert, war eine Attraktion gewesen, besonders an den Wochenenden. Als das Aus der Bahn immer näherrückte, hatten die Bürger gegen die Stilllegung der Strecke protestiert – vergeblich. Man hatte den Betrieb aus Kostengründen eingestellt. So wie man heute wieder den Gürtel in der Stadt enger schnallen musste. Die Barmer Bergbahn war längst verschwunden, und kaum einer der jungen Wuppertaler wusste heute noch, dass es einst eine Zahnradbahn gegeben hatte. Ulbricht fragte sich, ob die aktuellen Sparpläne der Stadt hinnehmbar waren. Die Schließung eines Schauspielhauses war ein sehr endgültiger Schritt. Plötzlich war Ulbricht froh, bei der Kripo zu arbeiten anstatt im Barmer Rathaus. In der Haut des Oberbürgermeisters wollte er wahrlich nicht stecken.

Während Ulbricht an seiner Zigarette zog, dachte er über den seltsamen Fall nach.
Ein Mord – und die Leiche war spurlos verschwunden.
Die Untersuchung des Bunkers durch die Spurensicherung hatte ergeben, dass in dem betreffenden Raum tatsächlich eine Schießerei stattgefunden hatte; sogar der Schusswinkel war durch die Blutspurenanalyse festgestellt worden. Fußabdrücke und Faserspuren aus der Bekleidung der Unbekannten waren gesammelt worden, und – wohl das prägnanteste Indiz – vor dem Bunker war der Gipsabdruck einer Reifenspur angefertigt worden. Alles deutete darauf hin, dass die unbekannten Täter noch einmal zum Tatort zurückgekehrt waren, um die Leiche abzuholen. Dabei hatten sie den richtigen Augenblick abgepasst, denn die drei Musiker befanden sich zu diesem Zeitpunkt nicht im Bunker. Absicht oder Zufall?
Natürlich waren im Bunker Spuren von Textilien gefunden worden, die jedoch zu keiner Erkenntnis gereicht hatten.
Er hatte den Kollegen Dampf gemacht, deshalb lag auch schon eine DNA-Analyse des Opfers vor, doch auch der Abgleich der gefundenen Blutspuren des Opfers hatte in eine Sackgasse geführt. Derjenige, auf den dort geschossen worden war, war bundesweit noch nicht erkennungsdienstlich behandelt worden. Ein wenig stolz war er auf das Ergebnis trotzdem, denn normalerweise dauerte ein solcher Abgleich ein paar Tage. Doch da das Opfer der Schießerei verschwunden war, bestand noch die – wenn auch geringe – Möglichkeit, dass es entgegen der Aussage von Mehrmann und Co noch lebte. Ulbricht hatte schon so viele vermeintlich Tote in seinem Leben gesehen, und Menschen, die nicht beinahe täglich einen Toten zu Ge-

sicht bekamen, irrten sich schnell.
Ulbricht fragte sich, was drei Leute, wenn es wirklich drei gewesen waren, im Bunker zu suchen gehabt hatten, und er tippte auf Drogendealer, die sich hier zu einem Geschäft verabredet hatten, das offenbar in die Hose gegangen war. Er beschloss, morgen die Kollegen vom Drogendezernat zu Rate zu ziehen.
Wenn die Mörder wussten, dass sich zum Zeitpunkt der Schießerei Zeugen mit ihnen im Luftschutzbunker aufgehalten hatten, dann befanden sich die jungen Männer ebenfalls in Gefahr. Ulbricht überlegte, ob er ihnen Personenschutz gewähren sollte, dachte an die frustrierende Personalsituation bei der Polizei und verwarf den Gedanken wieder.
Bei dem Fahrzeug, das die Reifenspuren verursacht hatte, handelte es sich offenbar um ein schweres Fahrzeug, um einen Van oder eine schwere Limousine. Ein Geländewagen schied aus, das hatte ihm Meyer von der Spurensicherung sofort mitgeteilt. Ein geländetaugliches Fahrzeug hätte er am Profil der Reifen erkannt.
Ulbricht drehte sich im Kreis, denn auch die Durchforstung der Vermisstenanzeigen hatte nichts ergeben. Es schien, als habe es den Mann, den die Rapper im Bunker tot aufgefunden hatten, niemals gegeben. Weder in den Datenbänken des BKA noch in den Vermisstenmeldungen war ein Mann aufgetaucht, auf den die Beschreibung des Toten passte.
Ulbricht wusste nicht recht, wo er mit der Arbeit beginnen sollte.
Seine Hoffnungen konzentrierten sich auf die Patronenhülse, die man am Tatort sichergestellt hatte. Vielleicht war es über Kaliber und Hersteller der Munition möglich, die Marke und später dann auch die Herkunft der Waffe

festzustellen.
Warum hatte es in einem alten Bunker ein Treffen von drei Unbekannten gegeben, das für eine Person tödlich ausgegangen war? Und warum war die Sache eskaliert? Eine andere Möglichkeit wäre, dass der Tod des Unbekannten im Vorfeld geplant gewesen war. Die anderen beiden hatten ihm ein Treffen vorgeschlagen, um ihn dann im Bunker, und somit unbemerkt von der Öffentlichkeit, zu beseitigen. Möglicherweise handelte es sich um einen Auftragsmord.
So betrachtet war der blick- und schalldichte Luftschutzbunker ein idealer Ort für einen Mord. Unwillkürlich fragte sich Ulbricht, wie viele Leichen unentdeckt in den zahlreichen noch existierenden Bunkern der Stadt vor sich hingammelten.
Wer tat so etwas? Die Mafia?
Dann würde Ulbricht morgen die Kollegen der OK mit einbeziehen. Auch wenn es niemand gerne zugab, so gehörte die Organisierte Kriminalität schon lange zum Bergischen Land. Bislang hatte Ulbricht immer einen weiten Bogen um die Mafia und andere Organisationen gemacht, das war ihm eine Spur zu groß, und er hatte sich vorgenommen, seinen Lebensabend noch in Ruhe genießen zu können.
Nach einem letzten Zug an der Zigarette schnippte er den Stummel über die Brüstung des Balkons. Der Rest der Zigarette glühte wie ein wütendes Glühwürmchen auf, um schließlich auf dem Pflaster des Bürgersteigs zu erlöschen.
Ulbricht wandte sich ab und betrat das Wohnzimmer, verschloss die Tür und zog die Vorhänge zu. Auch wenn er nichts zu verbergen hatte – er kam sich immer schrecklich beobachtet vor, wenn er bei Licht und offenen Gardinen

in seinem Wohnzimmer hockte. Wahrscheinlich ein Resultat seines Berufs.
Auf dem flachen Wohnzimmertisch stand eine Bierflasche, in der sich noch ein Rest Bier befand. Er leerte die Flasche, unterdrückte einen Rülpser und brachte sie in die Küche. Danach betrat er das kalte Schlafzimmer, entkleidete sich und schlüpfte unter die Decke. Obwohl er seit einer Ewigkeit allein lebte, schlief er immer noch in dem alten, inzwischen knarrenden Doppelbett, das er einst mit seiner Frau Birgit geteilt hatte. Sie hatte seinen Job nicht länger akzeptiert, hatte nicht mehr damit leben wollen, dass er ständig auf Abruf bereitgestanden hatte. Tag und Nacht, sieben Tage in der Woche. Das Privatleben war völlig im Eimer gewesen, und Birgit war, während er zum Einsatz gerufen wurde, einfach mit Wiebke, ihrer gemeinsamen Tochter, abgehauen. Vor einigen Jahren war Birgit gestorben – die Todesanzeige hatte er zufällig in der WZ gesehen. Der Zusatz »nach langer, schwerer Krankheit«, ließ Krebs vermuten. Sicher war er aber nicht. Auch auf der Beerdigung war er nicht gewesen. Längst hatte Birgit einen anderen Mann gefunden, der um sie trauerte. Da wäre er einfach fehl am Platze gewesen. Nun lag sie auf dem Friedhof Schellenbeck und würde niemals zu ihm zurückkehren.
Das, was ihn so traurig und betroffen machte, war der Umstand, dass sie nie die Gelegenheit gefunden hatten, sich in Ruhe auszusprechen. Auch der Kontakt zu Wiebke, sie war inzwischen längst erwachsen, war irgendwann eingeschlafen. Aus Norbert Ulbricht war ein alter, verbitterter Mann geworden, der sich in seine Arbeit stürzte, um keine Zeit zum Nachdenken zu finden. Aber vielleicht würde es ihm gut tun, wenn er einmal nachdenken konnte.

Ulbricht seufzte, während er hinauf an die Zimmerdecke starrte. Vielleicht sollte er sich die Mühe machen und wenigstens nach seiner Tochter suchen. Er hatte keine Ahnung, wo sie lebte – im Wuppertaler Telefonbuch tauchte sie jedenfalls nicht auf. Womöglich hatte sie nach dem Ehe-Debakel ihrer Eltern die Stadt verlassen und verabscheute Polizisten. Verstehen konnte er sie.
In Ulbricht reifte ein Entschluss. Er war nicht mehr der Jüngste, und es wurde langsam Zeit, sich mal wieder um private Dinge zu kümmern.

Donnerstag

Sieben

8.20 Uhr, Redaktion der Wupperwelle

Manfred Jordan blickte über den Rand seiner Brille, als Heike und Stefan leicht verkatert die Redaktion betraten. Sie hatten wenig geschlafen und waren entsprechend müde. Es schien arbeitstechnisch ein ruhiger Tag zu werden; Stefan hatte die Sendung zur Mittagszeit, und Heike war als Reporterin vom Dienst eingeteilt. Somit unterstützte sie die Kollegen der Nachrichtenredaktion, recherchierte im Hintergrund und sprach aktuelle Beiträge ein, die später in den Nachrichten laufen würden.

»Spät dran, was?«, brummte Jordan und blickte bezeichnend auf die Armbanduhr. Um halb liefen die nächsten Lokalnachrichten, und er feilte an den Moderationen, die er gleich darauf live sprechen würde. Zuletzt kamen immer die Verkehrsnachrichten herein. Wenn es in der Stadt einen Stau oder eine Radarkontrolle gab, dann erfuhr der kleine Sender meist durch die Anrufe der Hörer davon und konnte schnell und flexibel reagieren.

Die Redaktion des kleinen Senders am Alten Markt war in einem lichtdurchfluteten Großraumbüro untergebracht. Im Erdgeschoss waren die Räumlichkeiten einer deutschen Bank angesiedelt; das erste Obergeschoss wurde von der Wupperwelle eingenommen. Von der großen Fensterfront aus hatte man einen Ausblick auf die Wupper, über die sich das grüne Stahlgerüst der Schwebebahn spannte. Rechter Hand lagen die große Kreuzung und die Schwebebahnstation, links lag das Opernhaus.

»Erzähl was Neues«, erwiderte Stefan nun.

»Finanzkrise.« Manfred Jordan hatte die Angewohnheit, kurz vor den Nachrichten in Stichworten zu sprechen.

»Wuppertal pleite, Oberbürgermeister steht im Kreuzfeuer der Öffentlichkeit. Hätte schon längst die Notbremse ziehen müssen.«

Der parteilose Johannes Alt war erst kürzlich in der zweiten Legislaturperiode zum Oberbürgermeister der Stadt Wuppertal gewählt worden. Mit der Vorstellung des Haushaltssicherungskonzeptes unmittelbar nach der Wahl hatte er sich nicht unbedingt beliebt bei den Bürgern gemacht. Die Bezirksregierung in Düsseldorf drehte der Stadt den Hahn zu, und Alt war gezwungen, unpopuläre Maßnahmen zu treffen. Die Schließung des Schauspielhauses, von vielen Wuppertalern als ein Angriff auf die Kultur der Stadt gewertet, war nur ein Punkt des Konzeptes, das Alt der Landesregierung vorgelegt hatte.

»Er beruft sich auf die Bezirksregierung in Düsseldorf«, erwiderte Heike und runzelte die Stirn. »Oder gibt es etwas Neues?«

Der Nachrichtenredakteur löste sich vom Anblick seines Monitors und blickte Stefan und Heike wie zwei Außerirdische an. »Sagt mal«, murmelte er, während er mit der Maus herumklickte und hinter ihm ein Drucker anlief. »Hört ihr eigentlich kein Radio?«

»Normalerweise schon«, brummte Stefan. »Also – mach es nicht so spannend!«

»Das Haushaltssicherungskonzept der Stadt greift. Schauspielhaus zu, einige Bäder dicht, Bibliotheken dicht und der Schwebebahnausbau …« Er winkte ab. »Kann sich noch um Jahre handeln. Wahrscheinlich sind die neuen Züge früher da als das Gerüst und die Bahnhöfe.«

»Und was hat Alt mit der Sache zu tun?« Heike verstand den Zusammenhang nicht. Es war nichts Neues, dass die Stadt sich seit einiger Zeit in einer finanziellen Schieflage befand. Viele warfen dem Oberbürgermeister vor, mit der Wahrheit hinter dem Berg gehalten zu haben, um die Wahl zum OB für sich entscheiden zu können.

»Er lächelt in jede Kamera, ist medienwirksam überall da, wo ein neuer Sandkasten eingeweiht wird«, murmelte Jordan, griff hinter sich in den Druckerschacht, überflog die Manuskripte für die nächsten Nachrichten und erhob sich. »'tschuldigung«, brummte er und deutete mit dem Kinn auf die große Funkuhr an der Wand. »Aber ich muss, der Countdown läuft schon.«

Im Laufschritt entfernte er sich in Richtung des gläsernen Studios und stand im nächsten Augenblick schon mit Headset am Pult, um nach dem eingeblendeten Nachrichten-Jingle die Neuigkeiten zu verlesen.

»Weißt du, was er meint?« Heike blickte Stefan ratlos an.

»Das, was alle wissen«, murmelte er. »Die Stadt ist hoch verschuldet, angeblich wusste Alt nichts davon und hat sich wiederwählen lassen, um jetzt die Bombe platzen zu lassen. Aber er ist wieder für die nächsten Jahre im Amt, und das macht einige Leute in der Stadt ziemlich sauer.«

»Dass er nicht überall beliebt ist, war mir klar.« Heike kannte die Zusammenhänge in der Stadtverwaltung selbst – dazu benötigte sie nicht Stefans Rat. Sie ärgerte sich über seine Art, sie wie ein Kind zu behandeln.

»Ich bin zwar blond, aber nicht blöd«, maulte sie.

Stefan grinste schief, sagte aber nichts.

»Mach es nicht so spannend!«, forderte Heike wütend.

»Alt hat Morddrohungen bekommen«, eröffnete Stefan ihr schließlich.

»Das ist nicht dein Ernst.«

»Und ob. Ich habe es gestern Abend um drei Ecken erfahren. Ist top secret, und man hat mir körperliche

Repressalien angedroht, sollte ich etwas über den Sender bringen. Nach außen hin ist die Weste von Johannes Alt blütenrein.«
»Von wem hast du solche Infos?«
»Das darf ich nicht verraten.«
»Du bist mies.«
»Ich bin Journalist, nicht mehr und nicht weniger.«
»Du bist ein Spinner, Stefan Seiler.« Heike kochte vor Wut. »Und wenn du mir nicht mehr erzählst, werde ich Bett und Tisch von dir trennen.«
»Das wäre schade.« Er machte einen bedauernden Gesichtsausdruck ohne wirklich betroffen zu wirken.
Die Stimme klang nasal. »Wenn Sie jetzt so weit wären, würde ich dann gern mit der Redaktionskonferenz beginnen.« Als Stefan und Heike sich umwandten, sahen sie zuerst eine glühendrote Nase, die Heike an Rudolf, das Rentier erinnerte. Dann erst erblickten sie einen verschnupften Michael Eckhardt.
»Ist denn heut' schon Weihnachten?«, fragte Stefan mit Blick auf Eckhardts rote Nase grinsend.
Erbost schnäuzte sich Michael Eckhardt die Nase. Die stahlgrauen Augen tränten hinter den Gläsern seiner rahmenlosen Brille. Wie immer hing die Krawatte des Chefredakteurs auf halb acht, wie immer wies sein frisches Hemd bereits erste Kaffeeflecken auf.
»Fragen Sie nicht – wer den Schaden hat, muss für den Spott nicht sorgen«, stellte Eckhardt fest. »Eigentlich bin ich gar nicht hier, ich liege im Bett und kuriere mich aus.« Dann unterbrach er sich, schüttelte den Kopf und blickte auf die Armbanduhr. »Sie sind spät dran, und vor uns liegt ein harter Tag. Also bitte ...?«
»Gern nach Ihnen«, flötete Heike freundlich und gab

Stefan einen unauffälligen Stoß.
Er setzte sich schwerfällig wie ein störrischer Muli in Bewegung und trottete dem Chefredakteur hinterher.
»Noch nicht einmal Zeit für 'nen Kaffee hat man«, meckerte er.
»Dann sollten Sie sich endlich angewöhnen, früher im Sender aufzutauchen«, empfahl Eckhardt, ohne sich umzuwenden. Längst schon genoss Stefan so etwas wie Narrenfreiheit bei der Wupperwelle. nicht umsonst hatte Eckhardt ihn zum Chef vom Dienst ernannt. Sein Kommentar ging in einer Niesattacke des Chefredakteurs unter.

9.04 Uhr, Polizeipräsidium

Als Ulbricht ohne Anklopfen ins Büro trat, nahm Heinrichs eilig die Füße vom Schreibtisch und tat, als wäre er in die Unterlagen vertieft, die er vor sich ausgebreitet hatte.
»Moin, Chef«, murmelte er und blickte über den blau eingefärbten Rand seiner Designerbrille. Das blonde Haar hatte er frisch gegelt, und irgendwie sah er aus, als wäre er eben erst aus dem Bett gekommen.
Ulbricht streifte den zerknitterten Sommermantel ab und warf ihn über die Lehne eines Besucherstuhls vor Frank Heinrichs Schreibtisch. Danach zog er sich den anderen, noch freien Stuhl heran und sank seufzend darauf nieder.
»Also«, sagte er gedehnt und zog die Zigarettenpackung aus der Hemdtasche hervor. »Was gibt es Neues?« Er ließ das Zippo, das er sich letztes Jahr zu Weihnachten gegönnt hatte, klicken und inhalierte den Rauch.
Wortlos nahm Heinrichs den Aschenbecher aus der Schublade seines Schreibtischs und schob ihn zu Ulbricht

hinüber. Obwohl er Nichtraucher war, hatte Ulbricht ihm beigebracht, mit den Schwächen seines Vorgesetzten zu leben. Und so hatte er auch mit dem Rauchverbot, das seit einiger Zeit in Behörden galt, nicht viel am Hut.

»Die Kollegen haben die Daten der Zulassungsstelle abgerufen. Sie werden jetzt alle Halter von Mercedes-S-Klasse und BMW 7ern aufsuchen – vielleicht finden wir so den Wagen, mit dem das Opfer nach der Schießerei abtransportiert wurde.«

»Dazu müsste er in Wuppertal zugelassen sein«, gab Ulbricht zu bedenken. »Im Zweifelsfall müssen wir auf die Daten im Kraftfahrtbundesamt zugreifen. Und sonst?«

»Eben hat eine junge Frau angerufen«, eröffnete Heinrichs ihm. »Sie vermisst ihren Freund.«

»Da wird sie nicht die Einzige sein«, erwiderte Ulbricht und kratzte sich am Kinn. Die Stoppeln knisterten. Für eine Rasur hatte die Zeit heute Morgen nicht mehr gereicht. »Und wenn ich mich jetzt auch noch um die Vermisstenanzeigen kümmern soll, geh ich gleich wieder nach Hause.«

»Stimmt, aber die Kollegen in der Polizeiwache waren auf Zack und haben die Frau zu mir durchgestellt.« Heinrichs lehnte sich mit einem feisten Grinsen zurück. »Ich war Gott sei Dank pünktlich im Büro und konnte den Anruf entgegennehmen.«

Ulbricht überhörte die Spitze seines Mitarbeiters großzügig. Er hatte keine Lust, sich am frühen Morgen aufzuregen. Und dass der Junge noch auf die Einhaltung der Arbeitszeiten achtete, war nichts Neues. Heinrichs war ein Pedant, egal ob es um die Dienstzeiten ging oder um Vorschriften im Allgemeinen. Dass Ulbricht in seinem Büro rauchen durfte, musste Heinrichs einige

Überwindung gekostet haben.
»Nun brutzeln Sie nicht so in Ihrem eigenen Fett«, brummte Ulbricht und paffte den Rauch an die Zimmerdecke. »Sie sind der Beste, das wissen wir. Also: Raus mit der Sprache.«
»Die Beschreibung des vermissten Freundes der Frau könnte auf das Phantombild passen, das der Zeichner nach den Angaben dieser drei Rapper gemacht hat.«
»Na, das lässt doch hoffen.«
»Für uns schon, leider nicht für die junge Frau.« Heinrichs verschränkte die Arme vor der Brust. »Sie wird in den nächsten Minuten hier aufschlagen, dann wissen wir womöglich mehr. Ich habe sie gebeten, ein Foto von ihrem Freund mitzubringen.«
Ulbricht zog anerkennend die Mundwinkel nach unten. »Manchmal denken Sie sogar mit.« Er nahm einen letzten Zug von seiner Zigarette und drückte den Stummel im Aschenbecher aus, bevor er sich erhob und sich den zerknitterten Trenchcoat über den Arm warf. »Lassen Sie die Rapper antanzen. Ich will, dass sie sich das Foto ansehen.«
»Wird erledigt.«
»Die Morgenrunde verschieben wir um eine Stunde. Wenn wir gleich schon mehr wissen, können wir die Aufgaben besser verteilen.«
»Ich war so frei, das bereits bekannt zu geben – die Kollegen wissen also schon Bescheid.«
»Heinrichs – wenn ich Sie nicht hätte.« Obwohl Ulbricht grinste, schwang eine Spur Ironie in seiner Stimme mit. An der Tür angekommen, wandte er sich noch einmal zu seinem Assistenten um. Er trat an den Schreibtisch und deutete auf den Computermonitor.

»Sie kennen sich doch mit diesen Kisten aus«, murmelte er.
Heinrichs nickte.
»Dann müssen Sie mal eine Person für mich goggeln.«
»Das heißt googeln.«
»Sie sind ein Klugscheißer.«
»Wen soll ich also im Netz auftreiben?« Heinrichs hatte den Vorwurf großzügig überhört.
»Wiebke.« Ulbricht kam der Name ein wenig schwer über die Lippen.
Heinrichs zog die graue Tastatur zu sich heran und gab den gewünschten Suchbegriff ein. »Wiebke«, sagte er dann. Sein Gesicht tauchte hinter dem Montitor auf. »Ich habe hier 1.690.000 Ergebnisse.« Er grinste feist. »Wiebke – und weiter?«
Ulbricht war schon wieder an der Tür angelangt. Seine Hand lag auf der Klinke, er trat einen Schritt auf den Gang hinaus, wandte sich um und steckte den Kopf noch einmal in Heinrichs Büro. Er zögerte.
»Wiebke Ulbricht«, murmelte er dann. »Sie ist meine Tochter.« Dann war er draußen.

9.35 Uhr Redaktion der Wupperwelle

»So, und nun raus mit der Sprache: Was sind das für angebliche Morddrohungen gegen unseren Oberbürgermeister?« Heike hatte Stefan in einen ruhigeren Teil des Großraumbüros gezogen und ihn auf einen der mit rotem Stoff bezogenen Drehstühle gesetzt. Aus der Küche hatte sie zwei Tassen Kaffee besorgt. Eine reichte sie Stefan, der die Tasse annahm, hineinpustete und in kleinen Schlucken trank. Normalerweise war er vor der ersten Tasse Kaffee am Tag nicht ansprechbar. Nun zog sie sich selbst einen Stuhl heran und setzte sich. Die weiße Tasse mit dem knallroten Logo des Senders drehte sie in den Händen, ohne Stefan aus den Augen zu lassen. Er wirkte unschlüssig.

Stefan blickte sich in der Redaktion um. Die Kollegen saßen an ihren Arbeitsplätzen und beobachteten sie nicht.

»Es ist ein anonymer Hinweis, mehr nicht. Wahrscheinlich von irgendeinem Spinner.« Stefan winkte ab. »Alt hat im Augenblick nicht viele Freunde – wahrscheinlich gibt es einige hundert Menschen, die die Kripo auf die Liste der Verdächtigen setzen würde.«

»Womit wir beim Thema wären«, nickte Heike. »Das müssen wir der Polizei melden.«

»Wir?« Stefan schüttelte den Kopf. »Wenn überhaupt, dann muss ich das tun. Aber ich werde es nicht tun, weil das in den Zuständigkeitsbereich von Kommissar Verdammt fällt. Und offen gestanden habe ich keine große Lust darauf, mit ihm aneinanderzugeraten.«

»Dann sprich mit seinem Assistenten, diesem Heinrichs. Er ist ein Spinner, aber er wird sicherlich ein offenes Ohr für dich haben, wenn er mit dem Hinweis bei seinem Chef punkten kann.«

»Er ist ein aalglatter Typ, und ich mag ihn nicht besonders, wie du weißt.«

»Stefan …« Heike rüttelte an seinem Unterarm. Sie konnte nicht glauben, wie gleichgültig Stefan mit dem Hinweis auf einen möglichen Mord umging. »Das musst du ernst nehmen, oder könntest du mit dem Vorwurf, von einer Morddrohung gewusst zu haben, umgehen?«

»Wahrscheinlich nicht.« Stefan senkte den Blick und betrachtete den Boden. »Also gut«, sein Kopf ruckte hoch. »Ich werde gleich nach der Sendung ins Präsidium fahren und die Karten auf den Tisch legen, auch wenn sie mich für einen Spinner halten werden.«

»Unsinn. Sie werden dem Hinweis nachgehen und dir dankbar sein.« Heike blickte sich um und versicherte sich davon, dass sie außerhalb der Hörweite ihrer Kollegen saßen. »Also«, raunte sie. »Wer hat dir den Tipp gegeben?«

»Kalla.«

Damit hatte Heike am allerwenigsten gerechnet. Der Taxifahrer aus Passion war ein Freund der beiden. Karl-Heinz Weinberger, so sein bürgerlicher Name, hatte Augen und Ohren immer dort, wo in der Stadt etwas geschah. Kalla war Anfang fünfzig und besaß eine üppige Leibesfülle, die, wenn er im Auto saß, bis zum Lenkrad reichte. Früher hatte er mit einigen Kollegen eine Bürgerfunksendung auf der Wupperwelle moderiert, die den sinnigen Namen Radio Taxidrive getragen hatte. Nachdem die nordrhein-westfälischen Privatsender den Bürgerfunkgruppen immer mehr den Hahn zugedreht hatten, war auch Radio Taxidrive in der Versenkung verschwunden. Mehr zufällig waren sie sich vor einiger Zeit über den Weg gelaufen – das heißt, zufällig war Heike in ein Taxi gestiegen, das Kalla gefahren hatte. Und so hatte er ihr und Stefan prompt bei den Recherchen in einem Fall geholfen. Damals war es um korrupte Mediziner gegangen, die sich von Pharmariesen bestechen ließen, um ahnungslose Patienten als Versuchskaninchen zu missbrauchen. Für Zusatzhonorare hatten einige Ärzte neue Präparate an ihnen getestet, die noch keine amtliche Zulassung hatten.

»Kalla weiß alles«, murmelte Stefan nun und grinste matt. »Aber weil ich weiß, dass dir das nicht an Informationen genügen wird, sollst du jetzt den Rest auch noch erfahren. Kalla ist mit dem Chauffeur des OB befreundet.

Die beiden kennen sich aus ihrer Schulzeit, die sie auf dem Rott erlebt haben. Als die beiden sich kürzlich zu einem Feierabendbier trafen, hat der Fahrer Kalla davon berichtet, dass der Oberbürgermeister bedroht wird.«
»Und woher weiß sein Chauffeur davon?« Heikes Augen wurden groß.
Schulterzucken. »Keine Ahnung. Wahrscheinlich hat Alt im Auto telefoniert, und Kallas alter Kumpel hat die eine Hälfte des Gespräches mitgehört und sich die andere Hälfte dazugereimt.«
Heike schürzte die Lippen. »Die Geschichte steht auf sehr wackligen Beinen.«
»Das sag ich doch die ganze Zeit.« Stefan klopfte sich auf die Schenkel, leerte seinen Kaffee und erhob sich. »Also, ich finde, das sollten wir nicht überbewerten. Möglicherweise hat der Fahrer des OB einfach was in den falschen Hals gekriegt.«
»Immerhin hat er Angst um seinen Chef«, überlegte Heike. »Sonst hätte er es Kalla wohl kaum anvertraut.«
»Und nun sollen wir der Sache nachgehen?«
Heike stand auch auf. Sie hatte gleich einen Termin. Drei junge Musiker hatten sich zu einem Studiotermin angekündigt, und sie musste noch recherchieren und das Interview vorbereiten. Sie hasste es, unvorbereitet in ein Gespräch zu gehen.
»Natürlich sollten wir an der Sache dranbleiben. Wie gesagt, stell dir vor, Johannes Alt wird Opfer eines Anschlags – und wir wussten davon oder hätten es vielleicht sogar verhindern können.« Sie schüttelte den blonden Kopf. »Ich glaube, ich würde im Leben nicht mehr froh werden.«
»Vielleicht hast du recht.« Stefan seufzte und strich ihr

eine widerspenstige Strähne aus dem Haar. Er lächelte sie verliebt an. »Und nun komm.« Er deutete mit dem Kinn auf die Kollegen an den Monitoren. »Sonst denken die noch, wie hätten was miteinander.«
»Die spinnen doch«, lachte Heike.

10.05 Uhr, Polizeipräsidium
»Ich habe leider nicht viel Zeit, weil ich gleich eine wichtige Klausur schreibe.« Zögernd trat die junge Frau ein. Ulbricht blickte von seinem Einsatztagebuch, das er gerade schrieb, auf. Er hasste die lästige Bürokratie, doch das Einsatztagebuch war unumgänglich und hatte sich auch in der Vergangenheit schon mehrfach bewährt, das musste er sich eingestehen. Die Zigarette im Aschenbecher war zu einer kümmerlichen Aschestange heruntergebrannt und längst erkaltet. Viel tun konnte er augenblicklich nicht, und das Stochern im Nebel begann ihn zu nerven. Geduld war nicht seine Stärke, und noch in der Nacht war die aufgefundene Patronenhülse spurentechnisch auf Fingerabdrücke und DNA untersucht worden. Ergebnislos, wie sich nach einem Abgleich mit den vorhandenen Datenbanken herausgestellt hatte. Spezialisten aus Ulbrichts Team hatten das Kaliber und den Hersteller bestimmt und hofften nun auf Hinweise zum Typ der Waffe, mit der geschossen worden war. Im Moment befand sich die Hülse auf dem Weg zum Bundeskriminalamt nach Wiesbaden, wo sie in der zentralen Tatort-Munitionssammlung katalogisiert und verglichen wurde. Es mochte unter Umständen noch ein paar Tage dauern, bis die Kollegen vom BKA etwas zur Waffe sagen konnten. Das setzte jedoch voraus, dass die Waffe schon einmal in Erscheinung getreten war. Wenn nicht, ging die Suche im Heuhaufen weiter.

Norbert Ulbricht speicherte die Datei ab, in der er gearbeitet hatte, dann bat er die Frau näher und deutete auf einen der beiden wackligen Holzstühle vor seinem Schreibtisch.
Diese jungen Dinger geizten wahrlich nicht mit ihren Reizen, stellte er fest, während er sich dabei erwischte, auf den Ansatz ihrer vollen Brüste zu schielen. Er lehnte sich in seinem Stuhl zurück. Sie trug dezentes Make-up und ein winzig kleines Piercing. Ansonsten war Mirja Blum ein hübsches Mädchen.
»Sie sind Mirja Blum?«, schlussfolgerte er und betrachtete die Besucherin neugierig. Ulbricht schätzte sie auf Anfang zwanzig. Sie hatte langes, schwarzes Haar, war schlank und trug zur figurbetonten Jeans ein Shirt mit einem für seinen Geschmack etwas zu weiten Ausschnitt.
»Ja, die bin ich.« Sie nahm Platz und schlug die Beine übereinander. Die Collegetasche stellte sie neben ihren Stuhl auf den Boden. »Und ich vermisse meinen Freund, Alexander Koljenko.« Sie rang mit den feingliedrigen Händen.
Ulbrichts Blick blieb auf ihrem dunklen Nagellack haften. Ihm blieb nicht verborgen, dass sie sich unwohl in ihrer Haut fühlte, was sie mit vielen Besuchern in seinem Büro gemeinsam hatte. Sekundenlang schwiegen sie sich an, und nur der Straßenlärm der Friedrich-Engels-Allee drang durch das einen Spaltbreit geöffnete Fenster herauf.
»Sie vermissen Ihren Freund«, brach Ulbricht schließlich das Schweigen.
Seine Besucherin nickte. »Seit gestern Abend.«
Mirja Blum starrte einen imaginären Punkt in Ulbrichts Rücken an. »Können Sie mir den Grund verraten, weshalb Ihre Kollegen mich zur Mordkommission schicken?«

Ulbricht räusperte sich. In den vielen Dienstjahren hatte er sich immer noch nicht daran gewöhnen können, Menschen vom Tod eines Angehörigen zu unterrichten. Und wenn das Foto von Mirja Blums Freund mit dem Bild, das die drei Rapper vom Zeichner hatten anfertigen lassen, übereinstimmte, dann sah es schlecht für Mirja Blum aus. Der Kommissar sehnte sich nach einer Zigarette, doch er fand es unpassend, in einem solchen Moment seiner Nikotinsucht nachzugeben.

Noch einmal räusperte er sich, griff nach einem Kugelschreiber und tackerte mit der Mine.

»Wir hatten einen etwas seltsamen Vorfall gestern Abend. Jemand hat angeblich einen Mord beobachtet, und während er die Polizei ruft, lässt der vermeintliche Mörder die Leiche verschwinden.« Ulbricht warf den Stift auf die Unterlage zurück und blätterte in der Mappe, die Heinrichs ihm zusammengestellt hatte. Darin enthalten waren alle gesammelten Daten und das Protokoll der Rapper rund um Daniel Mehrmann. Ulbricht fand die Stelle, in der Mirja Blums Anruf in der Notrufzentrale dokumentiert war. Sie hatte am Morgen angerufen, wie Heinrichs berichtet hatte. Der Name des Vermissten lautete Alexander Koljenko, 21 Jahre. Stichwortartig hatte man eine optische Beschreibung Koljenkos angefügt.

»Und jetzt haben Sie einen Mordfall ohne Leiche?«

Ulbricht nickte stumm.

»Blöd so was, ich dachte, das gibt es nur im Fernsehen.«

»Leider nicht.« Ulbricht hatte in der Mappe die Phantomzeichnung gefunden, klemmte seinen Daumen in die Mappe und klappte sie wieder zu. Er wollte abwarten.

»Vielleicht gibt es auch gar keine Leiche, und wir jagen einem Phantom nach. Aber es ist nun mal unser Job, jedem Hinweis nachzugehen.« Dass die Spurensicherung eindeutige Hinweise auf die Schießerei festgestellt hatte, verschwieg er der jungen Frau vorerst. »Und Sie vermissen Ihren Freund. Wie mir die Kollegen mitteilten, stimmt die Beschreibung Ihres Freundes mit der unseres Vermissten überein.«

»Mit Ihrer Leiche, meinen Sie.« Die junge Frau blickte ihn mit unbewegter Miene an.

»Mit unserer Leiche, ja. Aber es besteht noch kein Anlass zur Sorge.« Ulbricht lächelte. »Und nun erzählen Sie erst mal: Was genau ist passiert mit Ihnen und Ihrem Freund?«

»Wir waren gestern Abend in meiner Wohnung, hatten eigentlich nichts mehr vor. Plötzlich fiel Alexander ein, dass er noch einmal weg musste. Ich habe ihn gefragt, was er vorhat und wo er so dringend noch hin muss, aber er hat nichts verraten. Natürlich war ich sauer auf ihn, und als er spät am Abend noch nicht zu Hause war, habe ich versucht, ihn über Handy zu erreichen. Aber nach langem Läuten ging nur die Mailbox an. So was macht er sonst nie. Außerdem wollten wir einen DVD-Abend machen.«

»Haben Sie versucht, ihn über Festnetz zu erreichen?«

»Er hat nur das Handy. Lebt in einer bescheidenen Wohnung, ist aber die meiste Zeit bei mir. Seit zwei Monaten sind wir zusammen, und ich habe mir echt Hoffnungen gemacht. Alles stimmte, und ich war mir ziemlich sicher, dass wir eines Tages heiraten und Kinder haben würden.« Sie schluckte. In Mirja Blums Augen hatten sich Tränen gesammelt. Eilig angelte sie nach der Collegetasche und zog eine Packung Papiertaschentücher hervor. Vorsichtig tupfte sie sich die Augen ab, ohne die Schminke zu verwischen, und putzte sich die Nase. Dann blickte sie Ulbricht an und rief in ihm, dem alten Brummbär, etwas hervor, das er sich vor langer Zeit abgewöhnt hatte: den Beschützerinstinkt. Am liebsten wäre er aufgestanden und hätte sie in den Arm genommen. Sie wirkte so jung und verletzlich.

»Und Sie haben keinen Verdacht, was er vorhatte, als er das Haus verließ?«

»Nein.« Kopfschütteln, Kauen auf der Unterlippe. Sie wich seinem bohrenden Blick aus. »Ich habe mir eingebildet, dass er mich mit einer anderen betrügt.«

»Gibt es dafür einen Verdacht, einen Hinweis, der Sie stutzig werden ließ?«

»Es gibt Dinge, über die will er einfach nicht sprechen, aber ich kann Ihnen nicht sagen, was das für Sachen sind. Ich habe es immer auf seine Arbeit geschoben. Er hat keine feste Anstellung, arbeitet immer da, wo Geld zu machen ist. Ich bin Schülerin, arbeite an meinem Abitur …« Sie warf einen hektischen Blick auf die Armbanduhr. »Deshalb habe ich auch nicht viel Zeit. Gleich steht eine Latein-Klausur auf dem Programm, die ich auf gar keinen Fall versieben darf.«

»Eine Schülerin mit einer eigenen Wohnung?«

»Meinen Eltern gehört das Haus, in dem die Wohnung ist«. Nun errötete Mirja Blum. Offenbar war es ihr unangenehm, vor dem Kommissar als verwöhnte Tochter dazustehen.

Ulbricht beschloss, nicht weiter nachzufragen. Ihm konnte es egal sein, wenn die Eltern auf Mieteinnahmen verzichteten. Wahrscheinlich war ihnen das lieber, denn so wussten sie die fast erwachsene Tochter noch unter dem eigenen Dach und konnten in gewisser Weise Einfluss auf sie und ihren Umgang nehmen. Vielleicht, so überlegte

Ulbricht, hätte er als guter Vater ähnlich gehandelt. Er wusste es nicht, und jetzt war auch nicht der richtige Augenblick, sich über solche Dinge Gedanken zu machen.
»Ich möchte Ihre Zeit nicht länger als nötig beanspruchen«, nahm er den Faden wieder auf. »Wenn Sie gleich in der Schule sein müssen, sollten wir weitermachen, und ich wende mich gegebenenfalls später noch einmal an Sie, sollte ich Fragen haben.«
Sie nickte. »Meine Kontaktdaten haben Ihre Kollegen ja schon aufgenommen.«
»Haben Sie versucht, bei Freunden und Familie etwas herauszufinden? Irgendwo muss er ja geblieben sein.«
»Das habe ich schon versucht. Es scheint, als wäre er vom Erdboden verschwunden.« Ihr Stimme war nichts als ein Hauch. »Niemand weiß, wo er sein könnte, und das macht mir Angst.«
Ulbricht nickte und zückte Kugelschreiber und seinen Notizblock. »Ich brauche Namen und Adressen seiner Freunde und Verwandten.« Er hatte es im Gefühl, hier auf dem richtigen Weg zu sein. Doch zunächst wollte er die junge Frau vor der wahrscheinlich schrecklichen Wahrheit schützen. Er ertappte sich bei der Frage, ob das an seinem Beschützerinstinkt lag, den das Mädchen in ihm auslöste.
»Wozu das?«
»Für unsere Ermittlungen.«
Sie nannte ihm ein paar Kontaktdaten und den Zusammenhang, in dem sie zum Vermissten standen, Ulbricht schrieb alles mit. Er würde in der Besprechung die Kollegen auf die Kontakte ansetzen, vielleicht gab es danach schon eine erste Spur.
Norbert Ulbricht stierte auf das Blatt und dachte ange-

strengt nach.
»Dann zeigen Sie mir jetzt bitte das Bild Ihres Freundes Alexander.«
»Ist gut.« Sie nickte, und Ulbricht sah ihr an, dass sie sich überwinden musste. Gleich würde sie wissen, ob ihr Freund sie betrog oder ob er das Opfer eines Mordanschlages geworden war.
Wieder griff sie nach ihrer Tasche, wühlte darin herum, dann zog sie ein Foto hervor, warf einen kurzen Blick darauf, und Ulbricht glaubte für den Bruchteil einer Sekunde ein sehnsüchtiges Lächeln auf ihren Lippen sehen zu können. Er streckte die Hand nach dem Foto aus.
Sie zögerte, dann reichte sie ihm die Fotografie.
Ulbricht nahm es an sich, lehnte sich in seinem Stuhl zurück und warf einen Blick auf das Bild. Es zeigte ein junges, offenbar frisch verliebtes Paar in einem dieser albernen Vergnügungparks, die er prinzipiell mied. Er hasste Menschenansammlungen, und es war ihm völlig unverständlich, warum er sich über eine Stunde lang mit unzähligen widerlich gut gelaunten Leuten in eiserne Gatter einpferchen lassen sollte, um dann keine zwei Minuten lang mit einem Kanu durch ein künstlich angelegtes Wildwasser geschippert zu werden. Im Hintergrund des Fotos sah er die Kulisse einer Westernstadt, davor Mirja Blum und ihren Freund.
»Er liebt den Wilden Westen«, kommentierte sie mit einem Lächeln.
»Sein Name klingt so, als käme er geographisch betrachtet aus der anderen Richtung«, entgegnete Ulbricht.
»Seine Eltern stammen aus der Ukraine, aber er ist hier groß geworden.« Sie wippte mit dem rechten Fuß, wurde sichtlich nervös. »Und?«, fragte sie. »Ist das der Mann,

den Sie suchen?«

Ulbricht zögerte eine Antwort hinaus, warf einen Blick auf den jungen Mann auf dem Foto, der Mirja Blum zärtlich umarmte. Dann schlug er die Unterlagen auf, die er von Frank Heinrichs bekommen hatte. Die Seite mit der Phantomzeichnung fand er diesmal schneller. Sein Blick huschte zwischen Zeichnung und der Fotografie hin und her.

Der Mann war schlank, fast hager, hatte kurzes, dunkles Haar und markante Wangenknochen. Seine Lippen waren fast weiblich geschwungen, und die Stirn wirkte ein wenig überdimensioniert. Es bestand kein Zweifel, der Mann auf dem Foto war die gesuchte Leiche. Während er insgeheim die Arbeit des Polizeizeichners und die genauen Angaben der Musiker lobte, nickte er schweigend.

»Na ja, die beiden haben eine frappierende Ähnlichkeit, aber noch ist nichts sicher.«

Mirja Blum brach weinend zusammen, Ulbricht sprang auf, nahm sie in den Arm und strich ihr über das dunkle Haar. Mit der freien Hand angelte er nach dem Telefon und wählte eine Nummer im Haus. »Heinrichs«, rief er. »Verdammt, wo stecken Sie denn? Kommen Sie her, aber dalli! Ich brauche Sie hier!«

Dann legte er auf und kümmerte sich um die am Boden zerstörte Mirja Blum. Sie war nach dem Gesprächsverlauf außerstande, noch eine Klausur zu schreiben.

Acht

10.30 Taxistand, Neumarktstraße

Kalla hatte ein wenig in der Sonne gedöst, nachdem er sich in der kleinen Bäckerei unweit des Taxistands ein Brötchen besorgt und es noch im Gehen gegessen hatte. Es war eine ruhige Zeit, und vor ihm standen noch drei weitere Taxis auf der Spur. Es dauerte also noch, bis er die nächste Tour bekommen würde.

Er erwachte sofort aus dem Dämmerschlaf im Fahrersitz, als das Handy klingelte, das er in der Mittelkonsole seines Taxis abgelegt hatte. Er streckte sich und angelte nach dem Mobiltelefon, das in seiner riesigen Pranke wie ein Spielzeug wirkte. Die Nummer im Display kannte er nicht, deshalb meldete er sich förmlich.

»Taxi Weinberger, guten Tag?«

»Stefan hier, tach Kalla.«

»Stefan, alte Filzlaus. Was gibt's? Brauchst du ne Taxe, weil dein Käfer nicht mehr anspringt?« Kalla lachte polternd und blickte einer kurz berockten Schönheit nach, die mit wiegenden Hüften in Richtung Klotzbahn tippelte. Er liebte den Sommer in Wuppertal.

»Es geht noch mal um die Geschichte, die du mir neulich anvertraut hast. Die mit dem Oberbürgermeister und seinem Fahrer.«

»Mach mir da bloß keine Radiosensation draus«, warnte Kalla. »Der Werner macht mich einen Kopf kürzer, wenn das über den Äther geht.«

»Mach mal halblang«, lachte Stefan. »Ich habe dir doch versprochen, nichts zu senden. Es interessiert mich sozusagen privat.«

»Dich?« Kalla schnaubte amüsiert. Er kannte die beiden

Radioreporter gut genug, um zu wissen, dass der Anruf nicht auf Stefan Seilers Mist gewachsen war.
»Heike interessiert es brennend.« Stefan seufzte.
»Wusste ich es doch.« Kalla grinste. »Also, was willst du, ähm, was will Heike wissen?«
»Am liebsten alles.«
»Typisch«, lachte der vollleibige Taxifahrer.
»Können wir uns in der Mittagspause treffen?«
»Sag mir Zeit und Ort, und ich werde dort sein – wenn ich nicht gerade einen Fahrgast zum Düsseldorfer Flughafen bringen muss.«
»Erst mal habe ich die Mittagssendung, aber ab eins bin ich frei. Treffen wir uns also im Brauhaus?«
»Abgemacht.« Kalla freute sich auf ein Wiedersehen mit den Freunden und unterbrach die Verbindung. Gerade rechtzeitig, um einer rassigen Schönheit durch das offene Seitenfenster nachpfeifen zu können.

10.35 Müllverbrennungsanlage Küllenhahn

Mehmet Kaldiz langweilte sich. Lieber wäre er mit dem Müllwagen unterwegs, an der frischen Luft. Doch er sah es positiv: Zum einen hatte er bei den städtischen Entsorgungsbetrieben einen krisensicheren Job, zum anderen musste er nicht mehr, wie früher, bei Wind und Wetter in den frühen Morgenstunden raus. Er hatte Schichtdienst, fuhr jeden Morgen von seiner Wohnung in Wichlinghausen nach Küllenhahn und setzte sich in einen der drei Kräne, die den über die große Kipphalle zugeführten Abfall gleichmäßig im Müllbunker verteilten. Von hier aus wurde er dann über riesige Trichter den Kesseln zugeführt, in denen der Müll der gesamten Bergischen Region dann bei rund 1.000 Grad verbrannt und in Energie umgewandelt wurde. Die durch die Verbrennung der Abfälle gewonnene Wärme wurde dem Heizkraftwerk zugeführt. Neben den beiden Heizkraftwerken in Elberfeld und Barmen war die Müllverbrennungsanlage der größte Stromerzeuger in der Stadt, und irgendein schlauer Kopf hatte vor vielen Jahren einmal errechnet, dass die Schwebebahn mit dem Strom, den die Anlage in nur einem einzigen Jahr produzierte, 36 Jahre lang fahren könnte.

Die Anlage lief 365 Tage im Jahr Tag und Nacht, doch es gab weitaus unangenehmere Dinge, die sich Kaldiz vorstellen konnte. Einmal im Führerstand seines Kranes sitzend, hatte er einen ruhigen Job. Sonderschichten wurden mit einem Aufschlag vergütet, und so schaffte es Mehmet Kaldiz, einen Teil seines Gehalts für ein kleines Häuschen in der Türkei zu sparen. Irgendwann, davon träumte er seit seiner Kindheit, würde er zurück ins Land seiner Väter gehen. Aufgewachsen war er im Bergischen Land, er beherrschte die deutsche Sprache besser als viele Einheimische, er verstand meistens auch die Kultur, doch im Grunde seines Herzens war er Türke, und daran würde sich auch niemals etwas ändern. Er war stolz, ein Türke zu sein, besuchte die Familie mehrmals im Jahr, um sich dann aber wieder auf die Heimat im Bergischen Land zu freuen. Eigentlich war er zwischen zwei Kulturen aufgewachsen.

Von seinem Arbeitsplatz aus konnte Mehmet tief in die stählerne Schlucht der Anlage blicken. Anfangs war es ein etwas unheimlicher, fast surrealer Anblick gewesen, an den er sich aber schon nach wenigen Tagen gewöhnt hatte. In den Kesseln der Anlage herrschten Temperaturen von rund 1.000 Grad, und der zugeführte Müll brannte dort zwischen wenigen Sekunden bis zu einer halben

Stunde. Kaldiz lehnte sich im Führerstand des Krans zurück und griff nach der kleinen Tasche, die neben ihm stand. Er zog die Thermoskanne hervor und öffnete sie, um sich einen Becher Tee einzuschütten. Dazu gönnte er sich ein Butterbrot. Längst schon hatte er sich an den schweren Müllgeruch, der permanent in der Luft hing, gewöhnt. Herzhaft biss er in sein Brot und beobachtete, wie die Anlieferungsfahrzeuge in der Kipphalle den Abfall in den siebzig Meter langen Stahlbunker beförderten. Oben herrschte ein geschäftiges Treiben, und das Dröhnen der mächtigen Dieselfahrzeuge drang gedämpft an seine Ohren.

Nachdem Mehmet Kaldiz sein Butterbrot verspeist und den Becher geleert hatte, machte er sich wieder an die Arbeit. Routiniert bewegte er den mächtigen Greifer des Krans, um den abgeschütteten Müll aufzunehmen und ihn mit den Stahlkrallen seines Arbeitsgerätes zu verteilen. Er bekam zertrümmerte Möbelstücke, Kartons und blaue Plastiksäcke zu greifen und verteilte sie im Bunker. Das war wichtig, um eine gleichmäßige Verbrennung zu gewährleisten.

Beim zweiten Hub stockte Kaldiz. Er stoppte den Greifarm auf der Stelle und beugte sich im Führerstand der Maschine vor, um genauer sehen zu können, was er da im Greifer hielt. Einer der Müllsäcke war unter dem Griff des Krans aufgeplatzt. Der Inhalt des Sacks wurde sichtbar. Kaldiz erschauderte. Er hatte in der Zeit, während er den Greifer bediente, schon viel gesehen, allerdings so etwas noch nie. Sein Herz begann zu rasen, und zum ersten Mal spürte er körperlich, dass er in diesem Jahr seinen fünfzigsten Geburtstag feiern würde.

»Was für eine verdammte Scheiße ist das …?« Er konnte

nicht glauben, dass dort, wenige Meter von seinem Arbeitsplatz entfernt, ein lebloser Arm aus einem der Plastiksäcke hing. Mehmet Kaldiz‘ Hände zitterten, als er nach dem Telefon griff, um seinen Vorgesetzten zu informieren.

10.40 Uhr, Polizeipräsidium

»Kein Zweifel, das ist der Mann.« Mehrmann hielt das Foto von Alexander Koljenko in der Hand, blickte immer wieder darauf und reichte es seinen Freunden, die neben ihm saßen.

Ulbricht beugte sich über seinen Schreibtisch und faltete die Hände. »Gut«, sagte er. »Oder besser: Nicht gut, nicht für seine Freundin jedenfalls.«

Mehrmanns Kopf ruckte hoch. »Ist sie noch hier?«

»Nein, ich habe sie nach Hause bringen lassen. Sie war völlig am Boden zerstört.«

»Hm.« Der Musiker nickte. Er wandte sich seinen Freunden zu. »Und? Was denkt ihr?«

»Das ist der Typ«, bestätigte Thomas Brinks, der Hagere, dem die Hosenbeine seiner Jeans viel zu weit waren.«

Auch Dominik Müller nickte. »Hundertpro, das ist die Leiche.«

Brinks räusperte sich und schob sich das Cap weiter in den Nacken. »Müssen wir jetzt die Leiche identifizieren?«

»Nicht, so lange wir sie noch suchen.« Ulbricht schüttelte den Kopf. »Abgesehen davon ist das die Aufgabe der nächsten Angehörigen.« Er wollte noch etwas hinzufügen, als die Tür seines Büros aufflog und ein sichtlich aufgeregter Heinrichs in den Raum stürmte.

»Heinrichs«, fuhr Ulbricht unbeherrscht auf. »Wann lernen Sie, anzuklopfen?« Es machte ihm nichts aus, seinen Untergebenen vor den drei Besuchern zurechtzuweisen.

Vielleicht würde Frank Heinrichs sich dann endlich mal Manieren angewöhnen. Ulbricht hatte ihn damit beauftragt, sich um Mirja Blum zu kümmern. Dass er bereits zurück war, wunderte ihn zwar, aber er kommentierte den Umstand mit keinem Wort.

»Kann ich Sie kurz unter vier Augen sprechen?«

»Wenn es sein muss.« Ulbricht erhob sich, murmelte seinen Besuchern eine halbherzige Entschuldigung zu und folgte seinem Assistenten auf den Flur.

»Es hat einen Leichenfund gegeben«, platzte es aus »Brille« Heinrichs heraus. »In der Müllverbrennungsanlage auf Korzert. Wir müssen sofort los, um ...«

»Wann lernen Sie endlich, ruhig und sachlich an die Arbeit zu gehen?«, unterbrach Ulbricht ihn. »Lassen Sie den Betrieb sofort stilllegen, und riegeln Sie alles ab. Niemand darf weg, keiner mehr rein, bis wir da sind. Und informieren Sie die Spurensicherung.«

»Schon alles erledigt.«

Heinrichs machte sich, das musste Ulbricht im Stillen eingestehen. »Also gut. Mit was für einer Leiche haben wir es zu tun?«

»Mit einem jungen Mann.« Heinrichs tappte nervös von einem Fuß auf den anderen.

»Mensch – warum sagen Sie das nicht gleich?« Ulbrichts Gesicht nahm eine tiefrote Farbe an. Er ließ den jungen Kollegen stehen und stürmte in sein Büro zurück. »Ich muss sofort zu einem dringenden Einsatz«, eröffnete er den Rappern. »Ich danke euch jedenfalls, dass ihr noch mal hergekommen seit. Sobald es Neuigkeiten gibt oder wir euch noch einmal brauchen, melden wir uns.« Er schlüpfte in seinen Sommermantel, stopfte eilig Notizbuch und Stift in die Innentasche und klemmte sich die

Unterlagen im Fall Alexander Koljenko unter den Arm. Hastig nahm er Zigaretten und Feuerzeug und steckte die Utensilien in die Manteltasche.
In der Tür wandte er sich noch einmal zu seinen Besuchern um, die ein wenig überrascht dreinblickten.
»Nichts für ungut«, sagte er, als sich die Rapper erhoben und ihm folgten. »Ich muss los. Ihr findet sicherlich alleine raus.« Dann ließ er sie stehen.

»Was war das denn für eine Nummer?« Domme blickte die Freunde an. Sie trotteten nebeneinander her über den Korridor der Behörde.
»Hast du doch gehört«, erwiderte Tom. »Einsatz. Anscheinend sterben in Wuppertal mehr Leute, als es dem alten Kommissar lieb ist. Er hat jedenfalls einen ziemlich überarbeiteten Eindruck auf mich gemacht.«
»Das hängt mit der Sache im Bunker zusammen«, bemerkte Mehrmann. Er blieb stehen. Die Hände hatte er in den Hosentaschen versenkt.
»Wieso?« Domme wusste nicht, worauf Daniel Mehrmann hinauswollte.
»Man, denk nach: Ulbricht war plötzlich ziemlich hektisch. Ich glaube aber nicht, dass es einen neuen Toten in der Stadt gegeben hat, Tom.«
»Na, was denn sonst? Das ist doch sein Job.« Thomas Brinks zuckte mit den Schultern. Er schlug sich die Kapuze seines Pullis über den Kopf.
»Ja, oder es ist sein Job, verschwundene Leichen aufzufinden.« Mehrmann grinste.
»Ich blick das nicht«, erwiderte Brinks kopfschüttelnd.
»Habt ihr Blindfische denn nicht gesehen, dass Ulbricht im Rausgehen die Mappe mit dem Fall des Bunkers mit-

genommen hat? Das würde er wohl kaum tun, wenn man ihn zu einem neuen Fall ruft.«
Mehrmanns Freunde hatten keine Einwände. Sie folgten ihm zum Ausgang des Präsidiums und konnten gerade noch sehen, wie sich ein ziviler Einsatzwagen mit quietschenden Reifen über die B 7 in Richtung Elberfeld entfernte.

11.15 Uhr, Müllverbrennungsanlage Küllenhahn
Die Kollegen vom Streifendienst hatten die Anlage großflächig abgesperrt. Man hatte die Kipphalle sofort geschlossen. Fahrzeuge, die hier gerade ihren Abfall entladen hatten, wurden festgehalten; neue Anlieferungsfahrzeuge kamen nicht mehr auf das Gelände. Sie mussten vor der großen Waage warten, die sich außerhalb der Müllverbrennungsanlage befand. Es hatte sich bereits ein langer Stau von orangefarbenen Müllfahrzeugen gebildet, der die Straße Korzert verstopfte. Schlecht gelaunte Müllmänner standen beisammen und diskutierten aufgebracht. Für sie rückte der Feierabend in weite Ferne.
»Die Gerüchteküche brodelt schon«, kommentierte Heinrichs, der hinter dem Steuer des Dienstwagens saß und sich durch die Schlange der wartenden Müllautos kämpfte.
»Solange nichts nach draußen dringt, kann uns das egal sein«, erwiderte Ulbricht. Als er Osterholz, den Pressefotografen, an der Waage herumlungern sah, verschlechterte sich seine Laune schlagartig.
»Der hört doch den Polizeifunk ab«, giftete er.
Heinrichs ersparte sich eine Antwort. Ihm genügte es schon, dass man dem Fotografen den Zutritt zur Anlage verwehrt hatte. Als er die Einfahrt zur Waage erreicht hatte, sprang ein Mitarbeiter aus dem gläsernen Bau und

hetzte wie von der Tarantel gestochen die Stufen herunter. Er gestikulierte wild.
Heinrichs ließ die Seitenscheibe herunter, und Ulbricht beugte sich nach links, wo der Mitarbeiter, ein untersetzter Mittvierziger mit ergrautem Haar, sein puterrotes Gesicht ins Wageninnere hielt und gerade zu einer Schimpfkanonade ansetzte. Doch er verstummte, als Ulbricht ihm den Dienstausweis vor die Nase hielt.
»Nun regen Sie sich mal nicht künstlich auf«, murmelte der Kommissar und wunderte sich ein wenig darüber, dass er selbst so ruhig blieb. »Machen Sie die verdammte Schranke auf, und wir kümmern uns um Ihren … Sondermüll.«
Der Mitarbeiter der Müllverbrennung nickte, schlug die Hacken zusammen und wollte sich abwenden, doch jetzt war es Heinrichs, der ihn aufhielt, indem er ihn am Unterarm packte.
»Noch etwas«, sagte er und deutete mit dem Daumen nach hinten, wo Osterholz herumstand.
»Der darf nicht auf das Gelände, unter keinen Umständen. Und Sie halten bitte jegliche Informationen zurück.«
»Jawoll, die Herren. Aber was ist das für ein Aufwand? Ich weiß von einer technischen Störung in der Anlage.«
»Das ist auch gut so«, erwiderte Ulbricht und steckte seinen Dienstausweis zurück in die Innentasche seines Trenchcoats. »Einen schönen Tag noch.« Er gab seinem Assistenten ein Zeichen, und Heinrichs trat das Gaspedal durch, nachdem der Angestellte wieder in seinem Glashaus verschwunden war und die Schranke geöffnet hatte.
»Wo müssen wir hin?«, fragte Heinrichs, der sich auf dem Betriebsgelände der Müllverbrennung nicht auskannte.
Ulbricht tippte darauf, dass er noch nie selber seinen Müll

hierher befördert hatte.
»Im Zweifelsfall fahren wir immer dahin, wo die Streifenwagen kreuz und quer stehen.«
Lange suchen musste Heinrichs nicht. Die Kollegen hatten sich seitlich von der großen Halle aufgestellt. Auch das Team der Spurensicherung war bereits vor Ort. Die Männer in den weißen Overalls winkten ihnen kurz zu. Heinrichs parkte den Dienstwagen neben dem Lieferwagen, der die technische Ausrüstung der Kollegen transportierte.
»Was ist das für eine Scheiße?«, brummte Ulbricht anstatt eines Grußes.
»Eine männliche Leiche, Anfang bis Mitte zwanzig«, erklärte der dicke Trapp von der Spurensicherung. »Sein Arm ragte aus einem Müllsack. Der Kranfahrer, der den Abfall vom Bunker in die Kessel transportiert, hatte unseren Fisch am Haken.«
»Da wäre der Plan der Mörder ja beinahe aufgegangen, und von unserer Leiche wäre nichts als ein Häufchen Asche übriggeblieben.« Ulbricht zündete sich eine Zigarette an und paffte scheinbar gedankenverloren. »Wo finden wir die Leiche jetzt?«
»Wir haben den Leichnam bereits sichergestellt und warten auf die Kollegen der Gerichtsmedizin.«
»Kann ich ihn sehen?«
»Aber erst Helm auf.« Er ging zum Sprinter der Spurensicherung und nahm zwei knallgelbe Helme aus einem Regal, wie man sie von Bauarbeitern kannte. »Ohne Schutzhelme dürfen wir uns da drinnen nicht blicken lassen.«
Ulbricht schluckte einen Kommentar herunter, setzte den Helm auf und erfreute sich an dem dämlichen Anblick, den Heinrichs mit dem Schutzhelm bot. Trapp gab dem

Leiter des KK 11 ein Zeichen, und sie setzten sich zu dritt in Bewegung. Ulbricht legte den Kopf in den Nacken und blickte an der Müllverbrennung empor, die wie eine gigantische Maschinerie in den fast wolkenfreien Himmel über Cronenberg ragte. Ein Ungetüm aus Stahl und Beton, das Abfall in Energie umwandelte. Durch mehrere feuerfeste Türen führte Trapp Ulbricht und seinen Assistenten in das Innere der Anlage. Der schwere Geruch von Rauch und Asche legte sich auf ihre Lungen, und Heinrichs rümpfte angewidert die Nase und erntete dafür einen missbilligenden Blick von Ulbricht, der ein letztes Mal an seiner Zigarette zog, bevor er den Stummel wegschnippte. »Hier ist sicherlich Rauchverbot«, grinste er.

Nachdem sie sich den Weg durch das Gewirr von Rohrleitungen, Kesseln und Turbinen gebahnt hatten, erreichten sie einen kleinen, eisernen Gehsteig, der durch ein Gatter gesichert war. Mannshohe Maschinen, dessen Funktion den Kriminalisten absolut rätselhaft waren, säumten ihren Weg. Auf einer Plattform hatte man den Toten abgelegt, nachdem man ihn aus dem Müllbunker geborgen hatte. Der rauchige Geruch war dem beißenden Gestank von Abfall gewichen. Heinrichs wedelte sich bezeichnend mit der flachen Hand vor dem Gesicht herum.

Ein schlaksiger Mann Anfang fünfzig stand neben dem Toten und fühlte sich sichtlich unwohl. Als die Männer der Kripo auftauchten, erhellte sich seine Miene. Er trug unter dem orangefarbenen Schutzhelm einen Maßanzug und wirkte in diesem Outfit etwas deplatziert, wie Ulbricht fand.

»Das ist schön, dass Sie kommen«, sagte er mit einem weltmännischen Lächeln und reichte Ulbricht und Heinrichs die Hand. Sein Händedruck war fest, seine Miene

drückte Entschlossenheit aus.
»Mein Name ist Hoppstedt, Klaus Hoppstedt. Ich bin der Betriebsleiter der Anlage. Sicherlich können Sie sich vorstellen, dass der grausige Fund für meinen Mitarbeiter ein gehöriger Schreck war.«
Er redete wie ein Wasserfall, Ulbricht ließ ihn gewähren.
»Aber nun, wo Sie da sind, können wir die Anlage sicherlich wieder in Betrieb nehmen. Ihre Leiche ist ja sichergestellt, und wir können weitermachen. Ich muss an die Wirtschaftlichkeit meines Unternehmens denken, dafür haben Sie sicherlich Verständnis. Durch den Ausfall entstehen uns horrende Kosten, wie Sie sich vorstellen können. Wie Sie wissen, handelt es sich beim Müllheizkraftwerk um eine städtische Tochtergesellschaft. Und die Finanzlage der Stadt ist Ihnen bekannt, da können wir uns derartige Ausfälle nicht leisten.«
»Nun mal langsam mit den jungen Pferden.« Ulbricht hob beide Hände. »Ich fürchte, die Anlage bleibt bis auf Weiteres außer Betrieb.«
»Das können Sie nicht machen!« Hoppstedts Miene wurde blass, und er rang nach Fassung.
»Ich kann nicht nur – ich muss.« Ulbricht blickte sich um. »Wo, sagen Sie, wurde der Mann gefunden?«
»Unser Kranfahrer hat ihn beim Umverteilen des Abfalls in einem aufgeplatzten Müllsack entdeckt. Das war oben, im Müllbunker.«
»Erzählen Sie mir, wie die Anlage funktioniert?«
Hoppstedt nickte. »Zunächst fährt jedes Fahrzeug über die Waage, die Sie an der Einfahrt gesehen haben. Hier wird das Gewicht der Lieferfahrzeuge bei der Ein- und der Ausfahrt kontrolliert. Somit können wir das exakte Gewicht der angelieferten Güter ermitteln. Danach geht

es in die Kipphalle. Dort wird der Abfall entladen.«
»Kann jeder seinen Müll hier abladen?«
»Grundsätzlich schon. Wir haben rund zweihundert LKW und um die hundert private Anlieferer am Tag.«
»Und niemand kontrolliert, was abgeladen wird?«
»Doch, doch.« Hoppstedt nickte. »Bevor die Abfälle in den Müllbunker abgeladen werden, findet eine optische Eingangskontrolle statt. Wenn unsere Mitarbeiter sich nicht sicher sind, können wir auch chemische Proben nehmen – die Ausrüstung dazu haben wir.«
»Die Kontrollen finden stichprobenartig statt, nehme ich an?«
»Unsere Mitarbeiter haben Anweisung, jedes einfahrende Fahrzeug zu sichten«, wich Hoppstedt aus, und Ulbricht ahnte, dass hier Theorie und Praxis weit auseinander lagen.
»Das würde bedeuten, dass Ihre Leute im Müll herumkrabbeln?«
»Wie gesagt, wir nehmen Sichtkontrollen vor.«
»Aber nicht jeder Müllsack, der angeliefert wird, muss geöffnet werden?«
»Nein, das wäre auch gar nicht machbar, nicht bei der Menge an Fahrzeugen, die uns täglich frequentieren.«
Ulbricht nickte. Das, was er von Hoppstedt erfahren hatte, war im Grunde die ideale Lösung, eine Leiche zu entsorgen. Wenn nicht gerade der Sack aufplatzte, in dem sich der Leichnam befand, war es durchaus denkbar, dass die Leiche verbrannt wurde, ohne dass jemand in der gigantischen Anlage davon etwas mitbekam. Und die Wahrscheinlichkeit, dass die tödliche Fracht eines der Müllwagen oder der privaten Anlieferer kontrolliert wurde, war offenbar relativ gering.

»Das kann dauern, fürchte ich«, murmelte er.
»Wovon sprechen Sie?«
»Davon, dass wir den gesamten Müllbunker durchsuchen werden.«
Hoppstedts Augen wurden groß. »Sie machen Witze«, polterte er. »Der Bunker ist siebzig Meter lang, fünfzehn Meter breit und dreißig Meter hoch. Wissen Sie, wie lange Sie da suchen müssten?«
»Das lassen Sie mal unsere Sorge sein. Ich würde Ihnen empfehlen, die wartenden Fahrzeuge zu einer anderen Deponie umleiten zu lassen, sonst bricht hier bald das Chaos aus.« Ulbricht wandte sich an seinen Assistenten, der inzwischen neben dem Leichnam in die Hocke gegangen war. Er hatte sich von Trappe Gummihandschuhe geben lassen. Gemeinsam öffneten sie behutsam den Müllsack. Als der Kopf des Toten sichtbar wurde, brachen sie ihre Arbeit ab. Ulbricht musste sich nicht das Foto von Alexander Koljenko ansehen, um zu wissen, dass es sich bei dem Toten zu seinen Füßen um den Vermissten handelte.
»Das ist er«, sagte er, an seinen Assistenten gewandt. »Wo bleibt denn die Gerichtsmedizin?«
Heinrichs blickte auf und rückte sich die blaue Brille zurecht. »Unterwegs, Chef. Soll ich noch mal nachhaken?«
Ulbricht schüttelte den Kopf. »Lassen Sie gut sein.« Er gab ihm ein Zeichen. »Kommen Sie mit. Hier drin haben Sie garantiert kein Funknetz. Wir müssen telefonieren.«

Neun

11.50 Uhr, Redaktion der Wupperwelle

»Und soeben erreicht uns noch eine aktuelle Meldung: Aufgrund einer technischen Störung ist die Müllverbrennungsanlage in Küllenhahn bis auf Weiteres außer Betrieb. Wer also Müll entsorgen möchte, sollte sich an einen der anderen städtischen Wertstoffhöfe wenden oder den Weg zu einer anderen Deponie auf sich nehmen. Wir von der Wupperwelle halten Sie wie immer auf dem Laufenden und werden Sie informieren, sobald der Ofen auf Küllenhahn wieder an ist. Bleiben Sie also dran, denn gleich kommen die Nachrichten, und dann hören wir uns wieder, mein Name ist Stefan Seiler. Bis gleich!«

Stefan schaltete am digitalen Mischpult das Mikrofon ab und startete den nächsten Musiktitel. Er nahm den Kopfhörer ab, packte seine handgeschriebenen Manuskripte zusammen und verließ das Studio. Der Computer würde am Ende der Musik automatisch die Werbung schalten, und dann übernahm der Nachrichtenredakteur zur vollen Stunde das Studio. Bis dahin hatte Stefan eine kleine Pause. Auf dem Weg zur Teeküche lief er Heike in die Arme, die offenbar gerade von einem Außentermin kam. Ihre Wangen glühten vor Aufregung.

»Was ist denn mit dir passiert?«, fragte Stefan.

Sie hielt ihm das Aufnahmegerät, eine kompakte Einheit aus Mikro und MP3-Player, unter die Nase. »Ich komme eben von einer Kundgebung auf dem Johannes Rau-Platz«, sprudelte es aus ihr hervor. »Da ging es heiß her.« Sie folgte Stefan in die Küche und beobachtete ihn dabei, wie er sich an der Kaffeepad-Maschine zu schaffen machte.

Er nahm einen der weißen Becher mit dem roten Logo der

Wupperwelle aus dem Hängeschrank über der Spüle und hielt ihn Heike vor das Gesicht.
»Auch einen?«
»Nein, lieber was Kaltes.«
»Gut.« Nachdem er den Becher positioniert hatte und der Automat schnaufend seinen Dienst aufnahm, ging er vor dem Kühlschrank in die Hocke und entnahm ihm eine kleine Flasche Mineralwasser, dazu stellte er ihr ein Glas hin.
Heike sank auf den einfachen Stuhl am Küchentisch und füllte ihr Glas. Sie trank es in einem Zug leer, unterdrückte ein Rülpser, der sicherlich nicht sehr ladylike gewesen wäre, und berichtete von ihrem Außentermin. »Die Bürger wehren sich gegen die Sparpläne des Oberbürgermeisters. Es hat sich das Bündnis Pleitegeier im Tal gegründet. Man verlangt Neuwahlen und hat Alt den Rücktritt vom Amt nahegelegt.«
»Und er hat sicherlich zugestimmt«, grinste Stefan süffisant und griff zu seinem Kaffee. Er setzte sich Heike gegenüber an den Tisch und pustete in seinen Kaffee.
»Natürlich nicht. Immerhin war er anwesend – anscheinend hat er von seinem Büro aus gesehen, was da vor dem Rathaus passiert, und musste selber nach dem Rechten sehen.«
»Und dann ging es ihm an den Kragen?«
»Aber so was von.« Heike machte große Augen. »Er hat sich sogar spontan zu einer Rede entschlossen. Wuppertal müsse den Gürtel enger schnallen, die Stadtverwaltung kämpfe gegen eine Art Insolvenz und so weiter. Er selber hat sich keine Schuld gegeben.«
»Wie immer«, murmelte Stefan.
»Aber er wurde ausgebuht, die Demonstranten hatten

Trillerpfeifen dabei und haben ihn auf das Übelste beschimpft. Er hätte schon vor Jahren die Bremse ziehen müssen, anstatt dem Untergang der Stadt tatenlos zuzusehen.« Heike blickte Stefan nachdenklich an, dann deutete sie auf das Aufnahmegerät. »Ich habe ein paar O-Töne eingefangen, die sich gewaschen haben. Alt selber war nicht zu einem Interview bereit. Er hat sich unmittelbar nach seiner Rede im Rathaus verschanzt. Stefan, ich glaube, er hat wirklich Angst.«

»Aber er wagt sich an die Öffentlichkeit.«

»Das ist sein Job. Ich will endlich wissen, was es mit den Morddrohungen auf sich hat.«

»Gut, dass du es ansprichst: Wir haben in einer guten Stunde ein konspiratives Treffen mit Kalla. Dann kannst du ihn ausfragen.«

»Das wird eine Exklusiv-Story. In der Zeitung stand noch nichts von den Drohungen, und auch in der Lokalzeit hatten es die Kollegen noch nicht.« Heikes Wangen glühten vor Aufregung. Sie sprühte vor Euphorie, wenn sie eine Geschichte witterte.

Stefan musste schmunzeln. So kannte er sie, und auch wenn sie in all den Jahren schon mehrmals in ein Fettnäpfchen getreten war, würde sich Heike wohl nie ändern. Sie nannte das investigativen Journalismus. Diesmal fragte er sich aber, ob die Geschichte, an der sie arbeiteten, nicht eine Spur zu groß war. Es war in der Redaktion bekannt, dass Michael Eckhardt einen guten Draht zu Johannes Alt hatte. Und er würde sich weigern, eine Geschichte über den Sender laufen zu lassen, die diese Freundschaft trüben konnte.

Stefan leerte seine Tasse. Er schielte auf die Wanduhr und erhob sich. »Ich muss dann auch schon wieder ins

Studio. Letzte Stunde, und danach geht's ins Brauhaus. Für ein kaltes Bier im Biergarten ist es leider noch zu früh.« Grinsend hauchte er Heike einen flüchtigen Kuss auf die Wange, dann verschwand er in Richtung Studio.

Müllverbrennungsanlage, 13.05 Uhr

Hoppstedt tobte. Er marschierte ruhelos wie ein Tiger im Käfig über den Betriebshof, ballte die Hände zu Fäusten und schüttelte immer wieder den Kopf. Sein Gesicht hatte eine gefährlich rote Färbung angenommen, und Ulbricht hoffte, dass der Mann in seiner Anwesenheit keinen Herzinfarkt erlitt. Inzwischen war auch Staatsanwalt Adler eingetroffen. Er hatte sich kurz von Ulbricht über den Stand der Dinge informieren lassen. Die Rechtsmediziner aus Düsseldorf kümmerten sich um den Leichnam. Einer der Männer trat auf Ulbricht zu. Er schätzte ihn auf Ende dreißig. Seine dunklen Haare hatte er streng zurückgekämmt, und zu einer verwaschenen Jeans trug er sommerlich leichte Schuhe und ein grünes T-Shirt. Seine braunen Augen lagen hinter den dünnen Gläsern einer Nickelbrille. Ulbricht hatte bereits mehrfach mit dem Rechtsmediziner zusammengearbeitet und ärgerte sich einmal mehr darüber, dass er sich seinen Namen nicht merken konnte.
»Die Todesursache ist eindeutig«, bemerkte der Mediziner. »Ein Schuss, abgegeben aus nächster Nähe, keine fünf Meter Abstand, schätze ich. Ziemlich gerader Einschusswinkel, soweit ich das jetzt beurteilen kann, in die Stirn. Die Abschürfungen am Hinterkopf und die im Rückenbereich verschlissene Kleidung deuten darauf hin, dass der Mann unsanft vom Tatort fortgeschliffen wurde. Ich habe auch Druckspuren an Fuß- und Handgelenken gefunden, den Stellen, an denen man ihn gepackt haben könnte, um

ihn wegzuschleppen.«
»Wir hatten Schleifspuren im Bunker«, erwiderte Ulbricht und griff zur Zigarettenpackung. »Das würde also passen.« Als er sich die Zigarette angezündet hatte und den ersten Zug nahm, spürte er das Kratzen in der Lunge. Er hustete und wusste, dass er zu viel rauchte. Würde er es in diesem Leben noch einmal schaffen, sich das verdammte Rauchen abzugewöhnen? Er nahm keine Rücksicht auf seine Gesundheit, und sobald er am Anfang eines neuen Falls stand, rauchte er doppelt so viel wie sonst. »Kann man schon etwas zum Todeszeitpunkt sagen?«
»Wie immer kann ich zum jetzigen Zeitpunkt nur grob schätzen«, erwiderte der Arzt. »Um die vierzehn Stunden, plus minus zwei Stunden.«
»Hm.« Ulbricht paffte den Rauch in den Himmel. »Gibt es ein markantes körperliches Merkmal? Ich möchte den Angehörigen die Identifikation des Toten ersparen.«
»Noch nicht, kein Schmuck, keine Uhr, nichts. Aber ich werde mich melden, sobald wir ihn auf dem Seziertisch haben.«
»Danke.« Ulbricht wandte sich ab und suchte Heinrichs auf, der mit dem Handy am Ohr auf und ab lief. Sechs Schritte, Wendung, sechs Schritte. Dabei stierte er immer wieder ins Nichts und gestikulierte wild. Dann unterbrach er die Verbindung und steckte das Telefon weg.
»So«, sagte er.
»Wer so sagt, ist noch lange nicht fertig«, konterte Ulbricht.
»Die Hundertschaft der Bereitschaftspolizei ist auf dem Weg – wir hatten Glück, sie kommen von Lichtscheid, das spart Zeit. Und die Leichenspürhunde sind auch angefordert. Das kann aber dauern, sie kommen aus Stucken-

brock bei Bielefeld.«
»Das hört sich an wie bei Wilsberg.«
»Wie bitte?« Heinrichs blickte ihn verwirrt an.
»Ach nichts, vergessen Sie‘s.«
»Moment mal, habe ich richtig gehört?« Klaus Hoppstedt hatte sich mit großen Schritten genähert. »Sie warten auf Spürhunde aus Bielefeld?«
»Richtig.« Heinrichs nickte.
»Was haben Sie vor?«
»Wir werden den Müllbunker durchsuchen müssen. Mit einer Hundertschaft und mit Spürhunden.«
»Das dauert ja eine Ewigkeit«, entfuhr es Hoppstedt. »Wissen Sie, was mich das kostet?«
»Tut mir leid«, mischte sich Ulbricht nun ein.
»Gibt es denn gar nichts, was wir tun können?«
»Doch – Sie können mir die Aufnahmen Ihrer Videoüberwachung zeigen. Ich werde die ein- und ausfahrenden Fahrzeugkennzeichen mitschreiben und eine Liste erstellen lassen.«

Brauhaus, 13.15 Uhr

Sie hatten einen freien Tisch unter einer alten Kastanie im Biergarten des Wuppertaler Brauhauses ergattert.
Fünf Minuten, nachdem Heike und Stefan sich gesetzt hatten, erschien Kalla auf der Bildfläche. Sein Taxi stand auf dem Parkplatz hinter dem Barmer Rathaus. Mit gemächlichen Schritten näherte er sich den Freunden, trommelte zum Gruß auf den Tisch, als würde er eine zehn Mann starke Runde begrüßen, und ließ sich mit einem schweren Seufzer nieder. Wie immer trug er über seinem Make love – no war-T-Shirt seine speckige Weste. »Mann ist das ´ne Hitze«, brummte er und tupfte sich die Stirn mit einem

Taschentuch ab. »Bin froh, dass ich in meiner Kutsche ´ne Klimaanlage hab.«

Nachdem die Kellnerin die Getränke auf den Tisch gestellt hatte und Stefan sich mit einer Portion Brauhausfritten samt Aioli vergnügte, tauschten Heike und Kalla Belanglosigkeiten aus. Kalla beschwerte sich über die steigenden Dieselpreise und die immer kürzer werdenden Touren, die er mit seinem geliebten Taxi unternahm, und Heike berichtete ihm von den neuesten Zuhörerprognosen, die Michael Eckhardt an den Rand des Wahnsinns brachten.

»So, genug der Nettigkeiten«, mischte sich Stefan schließlich mit vollem Mund ein. »Du hast eine heiße Geschichte für uns?« Er wischte sich den Mund mit der grünen Papierserviette ab und spülte mit einem Schluck Wupper Hell nach. Entgegen seines guten Vorsatzes hatte er sich für ein kleines Bier entschieden. Das gehörte einfach zu den phantastischen Fritten dazu.

Kalla blickte ihn mit großen Augen an. »Ich glaube, wir haben uns missverstanden, Kleiner.« Er drehte das Cola-Glas zwischen seinen mächtigen Pranken. »Ich kann euch etwas erzählen, das ihr aber auf keinen Fall senden dürft, sonst bin ich am Arm.«

»Auch gut«, lachte Stefan. »Du kannst dich auf uns verlassen. Also – schieß los!«

»Das ist dem Werner selber unangenehm, was ihm da rausgerutscht ist«, murmelte Kalla und senkte die Stimme. Er blickte sich kurz zu den Nebentischen um und schien beruhigt, dass sich niemand der anderen Gäste im Biergarten für das ungleiche Trio interessierte. »Wie ich dir schon erzählt habe, kenn ich den Werner Schlupkothen seit meiner Kindheit. Wir sind gemeinsam auf'm Rott groß geworden, sind in den gleichen Kindergarten und später in die gleiche Klasse gegangen. Haben uns in die gleichen Mädchen verknallt und waren das erste Mal gemeinsam besoffen.«

»Ich verstehe«, nickte Stefan, um Kallas Jugenderinnerungen so kurz wie möglich zu halten. »Und ihr seit noch immer gute Freunde?«

»Echte Kumpels, da kannste einen drauf lassen.« Kalla lachte polternd, dann senkte er die Stimme wieder. »Und ich bin sicher, dass Werner mir die Geschichte niemals erzählt hätte, wenn er nicht selber betroffen wär. Er arbeitet schon seit Jahren als Cheffahrer – als Chauffeur des Oberbürgermeisters. Ein echter Kutscher mit guten Manieren, nicht so ein Bauer, wie ich es bin.« Wieder lachte Kalla. »Und es steht in jeder Zeitung, dass die Stadt pleite ist.« Der Taxifahrer machte ein Pause, bevor er fortfuhr. »Und jetzt kommt der Werner ins Spiel. Er fährt den Boss der Stadt den ganzen Tag im dicken Benz durch die Gegend.«

»Und das alles mit Steuergeldern«, entfuhr es Heike. »Da regt sich Widerstand.«

Kalla blickte sie an wie einen Geist. »Widerstand ist gut. Er muss sich überall blöd angucken lassen, wenn er mit dem Benz irgendwo vorfährt.«

»Ein Polo würde es ja auch tun«, überlegte Heike. »Prestige hin oder her – wie dem auch sei, dein Freund Werner macht auch nur seine Arbeit. Er ist Angestellter der Stadt und erbringt seine Arbeitsleistung. Nicht mehr und nicht weniger.«

»Das sagt sich so leicht: Auch bei Abendterminen wartet Werner brav, bis die Veranstaltung vorbei ist. Das ist kein Acht-Stunden-Job, denn der OB hat neben langen Arbeitstagen des Öfteren auch mal Termine am Wochenende.

Und wenn dann doch mal nichts zu tun ist, kümmert er sich um Botenfahrten und hält den Wagen tipptopp. Stell dir mal vor, der Bürgermeister würde in einer alten Dreckschleuder vorfahren.«

»Aber er wird gut bezahlt und hat bei der Verwaltung einen sicheren Job«, vermutete Stefan.

»Sicherheit ist ein anderes Thema.« Kalla winkte ab und leerte sein Cola-Glas. Als eine junge Kellnerin am Tisch vorbeikam, winkte er ihr mit dem Glas zu. Sie nickte und verschwand. »Wie ihr euch denken könnt, nutzt der OB die Fahrten zwischen den Terminen, um Telefonate zu erledigen und um zu arbeiten.«

»Das Auto wird zum Büro«, kommentierte Stefan. Inzwischen hatte er seine Portion Fritten verdrückt. Er putzte sich den Mund ab und schob den Teller an den Tischrand.

»So ist es«, nickte Kalla. »Und Werner hat mitbekommen, dass der Bürgermeister wohl mit einem hohen Tier von der Polizei telefoniert hat. Es ging um Personenschutz. Und da frage ich euch: Wozu braucht ein Mann wie Alt Bodyguards?«

»Weil er vorsichtig geworden ist«, vermutete Heike. »Immerhin steht er in der Kritik, seitdem er den Bürgern erklärt hat, wie pleite die Stadt ist. Die Schließung von Schwimmbädern, den Wegfall des Schauspielhauses und die Kürzung von unzähligen Geldern lässt nicht alle Wuppertaler kalt. Da kann ich mir schon gut vorstellen, dass die Nerven blank liegen – und zwar auf beiden Seiten.«

Kalla schüttelte seinen massigen Schädel. »Werner hat erzählt, dass das Wort Morddrohung in dem Telefonat gefallen ist. Und seitdem hat er Angst.«

»Das kann ich gut verstehen. Und weiter?« Stefan trank

einen Schluck Bier und wischte sich den Schaum mit dem Handrücken von den Lippen. Kallas Cola wurde gebracht, und die Bedienung nahm das leere Geschirr mit.

»Was hat dieser Werner Schlupkothen noch erzählt?«, hakte Heike nach, als sie wieder alleine waren.

»Keine Ahnung, Mädchen.« Kalla zog die Mundwinkel nach unten und zuckte mit den Schultern. »Es ist, wie es ist. Nun habe ich euch alles erzählt, und jetzt geh ich wieder Geld verdienen, wenn es recht ist.« Er grinste schief. »Macht daraus was ihr wollt, aber lasst um Gottes willen mich und den Werner da raus.«

»Ehrenwort«, versprach Heike und verzog schmerzhaft das Gesicht, als Kalla erst ihr, dann Stefan die Hand reichte und sich erhob. Er warf einen Fünf-Euroschein auf den Tisch und brummte ein knappes »den Rest zahlt ihr«, dann verschwand er in Richtung Parkplatz.

Keine fünf Minuten später sahen Heike und Stefan sein Taxi davontuckern.

Wupperwelle, 14.20 Uhr

»Du hast Besuch.« Manfred Jordan blickte kurz von seinem Monitor auf, als Heike die Redaktion betrat. »Herrenbesuch«, fügte der Nachrichtenredakteur mit einem vielsagenden Grinsen hinzu.

»Das hatte ich ganz vergessen, natürlich.« Heike schlug sich mit der flachen Hand vor die Stirn und warf einen Blick auf die große Funkuhr an der Wand. Sie war um zwei Uhr mit Daniel Mehrmann, dem Wuppertaler Rapper, verabredet gewesen. Er arbeitete an einem neuen Album. »Warum habt ihr mich nicht auf dem Handy angerufen?«

Schulterzucken, während Jordan wie ein Besessener auf

der Tastatur herumhackte. Er steckte in den Vorbereitungen für die Lokalnachrichten, die er in zehn Minuten sprechen würde. In den letzten Minuten vor den Nachrichten befanden sich die Nachrichtenredakteure immer in einer Art Fieber, stellte Heike ein wenig amüsiert fest. Eckhardt hatte sie auch das eine oder andere Mal als Nachrichtenredakteurin eingesetzt, wenn die Kollegen krank oder im Urlaub waren, und für sie war der Nachrichtendienst immer eine Qual gewesen. Das war nicht jedermanns Sache, sie war lieber draußen und sprach mit den Leuten vor Ort, wenn in der Stadt etwas geschehen war.

Heike blickte sich suchend im Großraumbüro der Wupperwelle um. Stefan hatte es gleich nach der Pause ins Büro des Chefredakteurs verschlagen. Nun sah sie ihn hinter der großen Glaswand, die Eckhardts Büro vom Rest der Redaktion abtrennte, sitzen. Die beiden waren in ein sehr intensives Gespräch verwickelt. Eckhardt wanderte in seinem Büro auf und ab, blieb am Fenster stehen, blickte hinaus, schüttelte immer wieder den Kopf und wandte sich zu Stefan um, um gestenreich mit ihm zu diskutieren.

»Er wartet im Konferenzzimmer«, bemerkte Jordan und kratzte sich seinen Bart. Er grinste schief und zuckte mit den Schultern. »Sorry, Stress hier. Ich habe ihm aber Kaffee und Kekse gebracht.«

»Danke.« Heike eilte in den schmalen, langen Raum, in dem allmorgendlich die Redaktionskonferenzen stattfanden. Hier saß ein junger Mann von Anfang zwanzig am langen Tisch. Tatsächlich standen ein Teller mit Gebäck und eine Tasse Kaffee vor ihm. Den Kaffee hatte er nicht angerührt. Mehrmann hatte kurze, dunkle Haare und einen fein gestutzten Kinnbart. Seine grünen Augen

blickten ein wenig traurig drein und erinnerten Heike an einen kleinen Hund.
»Entschuldigung«, sagte sie und schloss die Tür. »Warten Sie schon lange?«
»Nein, das ist absolut kein Problem.« Mehrmann sprang auf und reichte ihr lächelnd die Hand. Er trug eine weite Jeans, Turnschuhe und ein dunkelgrünes T-Shirt, das ihm mindestens zwei Nummern zu groß war. »Danke für die Einladung, ich bin froh, dass Sie sich die Zeit nehmen.«
Heike registrierte, dass der junge Rapper über gute Umgangsformen verfügte. Er war ihr vom ersten Moment an sympathisch. »Sollen wir nicht gleich Du sagen? Ich bin Heike.«
»Ja, find ich cool. Ich bin der Daniel.« Er tippte sich mit zwei Fingern an die Schläfe.
»Wollen wir uns hier unterhalten, oder sollen wir gleich ins Studio gehen?«
»Von mir aus kann's gleich losgehen.« Er zwinkerte Heike zu.
»Gut, dann ab mit uns.«
Im Gänsemarsch durchquerten sie die Redaktion und betraten das zweite, kleinere Studio. Von hier aus wurde nur in Ausnahmefällen gesendet. Üblicherweise war dies das Studio, in dem Interviews geführt und Beiträge vorbereitet wurden.
Das Interview mit Daniel Mehrmann hatte sie in zwei Parts geplant – der erste Teil würde schon heute Nachtmittag laufen, der zweite Teil in der Frühsendung zur besten Zeit, wenn alle Leute im Auto saßen und auf dem Weg zur Arbeit waren. Heike setzte sich hinter das Mischpult und klickte sich durch das Aufnahmeprogramm. Es blieb ihr nicht verborgen, dass Mehrmann sich neugierig

umblickte. Durch die gläserne Wand konnte er ins Live-Studio sehen, wo Karin Dahl mit einem Headset am Pult stand und das Programm der Wupperwelle moderierte.
»So«, sagte sie schließlich. »Die Technik und ich wären dann so weit. Sollen wir gleich anfangen?«
»Gern.« Er setzte die Kopfhörer, die sie ihm reichte, auf und rückte sich das Mikrophon zurecht. Mit der Studiotechnik war er offenbar vertraut – schließlich war er Musiker und dies sicherlich nicht sein erster Besuch in einem Radiosender.
Heike zog ein Blatt aus der Tasche, auf dem sie sich schon am Morgen die Fragen, die sie Mehrmann stellen wollte, notiert hatte und faltete es sorgsam auseinander. Dann nickten sie sich zu, Mehrmann hob den Daumen, und Heike begann mit der Aufzeichnung des Interviews. Bei der Nachbearbeitung würde sie Versprecher und Ähs, wie sie immer wieder vorkamen, herausschneiden. Nachdem sie eine kleine Anmoderation gesprochen hatte, kam Heike auf ihren Studiogast zu sprechen und stellte ihn in ein, zwei Sätzen vor. Das Interview gestaltete sich angenehm; Mehrmann antwortete detailliert, ohne zu schwafeln und auf den Punkt genau. Dabei verkaufte er sich sympathisch, wie sie fand.
»Und derzeit arbeitet ihr an eurem neuen Studioalbum«, sagte sie dann. »Wird es wieder ein Video geben, das man sich online anschauen kann?« Heike blieb nicht verborgen, wie es hinter David Mehrmanns Stirn zu arbeiten begann. Er wirkte plötzlich unkonzentriert, zögerte, bevor er antwortete.
»Na klar machen wir wieder ein Video, das ist beim letzten Mal auch gut bei unseren Fans, nicht nur hier im Bergischen Land, angekommen.« Er rang mit den Händen,

wirkte plötzlich nervös. »Mehr möchte ich aber noch nicht verraten – schließlich soll es spannend bleiben.« Er grinste Heike an, doch es blieb ihr nicht verborgen, dass mit Mehrmann etwas nicht stimmte. Doch Heike war Profi, und sie bohrte nicht weiter nach. Das Thema schien ihm unangenehm zu sein, und so setzte sie das Interview fort. Sie war sicher, dass sie zu gegebenem Zeitpunkt noch mehr erfahren würde.

Erst, als sie am Ende der Aufzeichnung angelangt waren und die Kopfhörer abnahmen, räusperte sich Mehrmann. »Hast du vielleicht einen Schluck Wasser für mich?«

»Klar doch.« Heike erhob sich, nachdem sie das Interview abgespeichert hatte und verließ das Aufnahmestudio, um kurz darauf mit einer kleinen Flasche Mineralwasser und einem Plastikbecher zurückzukehren. »Was ist los?«, fragte sie.

Der Musiker bedankte sich mit einem Lächeln und trank gierig. »Es geht um den Videodreh«, sagte er schließlich. »Davon soll aber bitte nichts gesendet werden«, bat er eindringlich.

»Das ist selbstverständlich«, versprach Heike.

»Ich muss das einfach loswerden, weil ich sonst durchdrehe.«

»Was ist passiert?«

»Wir haben gestern in einem alten Bunker gedreht. Ich weiß nicht, ob das legal war, aber wir wollten ja nichts zerstören. Und während wir drehten, waren auch noch andere Typen in dem Bunker.« Stockend berichtete Mehrmann, was sich an der Münzstraße zugetragen hatte.

Heike hing förmlich an seinen Lippen, dann erinnerte sie sich an die Schießerei im Bunker, bei der Hauptkommissar Ulbricht die Leiche abhandengekommen war. Eine

Meldung über den seltsamen Vorfall hatte es in den Lokalnachrichten der Wupperwelle gegeben. Bei der Vorstellung, dass er über den Umstand bitterlich geflucht haben musste, stahl sich ein Schmunzeln auf ihr Gesicht.

Dann hatte sie eine Idee: »Sag mal, was hältst du davon, wenn du mir den Bunker zeigst?«
Mehrmann blickte sie zweifelnd an. »Wann?«
»Ich muss nur schnell das Interview schneiden und einsprechen, weil der erste Teil schon heute Nachmittag gesendet werden soll. Aber die Geschichte interessiert mich brennend. Und wenn du kein Problem damit hast, würde ich mir die Stelle im Bunker gern ansehen.«
»Klar, von mir aus.« Mehrmann nickte zustimmend und erhob sich.
»Dann treffen wir uns in einer Dreiviertelstunde am Bunker?«
»Geht klar, Heike.« Mehrmann grinste und verabschiedete sich höflich.
Heike blickte ihm lange nach. Der Musiker nickte den anwesenden Kollegen im Großraumstudio zu, dann war er aus der Redaktion der Wupperwelle verschwunden. Und Heike hatte das untrügliche Gefühl, dass sie am Anfang einer ganz heißen Story stand.

Studio Wupperwelle, 14.55 Uhr
»Wie stellen Sie sich das vor?« Eckhardt blies hörbar die Luft aus und fuhr sich durch das erhitzte Gesicht. »Ich kann unseren Oberbürgermeister unmöglich ans Messer liefern!«
Stefan, der auf einem der bequemen Stühle vor dem Schreibtisch seines Chefs saß, drehte die kleine Kaffee-

tasse in den Händen. »Wir liefern Johannes Alt nicht ans Messer, wenn wir über die katastrophale Finanzlage der Stadt berichten.« Manchmal hasste er die Loyalität von Michael Eckhardt gegenüber den oberen Zehntausend der Stadt.

»Das haben wir bereits bei der Vorstellung des Haushaltssicherungskonzeptes zur Genüge getan«, wetterte Eckhardt und setzte die Wanderung durch sein Büro fort. Er blieb am Fenster stehen und blickte auf den Fluss, der jenseits der vierspurig ausgebauten Friedrich-Engels-Allee gen Westen zog. Das grüne Gerüst der Schwebebahn spannte sich wie ein riesiger, stählerner Tausendfüßer über die Wupper. Ohne sich von dem Anblick abzuwenden, murmelte Michael Eckhardt: »Wir können unmöglich Benzin ins Feuer gießen.« Nun drehte er sich zu Stefan um. »Wie stellen Sie sich das vor?«

»Ich will auch keine Schlagzeilen um jeden Preis«, beschwichtigte Stefan ihn. Im vergangenen Jahr hatte Eckhardt ihn zum Chef vom Dienst ernannt. Damit war er für die Personal- und Studioplanung ebenso mitverantwortlich wie für den Sendeinhalt der Wupperwelle. Und er war Eckhardts Stellvertreter, eine Aufgabe, die nicht immer ganz leicht war, wie Stefan sich eingestehen musste. »Ich dachte eher an eine saubere Recherche im Hintergrund. Natürlich dauert das ein wenig länger, aber bevor die Lage in der Stadt womöglich eskaliert, können wir mit Fakten auftrumpfen.«

»Aber wie soll das funktionieren? Sie können unmöglich beim Presseamt anrufen und denen unbequeme Fragen stellen, auf die Sie sowieso keine oder ausweichende Antworten bekommen würden.«

»Ich arbeite gern mit der Pressestelle im Rathaus zusammen«, erwiderte Stefan. Er war sich selber nicht darüber im Klaren, wie er aus dem zweifelhaften Hinweis, den er und Heike von Kalla erfahren hatten, zu einer sauberen Geschichte für das Radio kommen sollte. Dann gab er sich einen Ruck: »Angeblich hat es Morddrohungen gegen den Oberbürgermeister unserer Stadt gegeben.«

Eckhardts Gesichtsfarbe änderte sich schlagartig. »Was haben Sie gesagt?«

»Es sind nur Gerüchte«, beschwichtigte Stefan eilig. »Aber es scheint was an der Geschichte dran zu sein. Nur kann ich das nicht für den Sender verwenden.«

»Ich will wissen, wie Sie an solche Informationen kommen.«

»Tut mir leid.« Stefan erhob sich mit ernstem Gesicht und stellte die leere Tasse auf Eckhardts Schreibtisch ab. »Das ist absolut geheim. Aber ich werde an der Sache dranbleiben.« Schnell verließ er das Büro und hoffte, dass Eckhardt ihm nicht folgte.

Er machte sich an seinem Schreibtisch zu schaffen und recherchierte im Internet. Vielleicht sollte er bei der Polizei anrufen und dort fragen, ob man den Bürgermeister tatsächlich schon unter Personenschutz gestellt hatte. Wahrscheinlich, so überlegte er weiter, würde man ihm wohl kaum bestätigen, dass das der Fall war. Eine Panik sollte um jeden Preis verhindert werden, und so sparte sich Stefan den Versuch, die Presseabteilung des Polizeipräsidiums anzurufen.

Polizeipräsidium, 15.30 Uhr

»Ich habe die Schnauze so voll – meine Klamotten stinken nach Müll, und am liebsten würde ich den ganzen Tag kotzen.«

Ulbricht ließ die Akte, in der er blätterte, sinken und betrachtete seinen Assistenten, der wütend ins Büro stürmte und sich unaufgefordert auf einen freien Stuhl setzte. Kommissar Verdammt grinste, als er die Ausdrucksweise seines Assistenten bemerkte.
Vielleicht würde ja doch noch etwas aus ihm, dachte er und verwarf die Idee, die Füße vom Tisch zu nehmen. Er legte den Ordner auf den Schreibtisch und lehnte sich weit in seinem Sessel zurück. Mit hinter dem Kopf verschränkten Armen betrachtete er Frank Heinrichs, der an sich schnüffelte und das Gesicht zu einer angewiderten Fratze verzog. In der Tat roch er penetrant nach Müll, nachdem er sich offenbar mit vollem Körpereinsatz an der Suchaktion im Müllheizwerk auf Küllenhahn beteiligt hatte.
Ulbricht hatte sich zeitig aus dem Staub gemacht und Heinrichs die Einsatzleitung auf Küllenhahn übertragen. Er hatte sich administrativen Aufgaben zugewandt. So kurz vor der Pension noch in Tonnen von Müll herumzustochern, das musste er sich wirklich nicht antun.
Vor einer Viertelstunde war Heinrichs ins Präsidium zurückgekommen – die Kollegen waren noch an der Müllverbrennung damit beschäftigt, den Bunker nach möglichen weiteren Leichen oder nach Spuren, die mit der ersten Leiche in Zusammenhang standen, zu durchsuchen. Die Identifikation anhand von Mirja Blums Foto hatte eindeutig ergeben, dass es sich bei dem im Müll gefundenen Leichnam um Alexander Koljenko handelte. Ulbricht hatte darauf verzichtet, der jungen Frau den Anblick ihres toten Freundes zuzumuten. Der junge Russe lag wahrscheinlich in diesem Moment bei den Gerichtsmedizinern in der Düsseldorfer Universitätsklinik auf

dem Obduktionstisch. Mit ein wenig Glück kam morgen im Laufe des Tages der Bericht.

»Und jetzt sagen Sie mir bitte nicht, dass ich dem Mädchen auch noch schonend beibringen darf, dass es sich bei dem gefundenen Leichnam tatsächlich um ihren Freund handelt«, bettelte Heinrichs. Sein rundes Gesicht war knallrot. Theatralisch fächerte er sich mit der flachen Hand frische Luft zu.

Ulbricht bedachte ihn mit einem süffisanten Lächeln. »Machen Sie sich mal keinen Kopp«, sagte er schließlich. »Ich werde auf dem Heimweg bei ihr vorbeifahren und es ihr sagen. Vielleicht bekomme ich dann noch etwas über Alexander Kalenko heraus.« Nun nahm er doch die Füße vom Schreibtisch. Er beugte sich zu seinem Assistenten hinüber. »Haben Sie inzwischen sein Handy gefunden?«

»Ja.« Nun nickte Heinrichs eifrig. »Es wurde in einer Mülltonne an der Haltestelle Sedanstraße geortet, also nicht weit vom Tatort entfernt. Anscheinend haben es die oder der Mörder von Alexander Koljenko dort unmittelbar nach der Tat entsorgt. Dumm nur, dass sie es nicht ausgeschaltet haben.« Er nahm die blaue Brille von der Nase und begann sie mit dem Kragen seines Jacketts zu polieren. »Flüchtigkeitsfehler, würde ich mal sagen.«

»Was ist mit unserem Toten? War er einer unserer Kunden?«

»Ich habe ihn durch die Datenbanken gejagt und bin nicht fündig geworden. Insofern war er sauber und nicht aktenkundig.«

»Hm. Muss ja nichts heißen.« Ulbricht stand auf und öffnete das Fenster, um frische Luft in den Raum zu lassen. Der Straßenlärm der B 7 drang nun ungefiltert ins Büro. Auf der Hauptverbindungsstraße zwischen Elberfeld und

Barmen hatte die Rush Hour eingesetzt. Doch den Lärm nahm er gern in Kauf, bevor ihm selber noch von dem Gestank, den sein Assistent anschleppte, schlecht wurde. Ulbricht hockte auf der Fensterbank und musterte seinen Assistenten. Er stellte fest, dass Heinrichs Augen ohne die markante blaue Sehhilfe noch listiger und kälter wirkten. Fast erinnerte »Brille« Heinrichs ihn an einen halbblinden Maulwurf.

»Und wo befindet sich der elektronische Kommunikationsknochen augenblicklich?«

Heinrichs setzte die Brille wieder auf und schlug die Beine übereinander.

»Das Gerät habe ich von den Kollegen gleich zur Auswertung in die IT bringen lassen. Wahrscheinlich wissen wir morgen früh mehr.« Heinrichs grinste selbstverliebt und heischte nach Lob, doch das Gegenteil trat ein.

Ulbricht sprang wütend auf. »Morgen kann es zu spät sein. Es kann doch nicht so lange dauern, bis die ein verdammtes Handy ausgelesen haben – notfalls mache ich das noch selber.« Er rauschte an seinem Assistenten vorbei. An der Tür angekommen, wandte er sich noch einmal zu Heinrichs um. »Machen Sie Schluss für heute, bevor Sie sich noch wehtun. Und gehen Sie duschen, das hat noch keinem geschadet!« Dann war er draußen.

Bunker Münzstraße, 16.10 Uhr

»Tut mir leid, ich bin zu Fuß hier hochgekommen, das hat gedauert«, entschuldigte sich Heike ein wenig außer Atem, als sie den Betonklotz erreicht hatte. Dort stand Mehrmann und wartete geduldig auf sie.

»Der Sedansberg hat's in sich, was?«, grinste er. Daniel Mehrmann hielt eine selbstgedrehte Zigarette zwischen

Daumen und Zeigefinger. Er nahm einen tiefen Zug.
Heike nickte und versuchte, ihren Atem unter Kontrolle zu bringen. Dann blickte sie an der unansehnlichen Fassade des Bunkers empor. Der Beton war im Laufe der Jahrzehnte rissig geworden, hier und da ragten verrostete Stahlträger aus dem Bauwerk. Weiter oben gab es schießschartenartige, glaslose Öffnungen. Unkraut und Efeu rankte sich an dem Bauwerk in die Höhe. Links neben dem Klotz gab es einen schmalen Weg, der zum Haupteingang führte. Längst hatte die Natur begonnen, das Terrain um den Bunker herum zurückzuerobern. Überall wucherte Unkraut. Die Türen des Luftschutzbunkers hatte man mit Brettern zugenagelt. Ein Schild machte allen Neugiergen klar, dass das Betreten des Bunkers streng verboten war. Heike atmete tief durch und spürte die Beklemmung in sich aufsteigen. Der Bunker war von alten Kastanien umgeben, sodass sie das Blau des fast wolkenlosen Himmels nur erahnen konnte. Sie musste sich eingestehen, dass sie sich nie gern mit der Vergangenheit Deutschlands auseinandergesetzt hatte.
»Das ist nur aus versicherungstechnischen Gründen«, grinste Mehrmann, der ihrem Blick auf das Verbotsschild gefolgt war. »Und die Bretter vor dem Eingang kann man leicht zur Seite schieben, sodass man da reinkann, ohne etwas kaputt zu machen.«
»Wem gehört der Bunker eigentlich?« Heike hatte gehört, dass man in den letzten Jahren viele alte Bunker an private Investoren veräußert hatte, die daraus mit Einfallsreichtum und Kreativität zum Beispiel wunderschöne Wohnungen und Ateliers für Künstler mit einem Hang zum Außergewöhnlichen machten. Für die Radioreporterin war es schwer vorstellbar, dass man aus einem hässlichen

Betonklotz mit einer schlimmen Vergangenheit einen heimeligen Ort zum Wohnen machen konnte. Andererseits gab es auch Menschen, die in Wasser- und Leuchttürmen wohnten.
»Der Kasten ist Eigentum der Stadt, soviel ich weiß.« Mehrmann zuckte mit den Schultern, zog ein letztes Mal an seiner Zigarette und schnippte den Stummel in einen Gulli.
Heike überlegte, ob es nicht eine Einnahmequelle für die Verwaltung wäre, wenn sich die Stadt von diesen alten Gebäuden trennte. Das käme den leeren Kassen sicherlich zugute. »Sollen wir?«, sagte sie an Mehrmann gewandt.
»Klar. Aber ich habe kein Licht, und da drinnen ist es dunkel wie in einem Bärenar… ich meine, man sieht die Hand vor Augen nicht.« Er grinste schief.
»Und nun kommt meine große Stunde«, strahlte Heike und nahm ihren kleinen Rucksack, den sie anstelle einer Handtasche immer bei sich trug, von den Schultern. »Ich habe mir von Stefan die Pannenleuchte geliehen, die er im Auto hat.« Mit stolzer Miene öffnete sie den Reißverschluss und zog eine schwere Handlampe hervor. Sie drehte den Schalter und bewirkte damit, dass die Lampe orangefarben blinkte.
»Toll«, grinste Mehrmann.
»Nein, nein, sie kann auch anders«, lachte Heike und betätigte den Schalter noch einmal. Nun erlosch die Warnlampe, und auf der Unterseite der Lampe leuchtete ein weißes Lichtfeld. »Und jetzt können wir es wagen«, sagte sie.
Mehrmann nickte. »Ich hoffe, die Batterien sind in Ordnung.«
Seite an Seite erklommen sie die mit Grünspan überzogenen Betonstufen, die zum Haupteingang des Bunkers führten.

Oben angekommen, zögerte Mehrmann. Er wandte sich zu Heike um, die voller Tatendrang war. »Beim letzten Mal habe ich hier, ehrlich gesagt, voll die Paras geschoben.«
Heike nickte. Früher hatte man Schiss gehabt, oder Bammel. Heute schob man Paras. Sie war eben auch nicht mehr die Jüngste.
»Sollen wir da wirklich rein?«, fragte Mehrmann. »Ich meine, immerhin ist da jemand erschossen worden. Vielleicht dient der Bunker einer Gang als Versteck, und wir müssen damit rechnen, dass sie zurückkommen. Ich habe selbst erlebt, dass diese Typen nicht sehr zimperlich sind. Ein Menschenleben bedeutet denen gar nichts!«
»Du solltest rappen, anstatt ohne Punkt und Komma zu lamentieren«, schmunzelte Heike. »Und nun komm schon. Wir sind zu zweit, und ich könnte mir vorstellen, dass diese dunklen Gestalten den Bunker in den nächsten Tagen meiden werden.«
»Wie du meinst.« Mehrmann schob sich an Heike vorbei. Er ruckelte an den Brettern am Eingang herum, hatte schließlich das richtige Holz erwischt und konnte den Holzverschlag wie eine Falttüre zur Seite schieben.
»Das ist doch extra so gebaut«, vermutete Heike. »Von außen soll es so aussehen, dass hier schon ewig keiner mehr drin war, aber in Wirklichkeit schiebt man die Bretter zur Seite und hat freien Zugang zum Bunker. Da steckt System hinter, Daniel.«
»Kann sein, ich dachte, meine Jungs waren so genial drauf und haben das herausgefunden.« Mehrmann kratzte sich am Kopf. »Aber es könnte tatsächlich sein, dass die Bretter nur eine abschreckende Wirkung haben. Bleibt das Verbotsschild der Stadt.« Er deutete auf das Schild neben dem Eingang, dass Unbefugten das Betreten des Gebäudes

strengstens verbot.
»Versicherungstechnisch«, erwiderte Heike. »Das ist nur versicherungstechnisch. Damit sichert sich das Gebäudemanagement der Stadt ab, falls doch mal jemand da reinkriecht und verunglückt.«
Mehrmann antwortete nicht. Er folgte Heike in den Bunker. Der Geruch von Schimmelpilz und Urin schlug ihnen entgegen, eine ekelerregende Kombination.
»Wie auf dem Herrenklo am Bahnhof«, kommentierte Mehrmann und wedelte sich bezeichnend mit der Hand vor dem Gesicht herum.
Mit Betreten des Bunkers hatte Heike ein beklemmendes Gefühl beschlichen, das sicherlich nicht nur von der muffigen Luft hervorgerufen wurde. Sie dachte an die vielen Menschen, die hier im Krieg Unterschlupf gesucht hatten, während die Stadt im Bombenhagel gestorben war. Schon nach wenigen Schritten wurden sie von der Dunkelheit im Innern des Baus verschluckt, und der starke Lichtfinger von Heikes Handlampe huschte geisterhaft über die kahlen und teils feuchten Wände. Immer wieder erfasste der Lichtstrahl vergessene Relikte aus der Kriegszeit, die seit Jahrzehnten vor sich hingammelten und der Szenerie einen morbiden Charme verliehen.
Heike erschauderte.
»Und wo soll hier was passiert sein?«, fragte sie Mehrmann, ohne sich umzublicken. Sie erschrak über den dumpfen Klang ihrer Stimme.
Der Musiker trat neben Heike und deutete auf eine verrostete Eisentür, die lose in den Angeln hing. »Da vorne ist der Raum, in dem wir gedreht haben.«
»Wo habt ihr die Leiche gefunden?«
»Hier.« Sie standen an einem etwas kleineren Raum, an

dem sich die Reste einer schrecklich gemusterten Tapete befanden. Es gab kein Mobiliar, nur Fragmente einer uralten Maschine, dessen Verwendungszweck Heike nicht ansatzweise erraten konnte. Unter der Decke ragten die verrosteten Überbleibsel von Lüftungsrohren wie scharfkantige Stumpfe aus dem Mauerwerk. Am Boden und an den Wänden tauchten Blutspuren im Lichtkegel auf.

»Die Männer haben sich hier getroffen. Und wir haben gehört, wie sie sich zuerst unterhalten, und dann lautstark gestritten haben.«

»Was haben sie denn gesagt?«

»Sorry, aber wir haben kein Wort verstanden. Sie haben nicht deutsch gesprochen. Das war eine osteuropäische Sprache, würde ich tippen. Weiß nicht, vielleicht russisch, polnisch oder slowakisch.« Mehrmann überlegte im Schein der Lampe und legte den Kopf schräg. »Kein Plan, was das für eine Sprache war, echt nicht.«

»Und die haben euch nicht gehört, als sie sich hier getroffen haben?« Heike schüttelte ungläubig den Kopf. »Ich meine, wenn ihr ein paar Räume weiter einen Videoclip dreht, geht das wohl kaum ohne Musik und Gesang, oder?«

»Wir haben eine Pause gemacht, weil es gerade nicht so gut lief«, murmelte Mehrmann. »Andererseits hatten wir auch Leuchten mit, und der Lichtschein war bestimmt auf dem Gang zu sehen, ob wir nun still waren oder nicht. Ich habe schon darüber nachgedacht, dass sie es in Kauf genommen haben, nicht alleine hier zu sein.«

»Das würde ja bedeuten, dass sie euch genauso gut erschossen hätten, wenn ihr denen in die Quere gekommen wärt.«

»So schätze ich die Lage auch ein«, nickte Mehrmann.

»Wenn die wissen, wer wir sind, dann müssen wir ziemlich vorsichtig sein.«

»Ich frage mich, was die Leute hier gesucht haben«, murmelte Heike. »Entweder haben sie ihr Opfer in eine Falle gelockt, um ihn hier unbemerkt erschießen zu können, oder …«

»Ich weiß es wirklich nicht.« Mehrmann zog die Schultern hoch. »Hast du genug gesehen? Ich hab dir jedenfalls alles gezeigt.«

Heike nickte. »Mich hält es hier auch nicht länger als nötig.«

Im gleichen Augenblick drangen Geräusche an ihre Ohren. Sie zuckte zusammen und bedeutete auch Mehrmann, still zu sein. Eilig schaltete sie die Handlampe aus. Von einer Sekunde zur anderen standen sie in völliger Finsternis da. Heike glaubte, einen Luftzug spüren zu können. Schritte näherten sich, und sie hörten Stimmen. Heike hielt die Luft an. Hatte Mehrmann mit seiner Befürchtung, dass es die Täter zurück zum Tatort zog, recht behalten?

»Ist hier jemand? Wenn ja, dann zeigen Sie sich. Hier ist die Polizei!«

Heike atmete laut hörbar aus. Sie schaltete die Lampe ein und trat in den Gang. »Hier sind wir!«

Die uniformierten Polizisten richteten die Kegel ihrer Stablampen auf sie. Nun wagte sich auch Mehrmann aus seinem Versteck.

»Was haben Sie hier drinnen zu suchen?«, wurden sie von dem älteren der beiden Polizisten angeherrscht.

»Mein Name ist Heike Göbel, ich arbeite für die Wupperwelle und recherchiere.« Langsam normalisierte sich ihr Puls. Heike deutete auf den Musiker, dem es offenbar immer noch die Sprache verschlagen hatte. »Und das hier ist

Daniel Mehrmann.«
»Befinden sich noch andere Personen im Gebäude?« Der Polizist, den Heike im Gegenlicht nur schemenhaft erkennen konnte, schien misstrauisch zu sein. Beide Beamte hatten die freie Hand an der Waffe.
»Nicht, dass wir wüssten«, rief Heike und trat auf die Polizisten zu. »Kommen Sie. Gehen wir an die frische Luft.«
Die beiden Beamten tauschten einen Blick, der Jüngere der beiden hob die Augenbrauen, dann verließen sie zu viert den Bunker. Draußen war Heike kurz vom Licht der tief stehenden Sonne über dem Sedansberg geblendet. Schützend hielt sie eine Hand über die Augen. Die Luft des milden Sommertages tat gut. Sie glaubte, den Duft von Blüten riechen zu können, und das mitten in der Stadt. Vermutlich lag das daran, dass die Luft im Bunker feucht und modrig gerochen hatte.
»Ich nehme an, Sie können sich ausweisen?« Nachdem der ältere Polizist die Taschenlampe unter den Arm geklemmt hatte, schob er sich die Mütze in den Nacken. Auf seiner Stirn standen Schweißperlen. Dirkes hieß er, das entnahm Heike dem Namensschild an seiner Brusttasche.
»Natürlich.« Heike stellte die Handlampe vor ihren Füßen ab und machte sich an ihrem Rucksack zu schaffen.
»Langsam, keine ruckartigen Bewegungen!«, rief Jachmann, der jüngere Polizist. Er trug im Gegensatz zu seinem Kollegen keine Mütze. Dass er die blonden Haare mit Gel in Form gebracht hatte, registrierte Heike nur nebenbei. Sie starrte auf die Pistole in der Hand des Beamten.
»Könnten Sie die Waffe freundlicherweise nicht auf mich richten?«, fragte sie, während sie ihren Personalausweis aus dem Rucksack zog und sich darüber wunderte, dass

die Polizisten so unter Anspannung standen. Sicherlich war es nichts Außergewöhnliches, dass sich Menschen verbotenerweise Zutritt zu einem der zahlreichen leerstehenden Gebäude in der Stadt verschafften. Hier, so meldete sich ihr Spürsinn, schien etwas nicht zu stimmen.

Elf

Sedanstraße, 16.35 Uhr

Entnervt fragte sich Norbert Ulbricht, warum ausgerechnet die Leute, die er aufsuchen musste, unter dem Dach wohnten. Mirja Blums Wohnung lag in einem der Häuser, die in den Zwanzigerjahren des letzten Jahrhunderts von der Barmer Baugesellschaft für Arbeiter gebaut worden waren. Hier, zwischen dem Alten Markt und der Leimbacher Straße, hatte man Anfang des 20. Jahrhunderts symmetrisch angelegte Wohnblocks errichtet. Kaum jemand, der hier heute lebte, wusste, dass der Sedansberg früher im Volksmund Mottenberg genannt worden war – eine Zusammenführung des ursprünglichen Namens »Am Ottenberg«. Erst gegen Ende des 19. Jahrhunderts hatte man die Straße nach der französischen Stadt Sedan benannt; den Grund dafür hatte Ulbricht aber vergessen.

Als der Türsummer ertönte, stemmte er sich mit seinem Gewicht gegen die Eingangstür des Hauses und fand sich in einem schmalen Treppenhaus wieder. Die Wände waren halbhoch vertäfelt, und an den Decken gab es Stuckverzierungen. Das Haus befand sich in einem guten Zustand, und Ulbricht erinnerte sich daran, dass Mirja Blum ihm berichtet hatte, im Haus ihrer Eltern zu leben. Er kämpfte sich mühsam durch das Treppenhaus hinauf und stellte erschüttert fest, dass »ganz oben« im Fall von Mirja Blums Wohnung tatsächlich ganz oben war: Sie lebte in einem zur Wohnung ausgebauten Dachgeschoss. Atemlos stand er auf einer Fußmatte mit dem Schriftzug Bierkiste abstellen, klingeln, verpissen und schwor sich, das Rauchen aufzugeben. Seine Lunge schien zu bersten, erst als er in das verheulte Gesicht der jungen Frau blickte,

besann er sich auf den Grund seines Besuches.
Er lächelte freundlich und rang immer noch nach Luft, während sie ihn wortlos in die Wohnung ließ und in ein unaufgeräumtes Wohnzimmer führte. Der Fernseher lief ohne Ton, auf dem gläsernen Tisch stand ein Glas und eine halbleere Flasche Wein aus dem Discounter. Mirja Blum sank auf die Couch, Ulbricht zog es vor, stehen zu bleiben.
»Sind Sie gekommen um mir zu sagen, dass er tot ist?« Ihre Zunge war schwer, und das Make-up verwischt.
Ulbricht presste die Lippen zu einem schmalen Strich zusammen und nickte. »Ja. Es tut mir leid, aber wir haben ihn heute gefunden.«
»Alex ist also wirklich der Tote aus dem Bunker?«
Wieder nickte Ulbricht. »Er wurde erschossen.« Er trat an das geöffnete Dachfenster und blickte sekundenlang hinaus auf die Dächer des Sedansberges. Dann riss er sich vom Anblick auf Barmen los und setzte sich auf den Sessel. Wie er feststellte, verarbeitete die junge Frau die Nachricht vom Tode ihres Freundes relativ gefasst. Im Laufe seiner Dienstjahre hatte er die unterschiedlichsten Reaktionen erlebt, wenn er Angehörigen die Nachricht vom Tode eines Mitmenschens überbracht hatte. Unter Schock reagierten die Menschen sehr unterschiedlich; so reichte das Repertoire von hysterischem Gelächter bis hin zum Herzinfarkt. Manche vergegenwärtigten den Verlust des Angehörigen erst Tage später und fielen dann in ein tiefes Loch.
Im Fall von Mirja Blum vermutete er, dass sie sich mit dem Gedanken bereits im Laufe des Tages abgefunden hatte.
»Ich habe es irgendwie gewusst«, flüsterte sie leise. »Es

war mir gleich klar, als mich Ihr Kollege ins Präsidium geholt hat.«

»Wir sind jetzt dringend auf Ihre Hilfe angewiesen«, sagte Ulbricht und beobachtete die junge Frau sehr aufmerksam. »Inzwischen haben wir sein Handy gefunden. Die Suche nach seinem Mörder fängt jetzt an. Wir werden alle Kontakte auswerten.« Er legte eine Pause ein. »Hatte Ihr Freund Feinde?«

»Nein.« Ein entschiedenes Kopfschütteln. »Er war immer höflich und nett. In unserem Freundeskreis war er beliebt, obwohl er kein Deutscher war.«

»Das heißt, er stand zu seiner russischen Herkunft?«

»Natürlich. Und wir hatten damit keine Probleme, wenn Sie verstehen?«

»Ich benötige trotzdem eine Liste aller Freunde. Hatte er sonstige Angehörige?«

»Soweit ich weiß, nur in Russland. Seine Eltern sind vor zwei Jahren bei einem Unfall ums Leben gekommen, und seitdem hat er sich hier mehr oder weniger allein durchs Leben geboxt. Er war eine Kämpfernatur.«

»Sie sagten heute Morgen, dass er seine Freizeit fast immer hier verbracht hat.«

»Das stimmt.«

»Hat er einen Computer?«

»Einen Laptop. Warum?«

»Ich werde das Gerät mitnehmen müssen. Die Kollegen aus der IT-Abteilung werden die Festplatte spiegeln und auswerten. Vielleicht erhalten wir so einen Hinweis auf die Tat. Möglicherweise gibt es eine Vorgeschichte, von der Sie nichts ahnen.«

»Sie meinen, er hat mir etwas verschwiegen?« Mirja Blums Kopf ruckte hoch.

»Es ist zu früh, das zu behaupten, aber wir dürfen nichts ausschließen.«
»Ist gut.« die junge Frau erhob sich schwerfällig und erinnerte dabei an eine alte, gebrechliche Dame. Sie verließ den Raum, Ulbricht hörte, wie sich ihre Schritte schlürfend entfernten.
Er nutzte die Zeit, sich im Wohnzimmer umzublicken. Es gab keine großen Wertgegenstände – der Fernseher war kein Markengerät, die Stereoanlage auf dem halbhohen Raumteiler hatte die beste Zeit bereits hinter sich, und das Mobiliar schien aus dem Möbeldiscounter zu stammen. Sein Blick blieb auf einem gerahmten Foto an der Wand haften. Es zeigte Mirja Blum und Alexander Koljenko eng umarmt. Sie tauschten einen verliebten Blick aus; er strich ihr sanft durch das Haar, während sie den Kopf an seine Schulter lehnte. Das Bild schien von einem professionellen Fotografen aufgenommen worden zu sein.
»Hier ist sein Computer.«
Ulbricht zuckte zusammen. Er hatte nicht bemerkt, dass die junge Frau ins Wohnzimmer zurückgekehrt war. Sie hielt ein kleines Notebook in der Hand, das sie nun vor Ulbricht auf dem Glastisch abstellte.
»Danke. Sie bekommen den Rechner so schnell wie möglich zurück.«
»Ich brauche ihn nicht. Er weckt nur Erinnerungen an Alex.« Sie zog die Nase hoch.
Ulbricht nickte. »Er lebte also meistens hier. Aber eine Wohnung hatte er trotzdem, sagten Sie?«
»Das ist richtig.«
»Sicherlich haben Sie einen Schlüssel von seiner Wohnung?« Ulbricht lächelte zaghaft. »Das würde mir viel Schreibkram und den Einsatz eines Schlüsseldienstes ersparen.«

»Natürlich.« Sie verschwand aus dem Wohnzimmer, und Ulbricht hörte, wie sie sich an der Kommode im Flur zu schaffen machte. Kurz darauf kehrte sie mit einem Schlüssel zurück, den Ulbricht annahm und in der Tasche seines Trenchcoats verschwinden ließ. »Wie hat er seinen Lebensunterhalt verdient?«, fragte er dann.
»Mit Gelegenheitsjobs, manchmal auch schwarz. Zuletzt in einem Getränkemarkt auf 400-Euro-Basis.« Sie nannte ihm den Namen und die Anschrift, und Ulbricht schrieb mit.
Dann ließ er sich die Adresse von Koljenkos Wohnung geben, bevor er sich erhob. »Ich möchte Ihre Aufmerksamkeit nicht länger als nötig in Anspruch nehmen«, bemerkte er und klemmte sich den Laptop unter den Arm. »Wenn ich noch etwas für Sie tun kann... ich meine...« Er druckste herum. Hatte er sich bis jetzt gut durch das Gespräch geschlagen, so empfand er jetzt Mitleid mit der Abiturientin.
»Nein, danke. Ich komme da durch.« Sie lachte humorlos auf. »Muss ich ja. Alex wird sicher nicht zurückkommen.«
»Leider nicht.« Sie standen im Flur. »Es tut mir wirklich sehr leid.«
»Sagen Sie das nicht jedem?«
»Wie bitte?«
»Ich meine, Sie als Polizist überbringen solche Nachrichten doch regelmäßig, oder?«
»Das stimmt, aber ob Sie es glauben oder nicht – die Nachricht vom Tode eines Mitmenschen zu überbringen, geht mir jedes Mal tierisch an die Nieren.« Er grinste schief. »Also, das ist kein leeres Geschwätz.«
»Danke für Ihre Offenheit.« Sie lächelte und öffnete die Tür.

Ulbricht zog eine seiner zerknitterten Visitenkarten aus der Manteltasche und reichte sie Mirja Blum. »Hier«, sagte er. »Sollte Ihnen noch etwas einfallen, melden Sie sich einfach.«
»Das werde ich. Ich will, dass Sie das Schwein fassen, das ihn auf dem Gewissen hat.« Ihre Augen füllten sich mit Tränen, sie wischte sich durch das Gesicht und verschmierte damit die Schminke noch mehr.
»Und ich werde mein Bestes tun, das verspreche ich Ihnen.« Damit war Ulbricht draußen. Erleichtert stellte er fest, dass der Weg nach unten viel schneller ging.
Sein alter Vectra stand in der Finkenstraße. Den von der Behörde ausgemusterten Dienstwagen hatte er sich, nachdem er in Düsseldorf bei einer Versteigerung unter den Hammer kommen sollte, von seinem mühsam Ersparten ersteigert und hatte ihn noch am gleichen Tag mit roten Nummernschildern wieder mit nach Wuppertal genommen. Jahrelang hatte ihm der Opel bei Einsätzen treue Dienste erwiesen, und auch wenn ein Auto nur ein Gebrauchsgegenstand war, so musste sich der Kommissar eingestehen, dass ihm die alte Kiste doch ans Herz gewachsen war. Und nun gehörte der ausrangierte Dienstwagen ihm.
Nachdem er den Laptop auf die Rücksitzbank gelegt hatte, klemmte er sich hinter das Steuer und startete den Motor. Einen Moment lang überlegte er, ob er Koljenkos Wohnung noch einen Besuch abstatten sollte, doch er wollte Schluss machen für heute. Er fuhr bis zur Ecke Finkenstraße/Münzstraße und bog dann nach links ab. Nun ragte am rechten Straßenrand der mächtige Betonklotz des Bunkers in den nahezu wolkenlosen Himmel. Dichtes Grün von Büschen und Bäumen vermochten nicht, das

Gebäude zu verdecken. Ulbricht betrachtete das Gemäuer nachdenklich, als er plötzlich den Streifenwagen entdeckte, der mit geöffneten Türen vor dem Bunker stand. Er stöhnte auf und fürchtete, dass der Feierabend noch ein wenig warten musste.

Bunker Münzstraße, 16.55 Uhr

»Wir werden Sie jetzt zur Wache bringen, dort können Sie den Kollegen erklären, was Sie in dem Bunker zu suchen hatten.« Jachmann gab Heike und Daniel Mehrmann die Personalausweise zurück, nachdem er über Funk eine Personenüberprüfung durchgeführt hatte. Gegen beide lag nichts vor, und unter normalen Umständen hätten die Polizisten sie jetzt gehen lassen können.

Heike glaubte, schlecht zu träumen. »Was soll das?«, fuhr sie auf. »Ich habe Ihnen erklärt, dass ich Journalistin bin und im Bunker recherchiert habe. Ist das ein Verbrechen?«

»Sie sind verbotswidrig in ein städtisches Gebäude eingedrungen – das allein erfüllt den Tatbestand des Hausfriedensbruchs. Ob Sie da drinnen etwas zerstört oder geklaut haben, müssen die Ermittlungen ergeben, und deshalb werden wir auf der Wache eine Anzeige schreiben. Wenn das Verfahren eingeleitet ist, werden Sie von der Staatsanwaltschaft hören.« Dirkes schob trotzig wie ein kleiner Junge die Unterlippe vor.

»Habe ich mich verhört?« Heike konnte es nicht fassen. »Ob wir da drinnen etwas zerstört oder gestohlen haben? Das ist ein seit Jahrzehnten leerstehender Bunker, und wir haben uns zugegebenermaßen unbefugt Zutritt verschafft.«

»Dann ist es Einbruch.« Jachmann ließ sich nicht aus der Ruhe bringen. »Auch kein Kavaliersdelikt.«

»Geht es noch?«, brauste Mehrmann jetzt auf. Er tippte sich an die Stirn. »Ihr tut so, als wären wir Kriminelle, die in eine Behörde eingebrochen sind. Dieser Scheiß-Bunker steht seit mehr als 65 Jahren leer, und jetzt kriegen wir eine Anzeige, weil wir uns da drinnen umgesehen haben? Glaubt ihr ernsthaft, da gibt es was zu holen?«

»Das zu beurteilen, steht uns nicht zu, junger Mann«, konterte Dirkes. »Wenn ich jetzt bitten dürfte?« Er deutete auf den Streifenwagen und machte eine übertrieben wirkende einladende Geste.

Bevor Heike oder Mehrmann widersprechen konnten, rollte ein alter Opel Vectra auf den kleinen Platz vor dem Bunker, den Heike unschwer als Behördenfahrzeug ausmachte. Selten war sie so erleichtert, auf Kommissar Verdammt zu treffen. Seelenruhig stieg der Leiter des KK 11 aus und lehnte zwischen Fahrertür und Dach. Er blickte sich um, ließ die Umgebung auf sich wirken als stünde er an einem besonders attraktiven Aussichtspunkt am Meer, dann grinste er und schüttelte den Kopf. Gemächlich kam er näher und gab den uniformierten Kollegen ein Zeichen, zu warten. Dirkes und Jachmann kuschten und hielten sich dezent im Hintergrund.

»Nee, nee«, machte Ulbricht. »Die Frau Göbel mal wieder.« Er nickte Mehrmann zu. »Und dann in Begleitung.«

»Herr Ulbricht, bitte sagen Sie Ihren Leuten, dass wir die Guten sind«, flehte Heike.

Kommissar Verdammt ging nicht darauf ein. »Haben Sie diesen Polizeieinsatz hier zu verantworten?«, fragte er stattdessen.

»Ich habe gar nichts zu verantworten, wir waren im Bunker und haben uns dort ein wenig umgesehen, und nun sollen wir verhaftet werden.«

»Sie haben sich Zutritt zu einem Tatort verschafft«, verbesserte Ulbricht sie.
»Der als solcher nicht erkennbar war. Wenn die Spurensicherung fertig ist, dann wird ein Tatort doch üblicherweise wieder freigegeben, oder irre ich mich?« Heike wäre am liebsten in die Luft gegangen, so wütend war sie. »Kein Polizeisiegel, kein Absperrband am Eingang des Bunkers, bitte überzeugen Sie sich!« Doch sie zwang sich zur Ruhe und schenkte Ulbricht ein Lächeln. »Hören Sie zu, Kommissar Ulbricht. Dieser junge Mann hier war zugegen, als da drinnen ein Mord geschehen ist. Und es hängt mit meinem Beruf zusammen, dass ich sehr neugierig bin. Wir kennen uns schon ewig, und Sie wissen sehr wohl, dass es mir fern liegt, einen Tatort zu betreten, ohne Sie um Erlaubnis zu fragen. Also – warum war der Bunker nicht verschlossen? Da stimmt doch was nicht!«
»Das spielt keine Rolle«, winkte Kommissar Ulbricht ab. »Also – was war hier los?«
»Sie hören mir nicht zu«, erwiderte Heike. »Ich war zu Recherchezwecken hier, und wie Sie sehen, hat mich Herr Mehrmann begleitet. Nicht mehr und nicht weniger.«
Ulbricht nickte. Er hockte sich auf die Haube seines Opel und zog eine zerknautschte Zigarettenpackung hervor. Betont langsam klopfte er sich einen Glimmstängel aus der Packung und zündete die Zigarette, einem Ritual gleich, an. Erst nach dem zweiten Zug gab er den Polizisten ein Zeichen.
»Wir verzichten auf eine Anzeige gegen Frau Göbel und Herrn Mehrmann.«
Jachmann protestierte. »Aber das können wir nicht tun, nicht nachdem …«
»Wir verzichten auf eine Anzeige«, wiederholte Ulbricht

gedehnt. »Haben Sie das kapiert, oder soll ich Sie zum Ohrenarzt schicken?«
Jachmann schüttelte den Kopf, der innerhalb weniger Sekunden eine tiefrote Färbung angenommen hatte. »Gut, aber auf Ihre Verantwortung«, sagte er dann, um sich nicht kampflos geschlagen zu geben.
»Ist klar.« Ulbricht paffte den Rauch zum Himmel. Er stieß sich von der Motorhaube ab und trat auf Heike zu.
»Danke«, murmelte sie ein wenig kleinlaut. Dass die Sache doch noch eine Wendung zum Guten nahm, damit hatte sie schon nicht mehr gerechnet. Ihre Ohren glühten immer noch vor Aufregung.
Ulbricht senkte die Stimme. »Kann ich Sie unter vier Augen sprechen?«
»Natürlich.«
Sie entfernten sich von den Polizisten und von Daniel Mehrmann. Der Weg, der den Bunker umgab, war von Unkraut zugewuchert. Unter ihren Sohlen knirschten kleine Steine. Als sie außerhalb der Hörweite der anderen waren, blieb Ulbricht stehen.
»Das ist eine ziemlich heiße Kiste, was Sie hier tun, wissen Sie das, Frau Göbel?«
Heike schüttelte den Kopf. »Nein, ich war mir darüber nicht im Klaren. Aber ist das ein Grund für Ihre Kollegen, uns mit der Waffe zu bedrohen?«
»Die Männer sind vorsichtig – nach dem, was hier passiert ist. Und sie haben nach Anweisung gehandelt. Wir fahren in diesem Bereich verstärkt Streife und haben ein ganz besonderes Augenmerk auf den Bunker geworfen, wie Sie sich vielleicht denken können.«
»Sie hoffen, dass die Täter noch einmal hierher zurückkehren?«

»Es ist nicht auszuschließen.« Wieder ein Zug an der Zigarette. »Wir fragen uns natürlich, warum der Mann ausgerechnet hier sterben musste. Gab es einen Grund, weshalb man sich hier verabredet hat? Gibt es etwas, das in Zusammenhang mit dem Gebäude steht?«
»Was soll es da drinnen schon geben – höchstens Ungeziefer und Müll aus sechs Jahrzehnten, den irgendwelche Schweine dort entsorgt haben.«
»Ihr Wort in Gottes Ohr.« Kommissar Verdammt grinste.
»Was halten Sie davon, dass die Täter Mitglied einer Bande sind, die den Bunker als Drogenumschlagplatz verwenden?«
»Darauf sind wir auch schon gekommen. Ich habe extra einen Drogenhund kommen lassen, der den Bunker auf Drogen untersucht hat. Der Verdacht, dass hier illegale Substanzen versteckt werden, lag natürlich auf der Hand. Der Hund hat allerdings nichts gefunden.«
»In den dicken Mauern ist das kein Wunder«, entgegnete Heike. »Ich könnte mir vorstellen, dass es im Bunker viele Räume gibt, die nicht zugänglich sind. Hat Ihr Hund da auch mal die Nase reingehalten?«
Ulbricht winkte ab. »Vergessen Sie es. Wie dem auch sei – ich möchte Sie bitten, nicht über den Zwischenfall im Radio zu berichten. Und es wäre schön, wenn Sie den Bunker Münzstraße einfach wieder vergessen würden. Schließlich wollen wir keine schlafenden Hunde wecken.«
»Sie sprechen in Rätseln.«
»Das ist nur zu Ihrer eigenen Sicherheit, glauben Sie mir ausnahmsweise mal. Und das, was hier passiert ist, könnte unsere Möglichkeiten bei Weitem überschreiten, deshalb hüten Sie sich, daraus eine Geschichte fürs Radio zu machen. Das ist verdammt heiß, mehr sage ich nicht

dazu.« Er nickte Heike zu und ließ sie ohne ein weiteres Wort stehen.

Marienstraße, 21.05 Uhr

Der Fahrer hatte den elfenbeinfarbenen Mercedes mitten auf der Fahrbahn angehalten, um Heike aussteigen zu lassen. Parkplätze waren hier Mangelware, und so entrichtete sie eilig den Fahrpreis. Vielleicht sollte sie doch wieder über einen eigenen kleinen Wagen nachdenken, überlegte sie. Damals, als sie die Stelle im Hauptstadtstudio in Berlin angenommen hatte, hatte sie ihren froschgrünen Renault Twingo verkauft und die Wohnung am Röttgen aufgelöst. Nachdem sie nach Wuppertal zurückgekehrt war, hatte sie neu angefangen. Natürlich war sie froh gewesen, zunächst bei Stefan wohnen zu können, doch brauchte sie eine kleine Rückzugsmöglichkeit – ihre eigenen vier Wände eben. Aber die Wohnung in Wichlinghausen stand fast immer leer.

Als Heike spät am Abend aus dem Taxi stieg, waren im Ölbergviertel längst die Lichter angegangen. Es hatte sie noch einmal in den Sender gezogen, wo sie sich mit dem Einsprechen einiger Beiträge über die Beinahe-Verhaftung am Luftschutzbunker abgelenkt hatte. Inzwischen stand für sie fest, dass es einen triftigen Grund dafür geben musste, dass die Polizisten so aufgebracht reagiert hatten, nachdem sie Heike und Mehrmann aus dem Bunker an der Münzstraße geholt hatten. Etwas, das unmittelbar mit dem Mord an dem jungen Mann in Verbindung stehen musste.

Da das Viertel von der Stadt Elberfeld erst im Jahr 1910 an das Stromnetz angeschlossen wurde, hatten die Bewohner ihre Laternen bis zuletzt mit Petroleum betrieben und so zum Namen des Reviers beigetragen. Viele Gebäude standen seit Jahren unter Denkmalschutz. In den umliegenden Straßen schien das Leben trotz später Stunde noch zu brodeln. Durch die offen stehenden Fenster drangen Musik, Stimmengewirr, Lachen und unterschiedliche Düfte in die laue Sommernacht. Tuckernd verschwand das Taxi in Richtung Ottenbrucher Straße.

Heike zog den Schlüssel hervor und betrat das Jugendstilhaus, in dem Stefans Wohnung lag. Sie betrachtete nachdenklich die reichlich verzierte Stuckfassade und die fast spielerisch verzierten Fenster und Giebel. Inzwischen fühlte sie sich längst heimisch in diesem Viertel.

»Hast du meine Lampe wieder mitgebracht?«, fragte Stefan, nachdem Heike ein »Ich bin zu Hause« in die Wohnung gerufen hatte. Sie fand ihn im Wohnzimmer. Stefan stand mit der Futterdose am Aquarium und fütterte gerade seine vier Goldfische, die er schlicht »die Jungs« nannte.

»Ansonsten hast du keine Sorgen?« Heike nahm den Rucksack von den Schultern und warf ihn auf die Couch, bevor sie sich in einen der beiden bequemen Sessel lümmelte.

Aufgeregt berichtete sie Stefan von ihrer Beinahe-Verhaftung und ärgerte sich beim Erzählen erneut über das rüde Verhalten der Polizisten.

Er hörte aufmerksam zu, während er die Fische im Wasser beobachtete, und stellte keine Zwischenfragen. »Da scheinst du ja in ein richtiges Wespennest gestochen zu haben«, konstatierte Stefan am Ende ihrer Ausführungen. Er stellte die Futterdose in den Unterschrank des Aquariums und setzte sich zu ihr. Heike lehnte sich an seine breite Schulter, und er strich ihr sanft durchs Haar.

»Ich frage mich, warum die Polizisten so scharf darauf waren, uns ins Präsidium mitzunehmen«, murmelte Heike.

»Wahrscheinlich gibt es einen guten Grund dafür. Ich könnte mir vorstellen, dass sie von ihrem Chef darauf angesetzt wurden, auf den Bunker zu achten. Schließlich hat sich dort ein Mord ereignet.«
Heike schüttelte den Kopf. »Es muss noch einen anderen Grund haben. Irgendetwas, das mit dem Bunker in Zusammenhang steht.«
Stefan kam zu ihr, setzte sich auf die Lehne des Sessels und nahm sie zärtlich in den Arm. Seine Nähe tat ihr nach all der Aufregung in den letzten Stunden gut, und sie ließ ihn gewähren. Sanft küsste er ihr blondes Haar. »Da war mal etwas«, sagte er dann unvermittelt.
Sie blickte fragend zu ihm auf.
»Mit dem Bunker, meine ich. Ist aber schon ein, zwei Jahre her.« Stefan dachte angestrengt nach. »Ein Forscher hat hier in Wuppertal nach dem Bernsteinzimmer gesucht.«
»Ach ja! Ich erinnere mich daran.« Heike nickte. »Damals haben ihn alle Leute ausgelacht. Warum sollte das achte Weltwunder ausgerechnet hier versteckt worden sein?« Dann stutzte sie. »Moment, Moment!«
»Was denn?«
»Das berühmte Bernsteinzimmer war im 18. Jahrhundert das Geschenk eines deutschen Königs an einen russischen Zaren. Und es ist, soviel ich weiß, in den Wirren des Zweiten Weltkrieges verschwunden. Ganze Scharen von Schatzsuchern haben weltweit danach gesucht – bislang ohne Ergebnis.« Heike winkte ab. »Aber das soll uns nicht stören: Das Bernsteinzimmer war bis zu seinem Verschwinden im Besitz des russischen Zaren, was bedeutet, dass es nach heutigem Standard im Besitz Russlands ist. Hätten Russen da nicht ein berechtigtes Interesse am Verbleib des Schatzes?«

»Worauf willst du hinaus?« Stefan runzelte die Stirn. Er erhob sich und ging in die benachbarte Küche, um sich einen Orangensaft aus dem Kühlschrank zu holen.
»Es ist vielleicht ein bisschen weit hergeholt, aber … Ich will damit sagen, dass Mehrmann und seine Freunde gehört haben, wie die Männer im Bunker sich auf polnisch, tschechisch oder auf … russisch unterhalten haben. So genau konnten die Jungs es nicht zuordnen.« Heike war ihm in die Küche gefolgt und stand nun mit vor der Brust verschränkten Armen im Türrahmen.
»Auch einen?« Stefan schwenkte die Packung O-Saft. Sie nickte, und er nahm ein zweites Glas aus dem Hängeschrank und schenkte ihr ebenfalls Saft ein.
Sie tranken schweigend, und Heike spürte, wie der eiskalte Saft sie erfrischte, während sie versuchte, Zusammenhänge zu erkennen.
»So«, sagte Stefan, nachdem er das Glas in einem einzigen Zug geleert hatte. »Du willst mir also erzählen, dass die Russen in Wuppertal eingefallen sind, um sich ihr geliebtes Bernsteinzimmer zurückzuholen?«
»Wäre das so abwegig?«
»Hast du mir nicht eben selber erzählt, dass weltweit tausende von ambitionierten Hobbyschatzsuchern und Wissenschaftlern das Bernsteinzimmer zwar gesucht, aber nie gefunden haben?«
»Das schon«, räumte Heike mit zerknirschter Miene ein. »Aber was, wenn die Russen mehr wissen als alle anderen Schatzsucher auf der Welt?«
»Dann musst du mir erklären, warum sie fast siebzig Jahre gewartet haben, um die Reste des Bernsteinzimmers zu bergen.« Stefan blieb skeptisch.
»Es muss eine Erklärung geben«, beharrte sie trotzig und

nahm einen tiefen Schluck aus dem Glas. »Und ich werde sie herausfinden.«
»Dazu musst du erst einmal wissen, ob du auf der richtigen Spur bist, oder ob du dich mal wieder in eine Sache verrennst.« Stefan stellte das leere Glas in die Spüle und suchte im Kühlschrank nach etwas Essbarem. »Hätte ich bloß nichts gesagt«, brummte er dann und schüttelte den Kopf, bevor er nach dem Glas mit den Bockwürstchen griff. Für ihn schien das Thema damit erledigt zu sein.

Grönhoffstraße, 22.35 Uhr

Der Duft von Cannabis hing schwer im Wohnzimmer. Domme hatte das Zeug von einem Kumpel bekommen, und sie hatten sich einen Joint gebaut, an dem die drei Freunde der Reihe nach zogen. Dabei waren sie damit beschäftigt, ihre Ausrüstung zu überprüfen. Im kleinen Schlafzimmer der Wohnung befand sich ein winziges Aufnahmestudio, bestehend aus einem Computer mit Schnittsoftware und einem Mikrofon. Hier sangen sie ihre Songs ein und mischten die Musik hinzu. Die Tür zum Schlafzimmer stand einen Spaltbreit offen.
»Mist, das Ding ist komplett leer.« Tom Brinks hielt das kleine, digitale Aufnahmegerät in die Höhe und schüttelte den Kopf.
»Dann wechsel die Batterien, du Opfer«, brummte Domme.
»Ich muss vergessen haben, es abzuschalten.« Brinks schüttelte den Kopf. Er öffnete das Batteriefach und nahm mit spitzen Fingern die wiederaufladbaren Batterien heraus. Aus einer schwarzen Transporttasche holte er sich einen Satz Ersatzakkus, die er in das Aufnahmegerät einlegte. Das Gerät schaltete sich ein, und Brinks drückte auf

Wiedergabe. War zunächst das Rappen der drei Musiker im Bunker zu hören, so hatte Tom Brinks offenbar vergessen, es in der Pause abzuschalten. Man hörte die drei Jungs diskutieren, dann plötzlich Ruhe.

»Das sind die Typen im Bunker«, murmelte Mehrmann und legte lauschend den Kopf schräg. »Hör mal, du hast alles aufgenommen!«

»Man kann trotzdem nichts verstehen«, brummte Domme und winkte ab. »Oder ist das Ding auch ein Übersetzer?«

»Ruhe, du Blödmann«, fauchte Tom Brinks, als der Schuss ertönte. Ein Schmerzenslaut, dann aufgeregte Stimmen. Schritte, die sich eilig entfernten. Das kleine Gerät hatte die gesamte Szene eingefangen. Die drei Musiker nahmen an einem beängstigend realistischem Hörspiel mit tödlichem Ausgang teil. Nachdem die Schüsse ertönt waren, stoppte Brinks das Aufnahmegerät. Er starrte seine Freunde an.

»Was machen wir denn jetzt damit?«, fragte Brinks und blickte betroffen in die Runde. »Wir haben einen Mord aufgenommen!«

»Wir werden den Bullen die Aufnahme geben«, beschloss Daniel Mehrmann. »Das ist Beweismaterial und könnte denen helfen, die Killer zu überführen.«

»Aber erst will ich wissen, was die sagen«, warf Brinks ein. »Und ich habe auch schon eine Idee.« Er grinste breit und zog das Handy aus der Hosentasche. Nachdem er eine Nummer im Menü aufgerufen hatte, lauschte er dem Freizeichen, bevor er sich meldete. »Piotr, alter Wichser, alles okay bei dir?«

Die anderen Jungs tauschten einen vielsagenden Blick. Brinks hatte eine seltsame Art, seine Freunde zu begrüßen. Doch sie schwiegen, denn Mehrmann ahnte, was

Brinks vorhatte. Er nahm Domme die Zigarette ab und nahm einen tiefen Zug. Manchmal, dachte der Rapper, war Brinks gar nicht mal dumm. Gras schien seinen geistigen Horizont zu erweitern, aber wie sollte er das dem Drogendezernat beibringen, wenn die ihn eines Tages mit dem Zeug in der Hosentasche erwischten?

Freitag

Zwölf

Marienstraße, 0.04 Uhr

Zunächst vernahm sie das Vibrieren ihres Handys nur als dumpfes Grollen. Im Schlaf glaubte sie an eine dicke Hummel, die direkt an ihrem Ohr vorbeiflog. Erst als Stefan sie sanft wachrüttelte, schlug Heike die Augen auf. Das Licht der Straßenlaterne vor dem Schlafzimmerfenster drang in schmalen Streifen durch die Lamellen der Jalousie und warf ein Streifenmuster in den Raum.

»Dein Telefon«, sagte er verschlafen. »Es klingelt.«

»Kann nicht sein«, erwiderte Heike schlaftrunken. »Ich habe es lautlos gestellt.« Sie blinzelte auf den Wecker. Die Ziffern sagten ihr, dass der neue Tag erst vor wenigen Minuten begonnen hatte.

»Mag sein, aber du hast wohl vergessen, den Vibrationsalarm auszuschalten. Also – geh ran.« Er zog ihr die Decke weg.

Heike fluchte und protestierte, doch dann griff sie zu ihrem Handy, das auf dem Nachtschränkchen lag. Die Nummer im Display war ihr nicht bekannt. »Hallo?«

»Ich bin es, Daniel Mehrmann.« Er klang aufgeregt.

»Daniel«, entgegnete Heike und setzte sich aufrecht im Bett hin. Sie fuhr sich mit der freien Hand durch das Gesicht. Als Stefan die kleine Nachttischlampe einschaltete, blinzelte sie ins Licht. »Was ist denn los?«

»Oh, du hast wohl schon geschlafen? Das tut mir leid, aber es ist wichtig.« Er berichtete Heike von der Aufzeichnung der Mordszene, die sie auf dem Gerät gefunden hatten, und Heike war auf der Stelle hellwach. Ein Freund der drei Männer, ein Pole, hatte den Wortwechsel angehört und ihn übersetzt. Mehrmann schilderte ihr sinngemäß

den Wortlaut des Gespräches.
»Das ist ja ein Hammer«, entfuhr es Heike. »Das müsst ihr der Polizei zur Verfügung stellen.«
»Na klar. Ich wollte dir nur vorher Bescheid geben.«
»Das ist lieb – danke. Jetzt weiß ich, wo ich mit meinen Recherchen anfangen kann. Kann ich mich darauf verlassen, dass …«
»Mach dich nicht verrückt. Wir sind zwar bescheuert, aber ich habe keinen Bock auf Ärger mit der Russenmafia. Nein, nein. Ich werde meine Klappe halten, besser ist das.« Jetzt lachte Mehrmann. »Ich häng doch an meinem Leben. Du weißt jetzt Bescheid – mach mit dem Wissen, was du willst, aber halt mich da raus!«
»Versprochen.« Aufgeregt unterbrach Heike die Verbindung. Als sie das Telefon wieder auf den Nachtschrank gelegt hatte, drehte sie sich zu Stefan um. Er würde staunen.
Nein, bemerkte sie im nächsten Augenblick. Er würde nicht staunen. Denn Stefan war längst wieder eingeschlafen. Er lag friedlich neben ihr und schnarchte leise.
»Oh Mann, Stefan.« Heike schüttelte den Kopf. Wie konnte er ausgerechnet jetzt schlafen? Kurz war sie versucht, ihn aufzuwecken, doch sie entschied sich dagegen. Ihre Müdigkeit war wie weggeblasen. Hastig warf sie die Bettdecke zurück und schlüpfte barfuß in den flauschigen Morgenmantel, der über dem Stuhl hing. Sie vermied es, das Licht einzuschalten, und ging so leise wie möglich in die Küche. Dort stand ihr Laptop. An Schlaf war nach diesem Anruf nicht zu denken.

Kaiserstraße, 1.10 Uhr

In dieser Nacht fand der alte Mann keinen Schlaf. Nachdem er sich stundenlang im Bett herumgewälzt hatte, richtete er sich mit klopfendem Herzen auf. Schweißperlen standen ihm auf der Stirn, das graue Haar hing ihm wirr in die hohe Stirn. Die Luft in dem kleinen Schlafzimmer mit der niedrigen Decke war stickig – und das, obwohl das kleine Fenster auf Kipp stand. Seine Hand zitterte, als er im Dunkel nach dem Schalter der Nachttischlampe tastete. Er benötigte absolute Dunkelheit zum Schlafen, deshalb hatte er sich lichtdichte Vorhänge im Schlafzimmer des kleinen Fachwerkhauses anbringen lassen. Lärm störte ihn hingegen nicht im Geringsten. So hörte er nicht einmal mehr die Schwebebahn, die tagsüber nur wenige Meter von seinem Fenster entfernt vorbeirumpelte. Im Krieg war er beim dumpfen Grollen der Kanonen eingeschlafen. Dagegen war das durch die neuen Schienen leise gewordene Quietschen der Bahn eine Wohltat für die Ohren des alten Mannes. Vielleicht, so überlegte er im Bett sitzend, war es auch hilfreich, dass sein Gehör in den letzten Jahren nachgelassen hatte.

Nachdem er den Schalter der kleinen Lampe gefunden und betätigt hatte, blinzelte er in den Lichtkegel. Er kniff die Augen zusammen, doch ohne Brille konnte er die Uhrzeit auf dem Zifferblatt seines Weckers nur erahnen. Die Brille lag neben dem eisernen Fuß der Lampe. Er angelte danach und setzte sie sich auf. Als er sah, wie spät es war, kam ein Stöhnen über seine spröden Lippen. Doch es nutzte nichts. Die Gedanken fuhren Karussell in seinem Kopf. Als er anfangs vom Dämmerzustand in einen leichten Schlaf hinübergeglitten war, hatte er das Krachen der Kanonen gehört, hatte geglaubt, den Pulverduft riechen zu können. Und er hatte den Schmerz seiner Wunden gespürt. So wie damals.

In den letzten Tagen hatte ihn seine Vergangenheit immer wieder eingeholt. Bald, so war er sicher, würde sie ihn überrennen, wenn er nicht etwas unternahm. Und dass er schon seit zwei Tagen nichts von dem Jungen gehört hatte, machte ihm große Sorgen. Vielleicht war es falsch gewesen, ihm zu trauen. Doch es gab kein Zurück mehr.
Er spürte wieder diesen Stich in der Brust. Seit Tagen verfolgte ihn dieser Schmerz, und er wusste ganz genau, was das zu bedeuten hatte. Doch er ging nicht zum Arzt. Nicht jetzt. Nicht jetzt, da er im Begriff stand, das Geheimnis seiner Vergangenheit an die Zukunft zu vermachen. Ein paar Tage musste er noch aushalten, koste es, was es wolle. Wenn er dann zum Arzt ging und sein Herz untersuchen ließ, würde es sicherlich immer noch früh genug sein.
Als der Schmerz nachließ, stieß er die Bettdecke fort und stand auf. Barfuß und im Pyjama durchquerte er das Schlafzimmer und machte sich an dem alten Kleiderschrank zu schaffen. Den Scharnieren der Schranktüren entwich ein leises Quietschen, dann strömte ihm der Duft von Mottenkugeln entgegen. Er blickte in den Schrank. Sauber hatte er die Wäsche gefaltet und akkurat auf den Einlegeböden ausgerichtet. Auf der Messingstange Oberhemden, Hosen und die Sakkos. Braun- und Grautöne herrschten vor. Er war ein alter Mann – warum sollte er sich bunt wie ein Papagei kleiden?
Gustav Blum streckte die Hände aus und drückte die Hemden beiseite. Dann erblickte er die alte Pappschachtel. Er beugte seinen Oberkörper schwerfällig in den Schrank, nahm die Schachtel und ging damit zum Bett zurück. Der alte Mann ließ sich auf die Bettkante sinken und verharrte einen Augenblick. Wäre er beobachtet worden, könnte man annehmen, er wäre in Ehrfurcht vor dem Inhalt des

Behälters erstarrt. In dieser Schachtel hatte er all seine Erinnerungen aufbewahrt. Sie war ihm geblieben und hütete alte Briefe und Fotos.

Unglaublich, dass sich ein ganzes Leben in eine einzige Schachtel packen ließ.

Jetzt war er ein alter Mann, am Ende seines Lebens angekommen, das spürte er. Was von ihm übrig bleiben würde, befand sich in der nach Mottenkugeln riechenden Schachtel auf seinem Schoß. Beinahe zärtlich strich er über den vergilbten Karton, der an den Ecken mit eisernen Kantenschützern beschlagen war. Das Metall war stumpf geworden, was sicherlich daran lag, das es um die fünfzig Jahre alt war. Doch die Schachtel hatte sich im Laufe der Jahre als stabil erwiesen. Der alte Mann zögerte, dann nahm er den Deckel der kleinen Kiste ab und warf einen Blick hinein. Er sah an den Rändern gezackte Schwarzweiß-Fotografien und vergilbte Briefe, die jemand vor vielen Jahrzehnten in einer schwungvollen Handschrift verfasst hatte. Die Tinte verblasste langsam, und das Papier war dünner geworden – so erschien es ihm. Einigermaßen erleichtert stellte er fest, dass die Zeit nicht nur an ihm nicht spurlos vorübergegangen war. Mit einem versonnenen Gesichtsausdruck nahm er nach und nach die alten Dokumente aus dem Behältnis und legte sie neben sich auf das Bett. Fotos aus Kriegstagen; sie zeigten ihn in der Uniform eines Soldaten. Er musste sich eingestehen, damals ein stattlicher Mann gewesen zu sein. Doch er war seiner Frieda stets treu geblieben. Viel hatten sie gemeinsam erlebt, und sie hatten immer zueinander gestanden. In guten und in schlechten Zeiten, so wie es der Pfarrer gesagt hatte. Mehr als ein halbes Jahrhundert waren sie verheiratet gewesen, und so warf er einen traurigen Blick auf

das vergilbte Hochzeitsfoto, das das junge Paar frisch vermählt zeigte. Er in Uniform, sie in einem weißen Kleid. Seine Ehe erschien ihm plötzlich wie ein anderes Leben. Und so erwischte er sich dabei, nachzurechnen, wie lange Frieda schon nicht mehr lebte. Sechzehn Jahre war er schon allein auf dieser Welt, stellte er betrübt fest.
Blum seufzte und legte die Bilder seiner Frau beiseite. Er konzentrierte sich auf den Inhalt des Kartons und fand schließlich, wonach er gesucht hatte. Mit zittrigen Fingern entnahm er der Kiste einen großen, braunen Umschlag. Dies war er also, sein Schatz. Vorsichtig öffnete er das Kuvert und zog die Unterlagen hervor. Ihm fielen einige Schwarzweißfotos in die Hand. Als er den Mann in Uniform betrachtete, schüttelte er den Kopf. Die Schrecken seiner Vergangenheit erwachten zu neuem Leben.
Der Mann auf dem Foto war einer der größten deutschen Kriegsverbrecher des Zweiten Weltkriegs, und seine Wurzeln lagen hier in Wuppertal. Er hatte 400.000 Juden ins Lager gebracht, darunter auch die Familie von Gustav Blum. Zahlreiche Gerüchte rankten sich um den Mann, der in Wuppertal aufgewachsen war und zunächst bei der Reichsbahn Karriere gemacht hatte, bevor er in den Kriegsdienst gewechselt war. Als er 1938 von Hitler zum Gauleiter ernannt worden war, nahm das Unheil seinen Lauf. Nach den Kriegswirren war Hitlers Satrap in Polen inhaftiert und 1959 zum Tode verurteilt worden. Dabei saß er in einem Gefängnis, das er selber hatte bauen lassen – welch Ironie des Schicksals. Das Todesurteil wurde nie vollstreckt, weil Erich Koch angeblich etwas über den Verbleib des Achten Weltwunders wusste. Erst 1986 verstarb Koch im Alter von 90 Jahren. Mit seinem Tod hatte man es aufgegeben, die Spur des Bernsteinzimmers noch

einmal aufzunehmen.
Doch Gustav Blum wusste es besser. Er hatte vor vielen Jahren in Polen die privaten Unterlagen von Erich Koch erworben. Unter anderem ein Testament des alten Mannes. Und einige Unterlagen, die für Wuppertal von großer Bedeutung sein würden, wenn er das Geheimnis lüftete.
Nachdem er die Pappschachtel neben sich auf das Bett gestellt hatte, widmete er sich einer Skizze, die den Grundriss eines Gebäudes darstellte. Der alte Mann faltete das große Papier auseinander und betrachtete die Zeichnung nachdenklich. Er war sicher, dass dies der Schlüssel zu einem unglaublich gut gehüteten Geheimnis war. Es gab nicht mehr viele Menschen, die mit der Skizze etwas anfangen konnten. Doch er wusste, was sich dahinter verbarg. Und er hatte sich dem Jungen anvertraut. Er hatte ihm getraut und alles auf ihn gesetzt. Zweifel plagten Gustav Blum. War sein Plan jetzt zum Scheitern verurteilt?
Der alte Mann wagte nicht, diesen Gedanken zu Ende zu denken. Er musste sich der Sache selber annehmen, und wenn es das Letzte sein würde, was er in seinem Leben tat.

An der Bergbahn, 2.25 Uhr

Es dauerte einen Augenblick, bis er begriff, dass sein Telefon klingelte. Norbert Ulbricht war gerade in die Tiefschlafphase eingetaucht, als das monotone Brummen ihn in die Wirklichkeit zurückholte. Der kalte Schein einer Straßenlaterne warf einen breiten Lichtstreifen auf den alten Teppich in seinem Schlafzimmer. Während er vergeblich versuchte, den Schlaf abzuschütteln, erhob er sich unter wilden Flüchen und wankte schlaftrunken in den Flur. Hier steckte das Mobiltelefon in der Ladestation. Das kleine Display leuchtete glutrot. Ulbricht nahm das Mobilteil aus der Halterung und schüttelte den Kopf. An der Nummer im Display erkannte er, dass der Anruf aus dem Präsidium kam. Das war kein gutes Zeichen.

Ulbricht holte tief Luft. »Heinrichs, wenn Sie nicht einen verdammt guten Grund haben, mich mitten in der Nacht aus dem Bett zu holen, dann gnade Ihnen Gott!«, bellte er in den Hörer.

»Ich glaube, da kann ich Sie beruhigen.« Er klang viel zu munter, fand Ulbricht. »Wir haben einen zweiten Mord.«

»Dann fahren Sie hin und veranlassen Sie alles Nötige.« Ulbricht war versucht, die Verbindung zu unterbrechen und sich wieder hinzulegen. »Zeigen Sie, dass Sie ein guter Bulle sind, ist sicher gut für Ihre Karriere.«

»Sie sind aber näher dran.«

»Wovon reden Sie?«

»Der Leichnam wurde in Ihrer Nachbarschaft gefunden – in den Barmer Anlagen, um genau zu sein. Glatter Kopfschuss, soll wohl kein schöner Anblick sein, aber Sie sind ja hart im Nehmen.«

Ulbricht schnaubte wütend. »Können Sie endlich mal Klartext reden, oder soll ich mir aus Ihren ungenauen Ausführungen selbst einen Reim machen? Es ist halb drei am Morgen, und ich würde gern schlafen.«

»Wir hatten einen anonymen Hinweis, dass dort ein Toter liegt, also haben wir einen Streifenwagen losgeschickt, um nach dem Rechten zu sehen. Und die Kollegen haben den Leichenfund bestätigt.«

»Ich will, dass Sie den Anruf zurückverfolgen, koste es, was es wolle. Haben Sie schon alles Nötige veranlasst?«

»Selbstverständlich. Das Team der Kriminalwache ist schon vor Ort, auch ein Gerichtsmediziner aus Düsseldorf

ist schon unterwegs. Die Ballistiker habe ich auch aus dem Bett geklingelt. Vielleicht fahren Sie selber auch mal hin und verschaffen sich einen Überblick.«
»Aber nur wenn Sie mir versprechen, im Präsidium die Stellung zu halten.« Ohne die Antwort abzuwarten, hatte Ulbricht aufgelegt. Schlecht gelaunt begab er sich ins Bad. Er schaltete das Licht an und war sekundenlang geblendet. Eilig wusch er sich das Gesicht mit kaltem Wasser. Rasieren und das Kämmen der Haare verkniff er sich aus Zeitgründen – außerdem durfte es ruhig jeder sehen, dass man ihn aus dem Bett geklingelt hatte.
Wieder im Schlafzimmer angekommen, schlüpfte er in seine Hose und das Hemd, das über dem alten Stuhl neben dem Bett hing. In seinen Jahren bei der Polizei hatte er es sich abgewöhnt, die Kleidung abends ordentlich in den Schrank zu legen. Als er wenig später vor dem Haus stand, zwitscherten bereits die ersten Vögel in den Bäumen. Ulbricht fluchte leise vor sich hin.

Barmer Anlagen, 2.50 Uhr

Am Tatort empfing ihn eine gespenstische Szenerie. Der Himmel über Barmen schien zu leuchten. Da es in den Anlagen kein Licht gab, hatten die Kollegen riesengroße Scheinwerfer aufgestelllt, die auch den letzten Rest Dunkelheit aus dem Park peitschten und die Flora in ein nahezu surreales Licht tauchten. Die alten Bäume, Sträucher und Rosenrabatten wirkten unwirklich wie die Kulissen in einem Theaterstück.
Er parkte den alten Vectra unweit des kleinen Parkplatzes am Abzweig der Unteren Lichtenplatzer Straße zur Waldemarstraße, direkt vor dem Zone 30-Schild. Der Platz, der den Eingang zu den Anlagen darstellte, wurde von einer

halbrunden Sandsteinmauer eingefasst. Streifenwagen und zivile Einsatzfahrzeuge der Kollegen waren bereits vor Ort. Der grüne Sprinter der Spurensicherung stand mit eingeschalteter Warnblinkanlage halb auf der Fahrbahn.

»Großes Kino«, grollte Ulbricht mit in den Manteltaschen versenkten Händen, als er den Park betrat und dem uniformierten Kollegen am Absperrband grüßend zunickte.

Ulbricht musste nicht lange suchen – der Tote lag neben einer Trauerweide mit tief hängenden Zweigen, die sich im seichten Wind des frühen Morgens wiegten. Nur das Team der Spurensicherung durfte sich in den weißen faserfreien Overalls dem Leichnam nähern – alle anderen mussten warten, bis alle Spuren gesichert waren. Um diese Zeit gab es zum Glück noch keine Schaulustigen, auch die Vertreter der örtlichen Presse zogen es offenbar vor, sich noch einmal im warmen Bett umzudrehen.

Eigentlich, sinnierte Ulbricht, war das Sichern eines Tatorts abseits des Großstadtgetümmels und um diese nachtschlafende Zeit doch ein angenehmer Job. Er kämpfte sich schnaufend den steil bergauf führenden Weg hinauf und hielt sich nach knapp zwanzig Metern links. Der Rasen war auf wenige Millimeter gestutzt und fühlte sich unter den Sohlen seiner ausgelatschten Schuhe an wie Watte.

Kaum zu glauben, dachte Ulbricht, dass man sich hier mitten in der Stadt befand. Rund 100 Hektar Grünfläche lockten an milden Sommertagen die Wuppertaler hierher, um sich in den Wäldern, den privaten Parks mit den Teichen und erschlossenen Wanderwegen vom Gewimmel der bergischen Großstadt zu erholen. Dabei verloren sie im wahrsten Sinne des Wortes die Stadt niemals aus den Augen, denn als sich Ulbricht umwandte, hatte er einen

traumhaften Blick auf das beleuchtete Wuppertal.
Alles wäre Idylle pur gewesen, wenn hier nicht ein Toter gelegen hätte.
»Norbert – auch schon wach?«, wurde er von Jupp Bock begrüßt.
Bock war, wie er selbst, Kriminalhauptkommissar. Vor Jahren hatten sie beide beim KK 11, dem Kommissariat für Gewaltverbrechen, zusammen gearbeitet. Aber Ulbricht war alles andere als ein Teamplayer. Am liebsten zog er alleine zu Ermittlungen los, dazu brauchte er keinen Partner, das hatte er immer wieder betont. Und Bock hatte irgendwann die Nase vom ständig übel gelaunten Norbert Ulbricht voll gehabt. Jupp Bock hatte zudem unter dem, was er täglich im Dienst ansehen musste, gelitten. Und so hatte er sich ins Kommissariat 14 versetzen lassen. Dort bearbeitete er jetzt schwerpunktmäßig Einbruchdiebstähle. Da die Kriminalkommissariate im Rahmen der Bereitschaft wechselnd die Kriminalwache besetzten, hatte er es nur noch in Ausnahmefällen mit Toten zu tun – so wie jetzt.
»Mir bleibt aber auch nichts erspart.« Ulbricht grinste schief, als sie sich die Hände schüttelten.
»Dito«, erwiderte Bock. Er war einen knappen Kopf größer als Ulbricht. Trotz früher Stunde sah er frisch aus. Seine silbergrauen Haare waren sauber gescheitelt, die modische Kleidung saß perfekt, und ein feiner Duft teuren Rasierwassers umgab ihn. »Dabei wollte ich mit dem Scheiß nichts mehr zu tun haben.«
»Nun stell dich mal nicht so mädchenhaft an«, frotzelte Ulbricht und fingerte eine Zigarette aus der Schachtel. Während er sich den Glimmstängel anzündete und Bock einen halben Schritt zurücktrat, fragte er: »Weiß man

schon mehr?« Er deutete mit dem Kinn zu der Stelle, an der die Spurensicherer zugange waren.

»Allerdings.« Jupp Bock nickte. »Das ist ein ziemlicher Hammer. Der Tote ist Anfang vierzig und bereits identifiziert. Bei ihm handelt es sich um ein Verwaltungsmitglied der Stadt.«

»Wie bitte?« Um ein Haar hätte sich Ulbricht am Qualm seiner eigenen Zigarette verschluckt. Er hustete.

»Der Tote ist Jörg Trautler – Dezernent beim Gebäudemanagement. Die Papiere haben wir in seiner Brieftasche gefunden. Hast du nicht den silbernen Benz der Stadtverwaltung auf dem Parkplatz gesehen?«

»Nein.« Ulbricht schüttelte den Kopf und wandte den Blick in die Richtung, aus der er gekommen war. Tatsächlich konnte er unterhalb der Mauer eine silberne Limousine erkennen. »Das ist ja ein dicker Hund.«

»Leider trug er kein Handy bei sich. Die Kollegen sind gerade bei seiner Frau, um ihr die Nachricht vom Tode ihres Mannes zu überbringen. Ersten Auskünften zufolge hat er vor anderthalb Stunden einen Anruf erhalten. Er wurde zu einem Treffen hierher gebeten – und dabei erschossen.«

»Und von wem der Anruf kam, weiß man natürlich nicht?«

Kopfschütteln. »Die Frau sagte nur, er musste nach diesem ominösen Anruf noch mal raus. Er habe ihr gesagt, sie solle sich keine Sorgen machen – das Ergebnis kennen wir jetzt.«

»Scheiße.« Ulbricht war fassungslos. Es war nicht so, dass er die Oberen der Stadtverwaltung sonderlich mochte, aber wenn die Köpfe der Stadt schon kaltblütig ermordet wurden, war es weit gekommen.

»Und nun bist du dran, Norbert. Es ist deine Leiche, und wir verschwinden, sobald ihr hier übernommen habt.« Bock feixte. »Herzlichen Glückwunsch, Sie haben soeben die Leitung einer Mordkommission gewonnen.«

»Na, herzlichen Dank auch«, brummte Ulbricht und zog an seiner Zigarette. »Ich möchte wissen, wer den guten Mann zu nachtschlafender Zeit aus dem Bett geklingelt hat.«

»Dann finde es heraus, und du hast deinen Mörder, Norbert.« Bock wandte sich zum Gehen. Nachdem er sich ein paar Schritte aus Ulbrichts Dunstkreis entfernt hatte, wandte er sich noch einmal zu seinem ehemaligen Partner um.

»Dabei ist es so schön hier, was? Man hat eine tolle Aussicht, Parks und Denkmäler, die an die gute alte Zeit erinnern; an die Bergbahn.«

»Bleib mal stehen«, rief Ulbricht ihm hinterher. »Sag mal, wenn du so redest, hast du doch schon einen Verdacht?«

Bock drehte sich noch mal um. »Denk nach, es ist dein Fall: Natürlich kann es Zufall sein, aber die Stadt spart an allen Ecken und spricht selber von Sparmaßnahmen, die bis an die Schmerzgrenze gehen. Und dann fährt der Herr Dezernent mit seinem fetten Dienstwagen vor, um sich unweit der alten Bergbahntrasse erschießen zu lassen.« Jupp Bocks Zeigefinger rotierte neben seiner rechten Schläfe. »Na, klingelt es irgendwo?«

»Du meinst, es gibt einen Zusammenhang?«

Bock zog die Schultern hoch. »Man darf nichts ausschließen, hast du mir selber mal so beigebracht. Aber die Luft ist dicke im Tal, und ich kann mir gut vorstellen, dass die Herren in der Stadtverwaltung nicht nur Freunde haben.« Dann marschierte er davon und wechselte ein paar Worte

mit dem Notarzt, der den Totenschein ausgestellt hatte. Ulbricht konnte nicht hören, worüber die beiden Männer sprachen. Er wandte sich nun ebenfalls ab und ging ein paar Meter den steil ansteigenden Weg hinauf. Zum Nachdenken musste er allein sein. Doch wenn es stimmte, was Jupp Bock vermutete, dann hatte er es mit einem äußerst pikanten Fall zu tun. Bock hatte recht: In den Anlagen gab es bei Weitem nicht nur Grünflächen – es gab zahlreiche Denkmäler, die vom einstigen Wohlstand der Stadt erzählten. Das mächtige eiserne Zahnrad mitsamt Gleis war nur eines davon; wohl das markanteste, weil man es von der Straße aus sehen konnte. Ulbricht überlegte, was einst den Reiz der Gegend über der Stadt ausgemacht hatte. Es hatte ein Planetarium, die Barmer Stadthalle, eine Meierei am Fischertal und vieles mehr gegeben. Dinge, die man entweder weggespart hatte, oder die nach dem Zweiten Weltkrieg nicht mehr aufgebaut worden waren.
Ulbricht fürchtete, dass die Wurzeln dieses Falles in weiter Vergangenheit zu suchen waren. Er wusste nur nicht, wo er mit seinen Ermittlungen ansetzen sollte.
Unwillkürlich fragte er sich, ob hier der Zusammenhang zwischen vergangenem Wohlstand und den Folgen des Krieges zu suchen war. Wenn es einen Ort gab, der diese beiden Attribute miteinander verband, dann waren es sicherlich die prächtigen Barmer Anlagen. Er fröstelte. Es war ein frischer Morgen, und als er den Blick talwärts wandern ließ, ahnte er das erste Morgenrot des noch jungen Tages über den Hügeln Wuppertals.

Dreizehn

Redaktion der Wupperwelle, 9.15 Uhr

Eckhardt eröffnete die morgendliche Redaktionssitzung mit einem fanfarenartigen Schnäuzen. Er schüttelte den hochroten Kopf und stopfte sich das Taschentuch peinlich berührt in die Hosentasche, bevor er in die Runde blickte. »Ich glaube, das ist eine Pollen-Allergie«, murmelte er entschuldigend. »Der Sommer macht mich fertig.«

Die Mitarbeiter des kleinen Senders nickten teils verständnisvoll, teilweise amüsiert.

»So, genug geklagt, was machen wir heute?« Eckhardt blickte erwartungsvoll in die Runde. »Irgendwelche Themenvorschläge?«

Karin Dahl räusperte sich. »Die regenerativen Energien stehen seit der Katastrophe von Japan dauerhaft ganz weit oben, vielleicht sollte ich recherchieren, welche konkreten Alternativen zur Atomenergie es es hier vor Ort gibt?«

Als Eckhardt den Kopf wiegte, fuhr die dunkelhaarige Redakteurin fort: »Vor einigen Jahren gab es Planungen, dass auf den Südhöhen ein Windpark entstehen sollte. Die Pläne wurden aber wegen zu erwartender Proteste der Bürger schnell wieder verworfen.«

»Recherchieren Sie das mal«, stimmte Eckhardt zu. Er machte sich Notizen auf seinem Block. »Weiter?«

»Die Finanzkrise der Stadt ist ein Thema«, meldete sich Heike zu Wort. »Uns liegt eine Einladung des Presseamtes vor – heute wird es zu den neuesten Entwicklungen eine Pressekonferenz im Barmer Rathaus geben.«

»Dann gehen Sie hin«, schlug Eckhardt vor. »Weitere Themen?«

»Der OB nutzt einen Dienstwagen samt Chauffeur«, bemerkte Stefan. »Das kommt in schweren Zeiten nicht gut an. Was wäre, wenn er stattdessen ein Taxi nutzen würde?«

»Am billigsten käme es den Steuerzahlern, wenn er das Fahrrad nutzen würde«, konnte sich Karin Dahl nicht verkneifen. Sie spielte mit einer ihrer kastanienbraunen Locken und zwinkerte Stefan zu. Es war ein offenes Geheimnis im Kollegenkreis, dass sie sich Hoffnungen machte, Heike eines Tages an Stefans Seite ablösen zu können. Und genauso offen war das Geheimnis, dass Stefan sich nichts aus ihr machte. Er schätzte sie als Kollegin und liebte mitunter ihre spitzen und humorvollen Bemerkungen, mehr aber auch nicht.

Einige Kollegen schmunzelten, doch Eckhardt ging nicht auf Karin Dahls Kommentar ein.

Der Chefredakteur überlegte, dann schüttelte er den Kopf. »Das hat schon alles Hand und Fuß, was im Rathaus geschieht. Sicherlich haben sich die Stadtverordneten Gedanken über die Notwendigkeit eines Dienstwagens gemacht, bevor sie mit dem Haushaltssicherungskonzept an die Öffentlichkeit gegangen sind.«

Stefan machte sich einige Notizen. Er schwieg und beschloss, auf eigene Faust zu recherchieren. Es war die leichteste Übung für ihn, Fakten und Zahlen aus der Taxizentrale zu bekommen. Dafür genügte ein Anruf bei Kalla.

Heike warf Stefan einen triumphierenden Blick zu, als die Tür des Besprechungszimmers aufflog. Roland Krachts Gesicht war tiefrot, und er murmelte eine Entschuldigung.

»Heike, du hast Besuch«, sagte er ein wenig kleinlaut. Es war ein absolutes Tabu, die morgendlichen Redaktionssitzungen zu stören. Nur wenige Ausnahmen rechtfertigten es, in das Meeting zu platzen. Und Heike sah Eckhardt an, dass er auf die Erklärung seines Nachrichtenredakteurs sehr gespannt war.

Doch Kracht schwieg. »Es ist sehr wichtig«, sagte er stattdessen an Heike gewandt.

Eckhardt seufzte vorwurfsvoll und fuchtelte dann mit einer Hand in der Luft herum. »Gehen Sie schon, Frau Göbel. Wann kann ich mit dem Beitrag über die Finanzlage der Stadt rechnen?«

»Heute Mittag«, erwiderte Heike eilig. Sie war aufgestanden und hatte sich Block und Stift geschnappt. »Entschuldigung.« Dann war sie draußen. »Was soll das?«, fragte sie an Roland Kracht gewandt. »Du weißt doch, dass Eckhardt die Redaktionskonferenz heilig ist.«

»Klar, aber ich glaube, dass er dir das diesmal verzeihen kann.«

»Wer ist denn der geheimnisvolle Besucher?«

»Kalla Weinberger, der Taxifahrer. Und er hat darauf bestanden, dass er dich auf der Stelle sprechen muss. Es geht um eine Exklusivgeschichte.«

»Na toll.« Heike befürchtete, dass Kalla ihr jetzt wieder eine halbgare Geschichte verkaufen wollte, die sie aus irgendwelchen Gründen dann doch nicht senden durfte.

Sie hatten das Großraumbüro der Redaktion erreicht. Kalla hockte an einem der verwaisten Schreibtische und sprang aufgeregt in die Höhe, als Heike auf der Bildfläche erschien.

»Mensch Heike, da bist du ja endlich!«

»Was machst du denn für Geschichten?«, fragte sie. »Die Sitzung ist in zehn Minuten vorbei, dann hätten wir reden können.«

»In zehn Minuten könnte es zu spät sein.« Kalla druckste herum. Er blickte erst Heike, dann Kracht an.

»Können wir unter vier Augen sprechen?«
»Klar«, murmelte Kracht. »Ich muss sowieso sehen, dass ich die Nachrichten fertig kriege, ist gleich wieder soweit.« Er zog beleidigt ab und verschanzte sich hinter seinem Monitor, um dort stakkatoartig auf der Tastatur herumzuhacken.
Heike zog den völlig aufgelösten Kalla in das kleine Aufnahmestudio. Es stand leer und wurde nur selten genutzt. Nachdem Heike die gläserne Tür ins Schloss gedrückt hatte, waren sie von der Außenwelt isoliert, denn kein Geräusch drang in die Kabine, keines heraus. Sie sanken auf die Drehstühle. »Also«, sagte Heike. »Schieß los, hier sind wir ungestört.«
»Werner hat mich vor einer Viertelstunde angerufen. Du weißt schon, mein Kumpel und der Fahrer von Johannes Alt. Es ist was Schlimmes passiert, Heike.«
Heike musste sich ein Grinsen verkneifen. Kalla war ein lieber Kerl, aber manchmal bot er seinen Mitmenschen eine unfreiwillige Komik. Dies war einer der Momente, nur schien Kalla nicht zum Scherzen zumute zu sein.
»Der Chef vom Gebäudemanagement ist tot.« Er strich nervös über die Oberfläche des Pultes und wich ihren Blicken aus.
Heike spürte, wie sich ihre Kopfhaut zusammenzog. »Das ist ein Scherz.«
Kalla schüttelte den Kopf. »Leider nicht. Ich hab es von dem Werner. Hat mich angerufen, weil der Dezernent einen Dienstwagen der Stadt genutzt hat. Die Kiste steht jetzt wegen der Spurensicherung bei der Kripo.«
»Weißt du mehr?«
»Er wurde heute Nacht erschossen, in den Barmer Anlagen. Mehr weiß ich auch nicht, sorry. Aber ich dachte,

ich sag es dir, bevor sich die anderen Medien den fetten Braten an Land ziehen.« Nun grinste er Heike jovial an.
Zäh flossen die Gedanken durch Heikes Kopf. Sie versuchte krampfhaft, die Ereignisse der letzten beiden Tage unter einen Hut zu bekommen. Es war, als hielte sie die Fäden in der Hand und war nicht in der Lage, den Knoten der Geschehnisse aufzulösen. In der Nacht hatte sie noch lange mit dem Laptop in der Küche gesessen und recherchiert. Dabei hatte sie eines der Geheimnisse Wuppertals erfahren. Die Stadt barg dieses Geheimnis, doch es war eine Frage der Zeit, bis sich der Schleier des Schweigens lüftete und Wuppertal zu neuem Glanz verhelfen würde.
»Moment, das geht mir zu schnell«, murmelte sie und fuhr sich mit der flachen Hand durch das Gesicht. »Was denkst du von der Geschichte?"
»Woher soll ich das wissen, sehe ich aus wie ein Bulle?« Kalla winkte ab. »Ich bin Kutscher, und die Dinger, die in der Stadt passieren, sind komisch. Aber es gibt andere Leute, die dafür bezahlt werden, Mordfälle aufzuklären. Also …« Er zwinkerte Heike zu und erhob sich. »Also halt mich da raus, Mädchen. Ich habe keine Lust, dass wir wieder zwischen die Fronten kommen. Hatten wir ja alles schon mal.«
Heike nickte stumm. So langsam wurde es mal wieder hektisch für Kommissar Verdammt. Die zweite Leiche und wahrscheinlich keine Spur. Vermutlich hockte er gerade im Polizeipräsidium und tobte.
»Ich habe gleich einen Termin im Rathaus, da findet eine Pressekonferenz statt«, bemerkte sie nachdenklich. »Man darf gespannt sein, ob die uns was dazu sagen.«
Kalla war an der Studiotür angekommen. Seine massige Hand lag schon auf der Klinke, als er sich noch einmal zu

Heike umwandte. »Meinst du, Trautlers Tod hat etwas mit den Morddrohungen gegen den OB zu tun?«
Heike hob die Arme. »Ich weiß es wirklich nicht, Kalla.« Dann hatte sie einen anderen Einfall. Das Gebäudemanagement der Stadtverwaltung war auch für die Bunker der Stadt zuständig. Sie überlegte, ob es möglicherweise hier einen Zusammenhang geben konnte. Oder lag Kalla richtig, und jemand hatte es auf die Mitglieder der Stadtverwaltung abgesehen?
Erst die Dezernenten, dann der Oberbürgermeister?
Sollte das der Fall sein, bestand für die Stadtväter Alarmstufe rot. Heike spielte mit dem Gedanken, Ulbricht einen Besuch abzustatten. Vielleicht war es nicht falsch, mit ihm über ihre Idee zu sprechen. Wahrscheinlich würde er alles abstreiten und ihr sagen, dass sie gefälligst ihre Arbeit tun solle, aber es war nicht zu verantworten, wenn sie sich mit einer Vermutung zurückhielt und der Mörder deshalb einen weiteren Menschen töten konnte.

Polizeipräsidium, 9.40 Uhr
Ulbricht hatte sich nach dem Einsatz in den Barmer Anlagen nur ein paar Stunden Schlaf gegönnt, bevor er müde zum Präsidium gefahren war, wo er vergeblich versucht hatte, sich mit der Kaffee-Brühe aus dem Automaten wach zu halten. Er musste sich eingestehen, nicht mehr der Jüngste zu sein. Vor einigen Jahren hatte ihm chronischer Schlafmangel nicht so viel ausgemacht, wie das heute der Fall war. Entsprechend übel gelaunt war er auch ins morgendliche Meeting gegangen, um die anfallenden Tagesaufgaben mit seinem Team zu besprechen.
Nach dem Meeting hatte er den Laptop von Alexander Koljenko zu den Kollegen der IT-Abteilung gebracht. Wie

er am Abend festgestellt hatte, war die Kiste passwortgesichert. Man sicherte ihm zu, die Festplatte des mobilen Rechners so schnell wie möglich zu spiegeln und auszuwerten. Trotzdem stöhnten die Spezialisten über ihr zu schaffendes Arbeitspensum, weshalb sich Ulbricht in Geduld üben musste.

Die Mitglieder des KK 11 hatten alle Hände voll zu tun, und sie waren gleich nach der Besprechung ausgeschwärmt, um vor Ort zu ermitteln. Dabei durchleuchteten sie das gesellschaftliche Umfeld von Alexander Jalenko, um eine Spur zu seinem Mörder zu finden. Es war ein Routinejob, den die Kollegen sicherlich bald gelöst hatten.

Brisanter war hingegen der Mord an Jörg Trautler: Als Mitglied der Stadtverwaltung mussten die Beamten sensibel vorgehen – Trautler hatte immer wieder im Licht der Öffentlichkeit gestanden. Schlagzeilen waren dringend zu vermeiden, solange der Fall nicht abschließend geklärt war. Sein Mercedes der E-Klasse, ein Fahrzeug aus dem städtischen Fuhrpark, war in den frühen Morgenstunden in die KTU nach Düsseldorf gebracht worden. Bislang hatten die Kollegen der Spurensicherung aber auch hier nichts Auffälliges entdecken können. Lediglich die DNA-Spuren von Trautler und seiner Frau waren im Innern der Limousine gefunden worden. Die Kollegen, die Trautlers Ehefrau vom Tod ihres Mannes unterrichtet hatten, hatten in ersten Gesprächen nichts herausfinden können, was auf einen möglichen Täter hinwies. Derzeit lief die Ortung des Handys, von dem aus der nächtliche Anruf erfolgt war, nach dem Trautler zu den Barmer Anlagen aufgebrochen war.

Ulbricht schüttete den Rest des nur noch lauwarmen Kaffees in sich hinein und legte die Füße auf den Schreibtisch. Er verschränkte die Arme vor der Brust, lehnte sich im Stuhl zurück und schloss die Augen. In Gedanken war er wieder in der parkähnlichen Anlage. Der Täter konnte hier überall auf sein Opfer gelauert haben. Der Baumbestand war alt und dicht, das Buschwerk schützte ebenfalls davor, frühzeitig entdeckt zu werden. Die um die Tatzeit herrschende Dunkelheit hatte sicherlich ein Übriges getan, um den Täter zu decken. Vermutlich hatte man Trautler hier aufgelauert, nachdem man ihn zu der Stelle in den Barmer Anlagen bestellt hatte. Ulbricht fragte sich, was den Mitarbeiter der Stadtverwaltung dazu bewegt hatte, mitten in der Nacht aus dem Haus zu gehen. Jemand musste ihn unter Druck gesetzt haben.

Jemand, von dem weder Trautlers Mitarbeiter noch seine Frau etwas gewusst hatten. Möglicherweise hatte er eine Geliebte gehabt. Sicherlich war es denkbar, dass sie ihn in den frühen Morgenstunden angerufen und zu einem Treffen gebeten hatte. Demnach war es womöglich ein Mord aus Eifersucht, vielleicht hatte sie verlangt, dass sich Trautler von seiner Frau trennte.

Ulbricht beschloss, der Witwe einen Besuch abzustatten und sie nach ihrer Ehe zu fragen. Trautler war Mitte vierzig gewesen; vielleicht hatten sich die beiden längst auseinander gelebt.

Und es hatte eine Morddrohung gegen den Oberbürgermeister Johannes Alt gegeben. Möglicherweise handelte es sich um größenwahnsinnige Zeitgenossen, die sich über die Politik aufregten und den OB so unter Druck setzen wollten. Andererseits waren Alt die Hände gebunden – im Hinblick auf die Finanzlage der Stadt war er gegenüber der Landesregierung in Düsseldorf relativ machtlos und unterlag dem Spardiktat.

Ulbricht spann den Gedanken weiter – vorausgesetzt, dass man sich vorgenommen hatte, die Stadtspitze auszulöschen, hatte man vielleicht mit dem Chef des Gebäudemanagements angefangen, als Schuss vor den Bug quasi, bevor es dem Stadtoberhaupt an den Kragen ging. Alt selber war auf der Hut, nachdem ihn die Morddrohungen erreicht hatten. Vor seinem Wohnhaus in Ronsdorf wurde verstärkt Streife gefahren; einen Personenschutz hatte das Stadtoberhaupt aber bislang abgelehnt. Sollte es sich bei Trautlers Mörder tatsächlich um den gleichen Täter handeln, der auch den Oberbürgermeister bedrohte, hätte es sicherlich ein Bekennerschreiben oder einen entsprechenden Anruf gegeben. Nichts war bisher der Fall.

Als die Tür mit einem Ruck aufflog, schlug Ulbricht die Augen auf. »Brille« Heinrichs stürmte in das Büro. Als er sah, dass sein Vorgesetzter die Augen geschlossen hatte, errötete er und murmelte eine Entschuldigung.

»Heinrichs«, sagte Ulbricht gedehnt, während er die Füße vom Schreibtisch nahm und sich durch das Gesicht fuhr, um die Müdigkeit abzuschütteln. Er rang sich ein Haifischlächeln ab. »Wann lernen Sie endlich, anzuklopfen?«

»Tut mir leid, aber der Bericht der Ballistiker liegt vor, und ich dachte …«

»Das Denken sollten Sie den Pferden überlassen – die haben den größeren Kopf, das hat schon meine Mutter immer gesagt.« Ulbricht verzog das Gesicht. »Schwamm drüber. Was sagen denn unsere Schießpulver-Spezis?«

»Trautler wurde mit einer Waffe des Kalibers zweiundzwanzig Millimeter erschossen.« Heinrichs wedelte mit dem Schnellhefter und sank auf einen Besucherstuhl. »Na«, setzte er nach. »Klingelt es?«

»Passen Sie auf, dass es nicht gleich bei Ihnen klingelt«,

erwiderte Ulbricht und drohte seinem vorlauten Assistenten mit der Faust.
Heinrichs ging nicht auf die Drohung seines Vorgesetzten ein. »Die Patronenhülse stammt vom gleichen Hersteller wie die Hülsen, die wir im Luftschutzbunker an der Münzstraße gefunden haben; somit ist die Wahrscheinlichkeit, dass es sich um die gleiche Waffe handelt, mit der auch im Bunker geschossen wurde, sehr groß.«
»Sie machen Witze, verdammt.« Ulbricht hieb mit der flachen Hand auf den Schreibtisch.
»Leider nein.« Heinrichs blätterte mit wichtiger Miene in den Unterlagen auf seinem Schoß. »Ein Fabrikat, das in der Ukraine hergestellt wird. Bei der Tatwaffe handelt es sich in beiden Fällen um eine Walther P 22 Long Rifle. «
»Russen«, murmelte Ulbricht gequält. »Es sind Russen.«
»Russenmafia?«, sprach Heinrichs das aus, was der Leiter des KK 11 befürchtete.
»Das will ich nicht hoffen.« Norbert Ulbricht schüttelte den Kopf. »Aber es scheint festzustehen, dass es einen Zusammenhang zwischen dem Mord an Trautler und dem Mord an dem jungen Russen im Bunker gibt.«
»Bei der P 22 handelt es sich um eine Pistole, die gern von Sportschützen genutzt wird. Vielleicht ein Ansatzpunkt.«
»Dann klopfen Sie sämtlichen Schützenvereinen und Sportschützen im Bergischen Land auf den Busch«, ordnete Ulbricht an. »Und durchsuchen Sie die Datenbänke, ob eine derartige Waffe irgendwo vermisst gemeldet wurde. Aber zunächst konzentrieren Sie sich auf die Sportschützen.«
Heinrichs war skeptisch. »Glauben Sie, dass dort ein Russe zu finden ist?«
Er beugte sich weit über die Schreibtischplatte zu seinem

Assistenten hinüber. »Haben Sie eine bessere Idee? Vielleicht hat jemand aus diesen Kreisen seine registrierte Waffe an einen Freund, an einen russischen Freund meine ich, verliehen.«

»Der Chef des städtischen Gebäudemanagements war auch zuständig für die Bunker, soviel ich weiß«, überlegte Heinrichs. »Ich werde nachfragen. Vielleicht finden wir hier unseren Zusammenhang.«

»Worauf warten Sie noch?«, fragte Ulbricht, als das Telefon auf seinem Schreibtisch anschlug. Er meldete sich knapp, bellte ein paar mal »ja« und »kenne ich« in den Hörer, sagte dann »sollen hochkommen, kennen den Weg« und warf den Hörer auf die Gabel des altmodischen Gerätes. Er starrte Heinrichs an.

»Wir haben Besuch«, sagte er. »Vielleicht sollten Sie noch bleiben.«

Heinrichs, der die Mappe zugeschlagen hatte und sich erheben wollte, zuckte mit den schmalen Schultern und blieb sitzen.

»Was macht die Ortung des Telefons, von dem aus bei Trautler angerufen wurde?«

»Ein Prepaid-Handy, es ist schwer, an die Daten des registrierten Besitzers zu kommen«, erwiderte Heinrichs und rückte sich die blau gerahmte Brille zurecht. »Aber ich bleib dran.«

Als es zaghaft an der Tür klopfte, wandten sie beide den Kopf, und Ulbricht rief: »Herein!«

Daniel Mehrmann, Thomas Brinks und Dominik Müller betraten das Büro des Ersten Kriminalhauptkommissars. Sie grüßten ein wenig kleinlaut und traten erst auf Ulbrichts Aufforderung näher. Heinrichs erhob sich und lümmelte sich auf der Fensterbank neben den vertrockneten Ableger eines Benjaminbäumchens, während Mehrmann und Domme sich auf die Besucherstühle setzten. Domme schien es nicht zu stören, dass über der Lehne seines Stuhles der Mantel des Kommissars hing. Müller blieb stehen und amüsierte sich über Ulbrichts Gesichtsausdruck, als Domme den Mantel des Kommissars mit seinem Rücken bügelte.

»Ist Ihnen noch etwas zum Mord im Bunker eingefallen?«, eröffnete Ulbricht das Gespräch.

Mehrmann, der offenbar Anführer und Sprecher der Rapper war, räusperte sich. Er griff in die Tasche seines Sweatshirts und zog eine selbstgebrannte CD hervor, die er vor Ulbricht auf den Schreibtisch legte. »Darauf ist das Gespräch zu hören, dass wir Ihnen geschildert haben«, erklärte Mehrmann.

»Wie bitte?« Ulbricht verstand die Welt nicht mehr.

»Wir haben einen Freund, der russisch spricht«, erklärte der junge Musiker. Nun zwinkerte er Ulbricht mit seinen grünen Augen zu. »Er war so nett, uns die Unterhaltung zu übersetzen.«

»Was?« Ulbricht schüttelte den Kopf. »Ich hoffe, Ihr Freund ist …«

»Er ist absolut vertrauenswürdig«, beschwichtige Mehrmann den aufgebrachten Kommissar.

»Wie kommen Sie an die Aufnahme?«

Mehrmann schilderte den beiden Beamten, dass das Aufnahmegerät zur Tatzeit offenbar weitergelaufen war, ohne dass die jungen Männer das bemerkt hatten.

»Über was haben die Männer denn gesprochen, bevor die Schüsse fielen?«, fragte Heinrichs.

Mehrmann griff in die Tasche seiner Jeans und zog einen zusammengefalteten DIN-A4-Zettel hervor. »Hier«, sagte er, während er den Zettel auf dem Schreibtisch ausbreitete. »Da ich davon ausgehe, dass Sie der russischen Sprache nicht mächtig sind, habe ich aufgeschrieben, was unser Freund uns übersetzt hat.«

Ulbricht griff nach der Notiz und studierte die Zeilen nachdenklich. Dann wechselte er einen Blick mit seinem Assistenten, der ihm zwar über die Schulter geschaut, aber kein Wort entziffert hatte.

»Das ist allerdings ein dicker Hund«, murmelte Ulbricht. Er kratzte sich das Kinn, und die Bartstoppeln seines Dreitagebartes knisterten. Er beugte sich zu seinen Besuchern herüber und blickte sie nacheinander an.

»Auch wenn ich Sie rein rechtlich nicht dazu zwingen kann – es wäre in Ihrem eigenen Interesse, wenn davon nichts an die Öffentlichkeit gelangt. Sagen Sie das auch Ihrem russischen Freund.«

»Er ist Pole«, korrigierte Müller kleinlaut. »Aber er versteht russisch.«

»Das ist mir ziemlich egal, so lange er dicht hält«, gab Ulbricht harsch zurück.

»Das können wir versprechen«, nickte Mehrmann.

Ulbricht bedankte sich und gab den drei jungen Männern zu verstehen, dass er das Gespräch als beendet betrachtete.

Nachdem sich die Musiker verabschiedet hatten, blickte er seinen Assistenten mit einem breiten Grinsen an.

»Was halten Sie davon?«

»Ich halte die drei für nette junge Männer, die viel hilfsbereiter sind, als ich echten Rappern zugetraut hätte«, bemerkte Heinrichs und nahm wieder auf einem der freigewordenen Besucherstühle Platz.

Ulbricht griff nach der selbstgebrannten CD und drehte

sie in den Fingern. »Bevor wir weitermachen können, müssen wir uns die Aufzeichnung noch einmal übersetzen lassen.«

Als Heinrichs ihn fragend anblickte, fuhr Ulbricht fort: »Die Jungs können uns sonst was erzählen. Womöglich hängen sie selber in der Sache drin und erzählen uns einen vom Pferd. Bitte veranlassen Sie, dass die Übersetzung verifiziert wird.«

Heinrichs erhob sich kurz, um die CD von Ulbricht anzunehmen.

»Haben Sie eigentlich mal nach meiner Tochter gegoogelt?«

»Habe ich. Sie lebt in der Nähe von Husum. Und, das wird Ihnen nicht gefallen, sie hat eine Polizeilaufbahn eingeschlagen und jagt jetzt Verbrecher.«

»So was hab ich befürchtet.« Ulbricht richtete sich auf. Er beschloss, in den nächsten Tagen Kontakt zu Wiebke zu suchen. Vielleicht würde er einfach mal ein paar Tage frei machen, um sie zu besuchen. Die Luft an der Nordsee soll ja sehr gesund sein.

Rathaus Barmen, 10.30 Uhr

Der Raum, in dem die Pressekonferenz stattfand, war voll. Heike blickte sich um und erkannte einige der anwesenden Kollegen, die zumeist der schreibenden Zunft angehörten. Aber auch ein Team der WDR Lokalzeit war anwesend, um über die aktuellen Entwicklungen in Sachen Haushaltslage zu berichten. Man kannte sich, traf sich mehr oder weniger regelmäßig auf Terminen und Pressekonferenzen.

Thema Nummer Eins war an diesem Vormittag aber der Tod von Jörg Trautler, der zuerst über die Wupperwelle ans Licht der Öffentlichkeit gelangt war. Unwillkürlich dachte sie daran, dass sich die Nachricht vom Tod Jörg Trautlers wie ein Lauffeuer in der Stadt verbreitet hatte. Es hatte sie nach dem Treffen mit Kalla nur ein, zwei Anrufe an den richtigen Stellen gekostet, und man hatte ihr den Mord des Dezernenten bestätigt. Eine knappe halbe Stunde nachdem Kalla im Sender aufgeschlagen war, hatte die Wupperwelle darüber berichtet.

Heike nahm, nachdem sie die Kollegen begrüßt hatte, am langen Tisch Platz und machte das digitale Aufnahmegerät startklar. Kurz erinnerte sie sich an die Zeit, als sie noch mit einem kleinem Kassettenrekorder zu Interviews und Außenreportagen losgezogen war. Das war noch gar nicht so lange her, und die digitale Welt war inzwischen nicht mehr aus dem Journalistenalltag wegzudenken. Damit war das Radio noch ein Stückchen schneller als die anderen Medien, wenn man vielleicht vom Internet einmal absah. Wenn etwas in der Stadt geschah, war sie sofort vor Ort und konnte vom Schauplatz aus live senden. Ein Kamerateam beispielsweise arbeitete aufwendiger; eine Zeitung hingegen druckte meist erst am nächsten Tag. Heike liebte das Radio und hatte auch der Verlockung widerstanden, zu einem kleinen privaten Fernsehsender zu wechseln. Sie blieb der Wupperwelle treu, und der Umstand, dass ihr Eckhardt einige Freiheiten ließ, machte das Arbeiten in dem kleinen Radiosender für sie noch attraktiver.

Auf dem Tisch lag an jedem Platz eine Mappe, die Mitarbeiter des Presseamtes für die eingeladenen Journalisten vorbereitet hatten. Heike blätterte darin und kam schnell zu dem Schluss, dass die Stadtverwaltung nun Leistungen vom Land forderte, um die Stadt vor der sicheren

Pleite zu bewahren. Was war nur aus ihrer Heimatstadt geworden?

»Heike Göbel?«

Sie fuhr auf dem Absatz ihrer flachen Schuhe herum und blickte in das breite Grinsen eines dunkelhaarigen Mannes in ihrem Alter. Das eckige Kinn, die schmale Nase, der wachsame Blick aus stahlgrauen Augen – sie kannte ihr Gegenüber, hatte den gut aussehenden Mann längst aus ihrem Leben gestrichen. Vor Ewigkeiten hatte sie für ihn geschwärmt, doch irgendwie hatte es nicht mit ihnen geklappt.

»Ja, du bist es wirklich. Mensch!« Er legte eine Hand auf ihre schmale Schulter. »Ist das lange her. Und ich dachte schon, wir sehen uns niemals wieder!« Einige Kollegen wandten sich zu ihnen um, und seine Freude war absolut echt.

»Jörn Lichtenberg, ich glaube es nicht.« Sie betrachtete ihn. Er war geschmackvoll gekleidet, trug zu dunkelbraunen Lederschuhen eine Jeans und ein Hemd, darüber einen Blaser. Frisch rasiert und mit kurzen Haaren wirkte er fast zu adrett für den angehenden Reporter, den sie damals kennen gelernt hatte. Jörn war ein Kollege, und sie kannten sich seit ihrer gemeinsamen Zeit auf der Uni in Köln. Ein aufgeweckter, durchaus sympathischer, aber manchmal hyperaktiver Knabe. Und er hatte nie einen Hehl daraus gemacht, auf Heike zu stehen. Und auch ihr war Jörn nie egal gewesen. Doch für mehr als eine Schwärmerei und ein paar Knutschereien auf irgendwelchen Parties hatte es nie gereicht. Und irgendwann hatten sie sich aus den Augen verloren, Heike hatte das Volontariat bei der Wupperwelle begonnen und Stefan kennen gelernt. Den Kollegen, dessen Freundin sie heute war.

Bevor sich's Heike versah, nahm Jörn sie in den Arm und drückte sie fest an seine Schulter. Er roch angenehm, doch der Umstand, dass alle Anwesenden im Saal die Begrüßungszeremonie miterlebten, machte die Szene peinlich und unangenehm für Heike. Einige der Kollegen wussten, dass sie mit Stefan Seiler zusammen war und musterten sie mit vielsagenden Blicken. Sie spürte, wie ihr das Blut in den Kopf schoss und wäre am liebsten im Erdboden versunken.

Jörn schien von alledem nichts mitzubekommen. »Was treibt dich hierher? Warst du nicht in München?«, wagte sie einen zögerlichen Versuch, wieder auf Distanz zu gehen.

Jörn nickte. »Das schon. Eine tolle Stadt, solltest du mal erleben. Aber das Arbeiten ...« Er winkte ab. »Da lob ich mir das Bergische Land. Es hat mich einfach zurück hierher gezogen, und als ich von der freien Stelle in der Redaktion der Bergischen Woche gehört habe, konnte ich nicht anders: Bewerbung geschrieben, Stelle bekommen und in München alle Zelte abgebrochen.« Er nickte stolz. »Ja, und da bin ich nun wieder in unserer schönen bergischen Provinz.« Er betrachete sie. »Und was treibst du so?«

»Radio. Wupperwelle, um genau zu sein.«

»Respekt – das schnellste Medium der Welt, auch wenn ich das laut niemals zugeben würde.« Er lachte jungenhaft. »Ihr hattet doch die Geschichte mit dem Toten im Bunker zuerst.«

»Und die mit dem Mord an Trautler«, schob Heike nach.

»Ja.« Jörn war nachdenklich geworden. »Schlimme Sache. Trautler war Vater zweier Kinder, und der Tote aus dem Bunker hinterlässt eine junge Freundin.«

»Bist gut im Bilde.«
»Ich habe recherchiert, weil ich an einen Zusammenhang glaube.« Jörn war ernst geworden. Er zog Heike an eines der großen Fenster im Saal. Hier standen sie außerhalb der Hörweite ihrer Kollegen.
»Ein Zusammenhang?« Heike hatte es befürchtet. Auf die Idee waren also auch schon andere gekommen. Dumm nur, dass es ausgerechnet Jörn war, der für die Konkurrenz arbeitete. Kurz dachte sie nach, dann machte sie sich den Umstand, dass er offenbar noch immer große Stücke auf sie hielt, zunutze. »Wie kommst du denn darauf?«
»Ist doch klar«, raunte er und blickte sich um. »Der Typ im Bunker war der Strohmann in einem finsteren Geschäft. Und Trautler war im Gebäudemanagement als ,der Herr der Bunker' bekannt.« Er drehte seinen rechten Zeigefinger auf Höhe der Schläfe. »Na, das stinkt doch zum Himmel«, half er Heike auf die Sprünge. »Außerdem habe ich erfahren, dass die beiden mit ein und derselben Waffe erschossen wurden. Da steckt System hinter, sage ich dir.«
Er redete noch genauso gern wie früher, stellte Heike zufrieden fest. Sie ließ ihn gewähren. Jörn war ein lieber Kerl und ein fähiger Journalist, aber er liebte es, sich selbst auf die Schulter zu klopfen.
»Ich habe die Adresse der jungen Frau und werde sie spätestens morgen interviewen. Da hängt eine dicke Story dran, Heike.« Jörn grinste gönnerhaft. »Wenn du magst, können wir uns den dicken Fisch ja teilen.«
Im nächsten Augenblick öffnete sich die große Tür des Saals, und der Oberbürgermeister, sein Stadtkämmerer und ein Mitarbeiter des Presseamtes nahmen am Kopf des Tisches Platz. Heike hatte keine Chance, Jörn eine Ant-

wort zu geben. Sie tauschten schweigend ihre Visitenkarten aus und setzten sich nebeneinander an den langen Tisch.

Als im Raum Stille eingekehrt war, wurde die Konferenz durch den Pressesprecher der Stadt offiziell eröffnet. Nach der Begrüßung kam man ohne Umschweife auf das Thema, das alle Anwesenden aktuell am meisten beschäftigte, und so ließ es sich Johannes Alt nicht nehmen, zu einer Schweigeminute zu Ehren des toten Jörg Trautlers aufzurufen.

Heike beobachtete den Oberbürgermeister, der den Kopf geneigt hatte und die Augen im stillen Gebet geschlossen hatte. Schlecht sah er aus, fand sie. Es war, als wäre er in den letzten Tagen um Jahre gealtert. Dunkle Ringe lagen unter seinen Augen, und sein Gesicht wirkte unnatürlich blass. Wahrscheinlich hatte er die letzten Nächte nicht geschlafen, warum auch immer. Für einen Mann wie Johannes Alt gab es augenblicklich wahrscheinlich mehrere Gründe, nicht in den Schlaf zu finden. Sie dachte an die Geschichte, die ihnen Kalla im Brauhaus erzählt hatte. Angeblich hatte es sogar Morddrohungen gegen Alt gegeben. Den Anruf in der Pressestelle des Polizeipräsidiums am Morgen hätte sie sich sparen können – dort hatte man ihre Frage nicht beantwortet. Vielleicht würde sie ja von Jörns Angebot Gebrauch machen und gemeinsam mit ihm an der Sache arbeiten. Auch wenn Stefan das wohl nicht sonderlich gefallen würde. Sie wusste, wo sie hingehörte, und auch wenn Jörn ihr immer noch schöne Augen machte, hatte er keine Schnitte gegen Stefan. Aber das, so dachte Heike lächelnd, musste sie ihm ja nicht gleich auf die Nase binden.

Vierzehn

Wupperwelle, 12.45 Uhr

»Das Bernsteinzimmer in Wuppertal?« Eckhardt starrte Heike wie eine Geisteskranke an. Seine Nase glühte, und auf seiner Stirn standen Schweißperlen. In seinem Gesicht zuckte es. Heike konstatierte, dass der Chefredakteur der Wupperwelle eigentlich ins Bett gehörte. Stattdessen quälte sich der Workaholic in der Redaktion des Senders durch den Tag und steckte seine Mitarbeiter an.

Sie nickte, ohne ein Wort zu sagen. Heike hockte auf einem der beiden Freischwinger vor Eckhardts Schreibtisch und achtete auf jede Regung im Gesicht ihres Vorgesetzten. Durch die Stille im Büro drangen die Geräusche der angrenzenden Redaktion gedämpft an ihre Ohren.

Es dauerte ein paar unendlich lange Sekunden, dann brach bei Michael Eckhardt die Heiterkeit aus. Er lachte schallend, nahm die Brille ab und wischte sich die Tränen aus dem Gesicht. Er musterte Heike, fand anscheinend ihre bloße Anwesenheit urkomisch und lachte weiter. Eckhardt setzte die dünne Brille wieder auf und erhob sich aus seinem ledernen Sessel. Er umrundete den Schreibtisch und trat an die rechte Seitenwand seines Büros. Hier gab es einen Dreimonatskalender. Eckhardt studierte den Kalender aufmerksam, schüttelte den Kopf und wandte sich langsam zu Heike um. »Nein«, murmelte er dann. »Der erste April ist längst vorbei.« Er kehrte an den Schreibtisch zurück und blickte an Heike vorbei auf die große Glasfront, von der aus er direkt in die Redaktion sehen konnte. Etwas in Heikes Rücken schien ihn zu faszinieren. Doch sie tat ihm nicht den Gefallen, sich zum Geschehen im Großraumstudio umzudrehen. Das

Treffen mit Jörn Lichtenfeld hatte sie aufgerüttelt. Er hatte etwas in ihr geweckt, das sie schon länger nicht mehr verspürt hatte: das Feuer, eine brandheiße Story an den Tag zu bringen. Wie er ihr unumwunden gesagt hatte, recherchierte er ebenfalls im Fall der beiden Morde. Und er war der Meinung, dass es offenbar einen Zusammenhang gab. Heike mochte ihn, doch beruflich betrachtet arbeitete er für die Konkurrenz. Grund genug, die Geschichte hinter den Bunkermorden als Erste an die Öffentlichkeit zu bringen.

»Warum kommen Sie mir mit einer solchen Geschichte?«, fragte Eckhardt schließlich. Er griff nach seiner Kaffeetasse, nahm einen Schluck und machte eine angewiderte Miene. »Kalt«, murmelte er und stellte die Tasse zurück auf den Kork-Untersetzer. »Wir machen hier seriösen Radiojournalismus, Frau Göbel. An wilden Gerüchten und den Aussagen irgendwelcher Spinner möchte ich mich nicht beteiligen. Dafür gibt es die Boulevard-Presse.«

»Es gibt stichhaltige Argumente, warum das Bernsteinzimmer sich in Wuppertal befinden könnte«, wagte Heike nun einen Einspruch. Lust, ihm von ihrem Treffen mit einem Freund aus Studientagen zu erzählen, verspürte sie nicht. Heike hatte damit gerechnet, dass Eckhardt so reagieren würde. Entsprechend vorbereitet war sie in das Gespräch gegangen. Nicht umsonst hatte sie sich die letzte Nacht in Stefans Küche mit Recherchen um die Ohren geschlagen.

»Es gibt unzählige Spinner, die das Bernsteinzimmer schon an den verschiedensten Orten auf der ganzen Welt gesucht haben, warum sollte es also nicht auch in Wuppertal zu finden sein?« Eckhardt winkte ab. »Das ist doch geradezu lachhaft.«

»Es gab vor einiger Zeit Geschichten, die durch die Bergischen Medien gingen – vielleicht erinnern Sie sich?«, wagte Heike einen Vorstoß.
»Allerdings erinnere ich mich.« Eckhardt zog ein Taschentuch hervor und schnäuzte sich die Nase, nicht ohne einmal mehr über seine Pollenallergie zu schimpfen. »Und ich erinnere mich auch daran«, sagte er, nachdem er das Taschentuch in die Hosentasche gestopft hatte, »dass sich unser Sender an diesen Geschichten nicht beteiligt hatte – weil es Blödsinn ist.«
Heike hob beschwichtigend die Hände. »Moment«, sagte sie. »Lassen Sie uns die Sache nüchtern angehen: Wir haben einen Mordfall, der sich in einem der städtischen Bunker ereignet. Das Mordopfer und die Täter sind offensichtlich Russen. Und wir haben einen in den Wirren des Krieges aus Russland verschwundenen Schatz, der sich nach Meinung einiger Historiker in einem der Bunker Wuppertals befinden könnte. Ich habe die Geschichte des Bernsteinzimmers heute Nacht recherchiert. Es wurde im Jahr 1716 vom preußischen König Friedrich dem Ersten angefertigt. Dieser schenkte es noch im gleichen Jahr dem Zaren, Peter dem Großen. Im Frühjahr des Kriegsjahres 1945 verloren sich die Spuren des Bernsteinzimmers in der ostpreußischen Stadt Königsberg. Der Forscher, der seinerzeit hier in Wuppertal nach dem Bernsteinzimmer suchte, ist sicher, dass der damalige Gauleiter Koch das Zimmer in unsere Stadt transportieren ließ. Kochs Wurzeln liegen in Wuppertal, und der Mann fragt ganz klar, wohin man in den Wirren des Krieges etwas bringen lässt?« Heike wartete ein paar Sekunden, und als Eckhardt fragend die Schultern hob, fuhr sie fort: »Dorthin, wo man sich auskennt. Dorthin, wo man sicher ist, ein

gutes Versteck für einen derartigen Schatz zu haben. Und es gab in Kochs Leben nur zwei Orte, an denen er sich auskannte: Königsberg und Wuppertal. Königsberg war ab August 1944 eingeschlossen, da kam sicher nichts mehr raus, also bleibt nur – richtig, Wuppertal.« Heike achtete auf jede Regung im Gesicht von Michael Eckhardt, der nun aufmerksam zuhörte. »Und nun schlage ich einen Bogen in die Gegenwart: Jemand erschießt den Gebäudedezernenten – glauben Sie nicht, dass es da einen Zusammenhang gibt?« Heike redete sich in Rage. Sie hasste es, wenn sie auf einer heißen Spur war und man sie nicht ernst nahm. »Das Gebäudemanagement ist auch für die Verwaltung der alten Luftschutzbunker zuständig, wie Sie wissen. Auch das habe ich heute Nacht in Erfahrung bringen können.«

»Meine liebe Frau Göbel ...« Eckhardt lächelte sie freundlich wie ein Staubsaugerverkäufer an und beugte sich weit über seinen wuchtigen Schreibtisch. »Wir kennen uns nun rund zehn Jahre. Und ich kenne Sie gut genug, um zu wissen, dass es Ihnen völlig egal ist, was ich von dieser Geschichte halte. Sie werden recherchieren, und davon kann ich Sie nicht abhalten, darüber bin ich mir durchaus im Klaren. Also – tun Sie, was Sie nicht lassen können. Aber ich möchte, dass nichts über den Sender geht, was ich nicht vorher gehört habe, verstehen Sie mich?«

Das war ein Kompromiss, mit dem Heike gut leben konnte. Es war schon viel wert, wenn Eckhardt ihr sämtliche Freiheiten ließ – solange sie ihre Arbeit im Sender nicht vernachlässigte. Sie nickte und bedankte sich mit einem strahlenden Lächeln. Eilig stand sie auf. »Versprochen«, sagte sie und verließ das Büro, ohne auf eine Antwort ihres Vorgesetzten zu warten.

Loh, 16.40 Uhr

Lange hatte er gezögert, dem Treffen mit der jungen Reporterin zuzustimmen. Es war ruhig um ihn und seine Leidenschaft geworden, und das war vielleicht auch gut so. Es war eine Zeitlang her, dass die Medien fast täglich über ihn berichtet hatten. Er war zu einer bekannten Persönlichkeit in der Stadt geworden, und das, obwohl er eigentlich die Öffentlichkeit immer gescheut hatte. Man hielt ihn für einen Spinner, für einen Bernsteinzimmer-Verrückten. So hatten sie ihn in einer großen deutschen Tageszeitung genannt. Seinen Traum, das Achte Weltwunder eines Tages zu finden, hatte er niemals aus den Augen verloren.

Doch Forschung kostete viel Geld. Und genau daran war sein Projekt gescheitert. Er hätte der Öffentlichkeit beweisen können, kein Spinner zu sein. So kurz vor dem Ziel hatte er aufgeben müssen, weil er seine Ersparnisse in die Suche nach dem legendären Zimmer investiert hatte. Das Geld war verloren, und seine Bankberater bedachten ihn immer mit einem mitleidigen Lächeln, wenn er um eine Aufstockung seines Darlehens bat. Niemand war bereit, in eine Mission zu investieren, deren Ausgang nach mehr als sechzig Jahren völlig ungewiss war.

Er hatte sich zurückgezogen und seinen Traum auf Eis gelegt. Irgendwann war die Suche nach dem Bernsteinzimmer in den Hintergrund seines Lebens gerückt. Er hatte auf seine alten Tage noch eine Frau kennen gelernt, mit der er den Rest seines Lebens verbringen wollte. Fast schon hatte er den Glauben an die wahre Liebe verloren. Doch seit einem knappen Jahr lebte er mit Johanna unter einem Dach. Sie hatten sich nach anfänglichem Zögern eine gemeinsame Wohnung gesucht und es seitdem kein einziges Mal bereut. Da er Frührentner war, schmiss er den Haushalt, während Johanna in der Metzgerei arbeitete. Sie hatten ihr Leben gemeinsam organisiert, und um ein Haar hätte er seinen Traum, das Bernsteinzimmer zu finden, aus den Augen verloren.

Bis ihn der Anruf der Reporterin, dessen Namen er aus dem Radio kannte, erreicht hatte. Plötzlich war alles wieder gegenwärtig, und das Bernsteinzimmer nahm ihn wieder in den Bann. Doch er war nicht bereit, mit einer Journalistin über seine Vision zu sprechen, das hatte er ihr schon am Telefon klargemacht.

Er erhob sich und wanderte durch das lichtdurchflutete Wohnzimmer. Trat an das Fenster und blickte hinab auf die viel befahrene Straße. Als er den Blick in die Ferne richtete, sah er das grüne Stahlgerüst der Schwebebahn in der Sonne glänzen. Er war hier in Wuppertal aufgewachsen, hatte hier sein ganzes Leben verbracht und würde aller Wahrscheinlichkeit nach hier auch sterben. Doch in den letzten Jahren hatten negative Schlagzeilen die Lebensfreude im engen Flusstal gedämpft. Nachrichten von einer Pleite und die Sparmaßnahmen waren nicht gut für das Image der Stadt. So etwas hatte sein Wuppertal nicht verdient. Und auch aus diesem Grunde hatte er das Bernsteinzimmer hier gesucht. Der Fund des weltberühmten Schatzes würde sicherlich eine Bereicherung für die Stadt sein – nicht nur in kultureller, sondern vor allem auch in finanzieller Hinsicht. Lange hatte er davon geträumt, dem Bernsteinzimmer eine Ausstellung zu widmen. Die Touristen würden aus aller Welt ins Tal reisen, um das Bernsteinzimmer mit eigenen Augen sehen zu können. Die ganze Schönheit, die über sechzig Jahre lang in Holzkisten geschlummert hatte, das Geschenk des russischen

Zaren im einstigen Königsberg. Die Deutschen hatten sich den Schatz unter den Nagel gerissen, daran bestand für Heinrich Große kein Zweifel. Ihm war es gelungen, die Spur des Bernsteinzimers bis in seine Heimatstadt zu verfolgen. Doch hier verlor sich eben diese Spur in einem der unzähligen Bunker der Stadt. Ihm war das Geld ausgegangen, und irgendwann hatte er es einfach satt gehabt, sich als Träumer belächeln zu lassen.

Jetzt hatte er seine Johanna. Sollte die Stadt doch sehen, wie sie alleine zurechtkam.

Große wandte sich vom Fenster ab und warf einen Blick auf die Wanduhr. In einer halben Stunde traf er sich mit der Reporterin. Er war gespannt darauf, welche Fragen sie ihm stellen würde.

Neumarkt, 16.55 Uhr

Neptun thronte versteinert auf dem Jubiläumsbrunnen und schien sich majestätisch der Nachmittagssonne entgegenzurecken. Als Einziger blieb er trocken; alle anderen Skulpturen des Brunnennachbaus aus Triest konnten sich im Brunnenwasser erfrischen und schienen die Dusche unter dem wolkenlosen Himmel über Elberfeld zu genießen.

Heike hatte sich an einem der freien Tische im Außenbereich des Starbucks niedergelassen und schlürfte einen eiskalten Kakao-Cappucino. Während sie im Schaum rührte, genoss sie das bunte Treiben zwischen Neumarkt und dem Kerstenplatz. Einst, nach der Schließung des Hertie-Kaufhauses, zu einem Schandfleck heruntergekommen, war hier ein fast mondän anmutender Platz im Herzen der Elberfelder City entstanden. Straßencafés und der gute alte Elberfelder Wochenmarkt zu Füßen des Rathauses lockten bei Sonnenschein zahlreiche Menschen hierher. Der Wind wehte die verschiedenen Düfte der Marktbeschicker über den Platz. Am Nebentisch hatten zwei junge Mütter alle Hände voll damit zu tun, ihre Babys bei Laune zu halten, als eine Horde kreischender Teenager vorüberzog und es mit der Ruhe endgültig vorbei war.

Das Rathaus schien in der Hitze des späten Nachmittags dahinzudämmern. Die einst prächtige Sandsteinfassade war in mehr als 110 Jahren nachgedunkelt; die Kupferdächer hatten längst Patina angesetzt und unterstrichen so den historischen Charme des 1900 von Kaiser Wilhelm eingeweihten Gebäudes. Damals hatte der Kaiser nebst Gattin das Rathaus gemeinsam mit der Schwebebahn und der Barmer Ruhmeshalle eingeweiht; dafür waren sie eigens aus dem fernen Berlin angereist.

Unwillkürlich erinnerte sich Heike an ihre Zeit in der Bundeshauptstadt. Sie hatte dort eine Weile als Korrespondentin der Wupperwelle gelebt und gearbeitet. Bald schon aber hatte sie festgestellt, dass die Politik, über die sie zumeist aus dem Hauptstadtstudio berichtet hatte, nicht ihr Ding war. Sie liebte es, sich unter Menschen zu mischen und Reportagen dort zu machen, wo die Geschichten spielten. Außerdem hatte Stefan ihr während dieser Zeit gefehlt. Und so war sie, nachdem sie in Wuppertal alle Zelte abgebrochen hatte, nach einem knappen Jahr in die Schwebebahnstadt zurückgekehrt. Wohnung und Auto hatte sie verkauft, und so war sie froh gewesen, vorübergehend bei Stefan unterzukommen.

Die große Uhr auf dem hohen Rathausturm läutete zur vollen Stunde, als ein Schatten auf Heikes Tisch fiel. Heike erwachte aus ihrer Lethargie und blickte auf.

»Sie müssen Frau Göbel sein.« Ein hochgewachsener

Mann mit strahlend blauen Augen und schlohweißen, dichten Haaren war an den Tisch getreten. Er lächelte. »Mein Name ist Heinrich Große, angenehm.« Seine Stimme klang warm und freundlich.
Heike schätzte Große auf Anfang sechzig. Trotz seiner ergrauten Haare wirkte der Historiker fast jugendlich auf sie. Seine Haut war braun gebrannt, und sie konnte es sich beim besten Willen nicht vorstellen, dass ein Mann wie er sich auf die Sonnenbank legte. Auch sein Kleidungsstil war durchaus modebewusst, so trug er ein Poloshirt in blassem Gelb zu einer modisch geschnittenen Jeans. Das Einzige, was nicht zu seiner Kleidung passte, waren die groben Sicherheitsschuhe, wohl ein Attribut an seine Arbeit als Forscher, dachte Heike. »Schön, dass Sie sich die Zeit genommen haben«, sagte sie, nachdem sie sich vorgestellt und Große einen Stuhl zurechtgerückt hatte.
Er setzte sich. »Ich habe gezögert, um offen zu sein. Viele halten mich für einen Idioten.«
»Wenn sich jemand in der Geschichte unserer Stadt auskennt, dann dürften Sie das sein«, bemerkte Heike sachlich. »Also halte ich mich mit meinen Vorurteilen zurück.«
»Was möchten Sie im Radio senden?« Er faltete die Hände auf dem runden Tisch.
»Nichts – zunächst jedenfalls. Der Fall ist ein wenig kompliziert, und ich weiß nicht genau, wie viel ich Ihnen erzählen darf. Ich recherchiere gerade an einer Geschichte und bin dringend auf Ihre Hilfe angewiesen. Es geht, wie ich in unserem Telefonat schon angedeutet hatte, um Ihre Bemühungen, das Bernsteinzimmer hier in Wuppertal zu finden.«
»Ja ja«, nickte er versonnen. »Das gute alte Bernsteinzimmer.«

»Was wissen Sie darüber?«

»Was ich darüber weiß? Was wollen Sie denn hören?«, konterte er mit einer Gegenfrage und lehnte sich in dem bequemen Stuhl zurück, um die Hände hinter dem Kopf zu verschränken.

»Sie haben die Legende des Bernsteinzimmers nach Wuppertal gebracht«, erinnerte Heike ihn lächelnd. »Und ich traue Ihnen zu, dass Sie Ihre Vermutungen mit guten Argumenten untermauern können.«

»Das alles hat in den letzten zwei Jahren nichts genutzt«, erwiderte Große resigniert.

»Aber Sie sind kein hergelaufener Schatzsucher – wie ich erfahren habe, waren Sie früher Historiker und haben sich im Stadtarchiv mit der Geschichte von Elberfeld und Barmen beschäftigt. Wenn es also jemand wissen muss, dann Sie.«

Nun musste Große lachen. »Sie schmieren mir ja ganz schön Honig um den Bart.«

»Ich will die ganze Geschichte hören.«

»Warum sollte ich Sie Ihnen erzählen?« Heinrich Großes Miene wurde ernst.

Heike atmete einmal durch und bereitet sich auf ihren Schuss ins Blaue vor. Vielleicht würde sie einen Treffer landen, vielleicht auch nicht. Sie überlegte sich eine passende Formulierung, denn sie war sich darüber im Klaren, dass jedes Wort passen musste. Vieles würde von der Reaktion des Mannes abhängen. Sie verengte ihre Augen zu Schlitzen und sagte: »Weil ich Ihnen verrate, dass sich die Russen ebenfalls für das Bernsteinzimmer interessieren.«

Ganz spontan stieß Große hervor: »Das war zu befürchten.« Er presste die Lippen zu einem schmalen Strich zusammen und schüttelte den Kopf. »Ich habe es dem Oberbürgermeister gleich gesagt, dass wir keine Zeit verlieren sollten, bevor andere auch auf den Trichter kommen, hier zu suchen.«

Im Stillen gratulierte sich Heike zu dem Treffer, ihr journalistischer Instinkt war in Alarmbereitschaft. Sie wähnte sich hier auf der richtigen Fährte. »Eine Zeitlang waren Sie sehr präsent in den Medien«, erinnerte Heike ihn. »Das spricht nicht gerade dafür, dass Sie um große Diskretion bemüht waren.«

»Ich war auf der Suche nach Geldgebern«, erwiderte Große nachdenklich. »Forschung kostet Geld, und meine bescheidenen privaten Mittel waren irgendwann aufgebraucht. Also gut«, sagte er dann. »Ich werde Ihnen die ganze Geschichte erzählen.« Er schmunzelte. »Haben Sie viel Zeit?«

»Die nehme ich mir notfalls.« Heike erhob sich. »Aber zunächst lade ich Sie zu einem Kaffee ein. Was mögen Sie für einen?«

Große blickte ein wenig irritiert in das Innere der Café-Bar und zögerte. »Das ganze moderne Zeugs kann sich doch kein Mensch merken«, murmelte er dann. »Mit einem einfachen Kaffee ohne Zucker und ohne Milch wäre ich schon sehr glücklich.«

»Das müsste zu machen sein«, lachte Heike, dann entschuldigte sie sich und verschwand im Innern der Bar. Sie ahnte, dass sie gleich die faszinierende Geschichte eines Forschers hören würde, der womöglich von der Öffentlichkeit zu Unrecht für dumm verkauft wurde.

Fünfzehn

Neumarkt, 17.15 Uhr

»Ich hoffe, Sie haben viel Zeit und ein gutes Gedächtnis.« Heinrich Große lächelte Heike väterlich an. »Es ist eine sehr lange Geschichte, aber nur, wenn Sie alles wissen, verstehen Sie auch alles.«

Heike nickte. Sie trank von ihrem zweiten Cappuccino-Kakao und zog das kleine Aufnahmegerät aus ihrem Rucksack. »Hier«, sagte sie. »Das ist besser als jeder Notizblock.«

»Und kann im Radio gesendet werden.«

»Keine Angst, es ist nur meine Gedächtnishilfe«, beruhigte Heike den Forscher. »Nichts wird über den Äther gehen, was Sie nicht freigegeben haben. Mein Ehrenwort.«

»Ich vertraue Ihnen.« Heinrich Große war ernst geworden. Er lehnte sich in seinem Stuhl zurück und blickte sich um. Es schien, als würde er das bunte Treiben auf dem Platz auf sich wirken lassen, doch Heike ahnte, dass er sich vergewissern wollte, dass es keine ungebetenen Zuhörer gab. Offenbar war das der Fall, denn seine Gesichtszüge entspannten sich. Er deutete auf das kleine Gerät, das auf dem Tisch lag. »Dann schalten Sie das Ding ein, und hören Sie gut zu.«

Heike lächelte. »Sehr gern. Ich bin gespannt auf Ihre Geschichte. Wie kommen Sie zu der Vermutung, dass sich das Bernsteinzimmer hier in Wuppertal befindet?«

Große faltete die Hände, und Heike sah, dass sein Handrücken von Altersflecken übersät waren. Er ging in sich, dann begann er zu erzählen.

»Es gibt Forscher, die behaupten, dass das Bernsteinzimmer im Frühjahr 1945 aus Königsberg gebracht wurde.

Das aber ist purer Unsinn, denn zu diesem Zeitpunkt war die Stadt längst abgeriegelt. Ich habe lange recherchiert und bin zu dem Schluss gekommen, dass das Bernsteinzimmer und unzählige andere Schätze bereits im August 1944 aus Königsberg abtransportiert worden sind.«

Heike blickte ihm tief in die Augen und erkannte, dass Große eine Reise in die Vergangenheit unternahm. Er hatte den Blick gesenkt.

»Die Hauptfigur der Geschichte um den Verbleib des Bernsteinzimmers ist der damalige Gauleiter Erich Koch. Er wuchs in Wuppertal auf und hatte schon früh eine Leidenschaft für die Bahn. Vielleicht lag das daran, dass er in der Nähe des Mirker Bahnhofs aufwuchs. So war es nicht verwunderlich, dass er als junger Mann in den Dienst der Reichsbahn eintrat. Dort arbeitete er, bis er in den Militärdienst wechselte. Bereits 1922 war er Mitglied in der NSDAP geworden, und damit nahm das Unheil seinen Lauf: Die Schatten des Krieges hatten sich zu diesem Zeitpunkt auch längst über Wuppertal ausgebreitet. Koch machte eine steile Karriere bei der Wehrmacht und wurde zum Gauleiter benannt. Man nannte ihn auch ‚den Henker von Ostpreußen' – ich denke, das spricht für sich. Er ging nach Königsberg, wo er sich innerhalb kürzester Zeit einen Ruf als Hardliner machte. Er hatte Kontakt zum Quartier des Führers und hatte auch keine Probleme damit, Hitler und Göring die Meinung zu sagen. Wahrscheinlich war Koch der einzige Mann, der das ohne Folgen konnte. In seiner Position genoss er den Vorteil, stets über aktuelle Entwicklungen auf dem Laufenden gehalten zu werden. Und ich gehe davon aus, dass er frühzeitig über den Ansturm der Roten Armee informiert wurde. Somit konnte er seine ergaunerten Schätze rechtzeitig in Sicherheit bringen.« Große trank von seinem Kaffee, während sein Blick ins Leere glitt. »Im April 1945 flüchtete er zurück nach Deutschland, wo er eine Zeitlang unter falschem Namen lebte. Nachdem er aufgeflogen war, lieferte ihn Deutschland an Polen aus, und seine Gaunereien rächten sich. Zwar war das Bernsteinzimmer in Sicherheit, doch davon hatte er leider auch nichts mehr, denn er wurde 1959 zum Tode verurteilt. Übrigens verbrachte er die Haft in einem Gefängnis, das er selbst hatte bauen lassen – nennen Sie es Ironie des Schicksals.«

»Also wurde er als Kriegsverbrecher verurteilt und hingerichtet?«

»Nein.« Sanftes Lächeln, er stellte die Tasse wieder ab. »Die Todesstrafe wurde nie vollstreckt. Wie man munkelt, fürchtete man, dass er dann die Geheimnisse rund um den Verbleib des Bernsteinzimmers mit ins Grab nehmen würde. So hatte man immer noch eine kleine Hoffnung, dass Koch doch eines Tages auspacken und verraten würde, wo er seine Schätze verborgen hielt.«

»Und was wurde daraus?«

»Er starb 1986 im Alter von 90 Jahren im Gefängnis, nachdem man die nicht vollstreckte Todesstrafe in eine lebenslange Haft umgewandelt hatte. Bis zu diesem Tage hat er nichts verraten, aber auch gar nichts. Offenbar hatte Erich Koch bis zuletzt Hoffnungen, doch noch einmal freizukommen und von seinen Raubzügen zu profitieren. Doch dazu kam es nicht mehr.«

»Aber warum sollte er das alles nach Wuppertal gebracht haben?«

»Er war ein gerissener Zeitgenosse, der im Lauf des Krieges unglaubliche Vermögenswerte ansammelte – allesamt durch Raub und Rechtsbruch«, lächelte Große. »Hochintelligent und mächtig zu seiner Zeit. Heute würden wir ihn als einen der größten Kriegsverbrecher bezeichnen, die unser Land jemals hervorgebracht hat. Es ist aber eine logische Entscheidung: Wohin lasse ich Dinge bringen, die von äußerst hohem Wert sind und für viele Jahre von der Öffentlichkeit ferngehalten werden sollen?« Große blickte Heike fragend an, und als sie mit den Schultern zuckte, fuhr er fort: »Die Luft in Königsberg war dünn geworden, zu groß die Gefahr, dass sich die Rote Armee die ergaunerten Werte zurückholte. Somit liegt es auf der Hand, dass Koch die Kisten in seine Heimatstadt transportieren ließ – nach Wuppertal also.«

»Was hätten Hitler und seine Konsorten dazu wohl gesagt?«

»Erich Koch hatte Narrenfreiheit. Und er war Egoist. Lieber hätte er sich eine Hand abgehackt, bevor Koch die Schätze an Göring verlor. Also wurde das Bernsteinzimmer und zig andere Schätze in einer Nacht- und Nebelaktion weggeschafft. Und da Koch lange Zeit bei der Reichsbahn gearbeitet hatte und nach wie vor über Kontakte zu hohen Funktionären der Bahn verfügte, liegt es auf der Hand, dass alles, was einen hohen Wert hatte, per Bahn ins Bergische Land geschafft wurde.«

»Mit welchem Ziel?«

»Er hatte wohl die Hoffnung, das eines Tages Gras über die Sache wächst und er die Schätze verschachern kann. Eine trügerische Hoffnung, wie wir heute wissen. Es gibt unzählige Legenden zum Verbleib des Bernsteinzimmers, aber die Spur führt eindeutig nach Wuppertal.«

»In den Bunker an der Münzstraße?« Heike war sich nicht ganz sicher, ob die Frage zu diesem Zeitpunkt richtig kam.

»Wie kommen Sie denn darauf?« Heinrich Große blickte sie mit großen Augen an. Eine steile Falte hatte sich zwischen seinen buschigen Augenbrauen gebildet.
»Ich habe natürlich recherchiert, und es gibt aktuelle Ereignisse, die zu der Geschichte, die Sie mir eben erzählt haben, passen würden.«
»Sie sprechen vom Toten in dem Bunker.« Es war keine Frage, sondern eine Feststellung.
Als Heike schwieg, fuhr Große mit seinem Vortrag fort: »Es gilt als sicher, dass er die Schätze nicht an Orte gebracht hat, an denen er sich nicht auskannte. Und glauben Sie mir: Ihm standen durch seine Verbindungen alle denkbaren Wege offen, das Bernsteinzimmer mit einem Güterwaggon in seine Heimatstadt zu schaffen. Hier gibt es unglaublich viele alte unterirdische Waffenfabriken, Stollen und Bunker, und noch lange nicht sind alle diese Gebäude untersucht worden.«
»Warum haben Sie die Forschungen eingestellt?«
Große lächelte wieder sanft, während er bezeichnend Daumen und Zeigefinger aneinander rieb. »Das Geld ging aus, ich sagte es bereits. Und Forschungen benötigen Spezialgerät, teures Spezialgerät. Und obwohl ich von der Stadt jegliche Unterstützung hatte, konnte ich nicht weitermachen. Hinzu kam, dass ich irgendwann die Lust daran verloren hatte, mich zum Affen zu machen.«
»Moment«, warf Heike aufgeregt ein. »Sagten Sie, Sie hatten Unterstützung von der Stadt?«
»Natürlich.« Nun lachte Große amüsiert. »Sie sind Journalistin. Sie müssten wissen, dass man nicht einfach so in einen städtischen Bunker hineinmarschieren darf, um nach einem Schatz zu suchen.«
Heike hatte nicht nach einem Schatz gesucht und war

trotzdem um ein Haar verhaftet worden, als sie mit Mehrmann den Luftschutzbunker in Barmen besucht hatte. Nun glaubte sie zu wissen, warum die Polizisten so drastisch reagiert hatten, als man sie an der Münzstraße angetroffen hatte.

»Wie kommen Sie auf den Bunker Münzstraße?«, riss sie Großes sonore Stimme aus den Gedanken. »Wegen der Schießerei?«

»Ja.« Heike nickte. »Es waren Russen, die sich dort getroffen haben. Und inzwischen wurden mir Tondokumente zugespielt, aus denen hervorgeht, dass man einen Schatz von unglaublichem Wert in dem Bunker an der Münzstraße vermutet. Deshalb, Herr Große, musste der junge Mann sterben. Man hat übrigens versucht, seinen Leichnam in der Müllverbrennungsanlage auf Küllenhahn zu entsorgen.«

»Ich frage mich ernsthaft, woher diese Leute das Wissen haben.« Große beugte sich vor und stützte das Kinn in die Hände. »Sie scheinen über wertvolle Kontakte zu verfügen, um das nötige Wissen mitzubringen.«

»Also befindet sich das Bernsteinzimmer an der Münzstraße?« Am liebsten wäre Heike sofort losgezogen, doch der Forscher schüttelte das ergraute Haupt.

»Leider nein, denn wenn es so wäre, hätten weder der junge Russe, noch Trautler sterben müssen.«

»Trautler? Was wusste denn Trautler über Ihre Suchaktionen?«

Große lachte auf. »Er wusste alles. Ich hatte ihn eingeweiht, und er war so etwas wie mein Verbündeter in der Stadtverwaltung. Womöglich ist ihm das nun zum Verhängnis geworden.«

Damit hatte Heinrich Große das ausgesprochen, was Heike

befürchtet hatte. »Es kommen also unzählige mögliche Verstecke infrage«, nahm sie den Faden wieder auf.
»Um die vierhundert, um genau zu sein.« Große seufzte und blickte auf die Uhr. »Es ist spät geworden«, murmelte er. »Und ich bin ein alter Mann. Sie werden mich entschuldigen müssen.«
»Schade«, sagte Heike. »Danke trotzdem, dass Sie mir alles erzählt haben.«
»Tun Sie mir bitte den Gefallen und weihen Sie mich in Ihr weiteres Vorgehen ein.«
»Selbstverständlich.« Heike nickte und drückte die Stopptaste am Aufnahmegerät. Sie ahnte, dass sie sich die Aufnahme mehrmals anhören musste, um einen Punkt zu finden, an dem sie ansetzen konnte. Doch das Jagdfieber hatte sie längst gepackt, und so ließ sie Große ziehen, nachdem sie ihre Visitenkarten ausgetauscht hatten.

Sechzehn

Wuppertaler Brauhaus, 18.20 Uhr:
Im Biergarten herrschte um diese Zeit Hochbetrieb. Viele Wuppertaler waren gekommen, um den lauen Sommerabend bei einem Feierabendbier im Herzen der Barmer Innenstadt zu genießen und so das Wochenende einzuläuten. Stefan verharrte kurz am Eingangsbereich der ehemaligen städtischen Badeanstalt und blickte sich suchend unter den Gästen um. Unter einer der ausladenden Kastanien reckte sich eine massige Gestalt, und Kalla winkte ihn mit einem breiten Grinsen an den Tisch.
»Man könnte meinen, du hast einen Vertrag mit dem Laden«, grinste Kalla, während Stefan sich setzte. »Jetzt treffen wir uns schon wieder hier.« Neben dem Taxifahrer saß ein drahtiger Mann, den Stefan auf Anfang, Mitte fünfzig schätzte.
»Das ist Stefan, mein Freund vom Radio«, wandte sich Kalla an ihn. Dann deutete er mit dem Daumen auf den Unbekannten. »Und das ist mein alter Kumpel Werner. Eigentlich Hans-Werner Schlupkothen, aber das förmliche Sie können wir uns, glaub ich, schenken.«
»Klar.« Stefan hatte keine Einwände. Schlupkothen trug zur Jeans ein helles T-Shirt. »Sag mal, musst du in deinem Job nicht immer korrekt im Anzug und mit Krawatte auftreten?«
»Das schon – aber, du sagtest es: im Job. Privat kann ich so ziemlich machen, was ich will.« Schlupkothen zeigte eine Reihe weißer Zähne. Er wirkte gepflegt und schien sehr auf sein Äußeres zu achten.
Eine junge Kellnerin trat an den Tisch, und Stefan bestellte sich ein großes Wupper Hell, mit dem er den Feierabend

einläutete. Die beiden Freunde orderten, wohl berufsbedingt, zwei Apfelschorlen.
»Der Werner ist gekommen, weil er dir mit den Zahlen besser helfen kann als ich«, eröffnete Kalla schließlich das Gespräch. »Zumindest, was seinen Part betrifft.«
»Schön, dass das so schnell geklappt hat.« Stefan zückte einen kleinen Spiralblock und einen Stift.
Die Getränke kamen, und nachdem die Männer sich zugeprostet hatten, kam Stefan zum Grund des Treffens. »Es geht, wie Kalla dir sicher schon erzählt hat, um die kritischen Stimmen in unserer Stadt. Die Finanzlage ist katastrophal, und die Bürger sehen immer wieder, wie der Oberbürgermeister sich mit seinem Mercedes von einem Chauffeur zu den Terminen fahren lässt.«
Schlupkothen nickte. »Das höre ich ziemlich oft in letzter Zeit, deshalb habe ich mir einmal die Mühe gemacht, die Kosten gegenzurechnen. Und, um es vorwegzunehmen: Würde Johannes Alt mit dem Taxi von Termin zu Termin fahren, wäre das Ganze fast genauso teuer. Du darfst nicht vergessen, dass er den Wagen unterwegs auch als mobiles Büro nutzt. Er hat immer die wichtigsten Akten dabei, um unterwegs arbeiten zu können. Ist ja heutzutage alles kein Problem mehr, mit Handy und mobilem Internet.«
»Sicherlich weißt du, wie viele Kilometer du im Jahr mit dem OB unterwegs bist?« Stefan schrieb mit.
»Klar.« Schlupkothen lachte. »Knapp 30.000 Kilometer im Jahr sind wir gemeinsam on the road. Macht einen Dieselpreis von knapp zweieinhalbtausend Euro, Steuern und Versicherung für den Benz und meine Personalkosten schlagen mit 40.000 Euro zu Buche. Kommt noch die Leasingrate hinzu …« Werner Schlupkothen zog die Mundwinkel schätzend nach unten und drehte den Dau-

men in der Luft. »Ich schätze, da sind wir noch mal mit 7.000 Euro im Jahr dabei.«

»Sind rund 47.000 Euro«, murmelte Stefan.

»Und Taxifahren käme bei der Kilometerleistung auf ziemlich genau 45.000 Euro«, mischte sich nun auch Kalla ein. »Das habe ich bei den Kollegen in der Taxizentrale nachgefragt. Insofern ist es fast unerheblich, ob der OB mit 'ner Taxe oder seiner Hightech-Karosse durch die Gegend gurkt.«

»Gut, aber es wäre doch eine Möglichkeit, ein kleineres Dienstfahrzeug anzuschaffen«, überlegte Stefan und dachte daran, dass er mit seinem über vierzig Jahre alten VW Käfer auch gut von A nach B kam. Bei der Vorstellung, dass der Oberbürgermeister künftig von einem Chauffeur in einem Käfer vorfahren würde, musste er jedoch schmunzeln.

Kalla grinste. Er schien Stefans Gedanken erraten zu haben. »Vergiss es«, lachte er. »Der Käfer eignet sich nicht so gut als rollendes Büro. Die Kiste ist so eng wie eine Konservendose.«

»Mach mal langsam«, erwiderte Stefan und nahm einen Schluck Wupper Hell. Er überlegte, ob die Dienstwagen der Stadtverwaltung tatsächlich der Anlass waren, den OB zu bedrohen und einen seiner Dezernenten umzubringen. Das Ganze kam ihm ziemlich an den Haaren herbeigezogen vor. Er ahnte, dass etwas anderes hinter der Sache steckte. Unwillkürlich erinnerte er sich an Heikes Idee, dass sich das Bernsteinzimmer in Wuppertal befinden könnte. Wenn das stimmte, so wahnwitzig es auch klingen mochte, dann wäre die Stadt saniert. Oder derjenige, der das Bernsteinzimmer zuerst fand …

Polizeipräsidium, 18.35 Uhr

»Die Liste mit den Kontakten liegt vor«, rief Heinrichs, als er aufgeregt wie ein kleiner Junge Ulbrichts Büro betrat. Ulbricht, der die Füße zu einem Nickerchen auf die Ecke seines Schreibtisches gelegt hatte, war sofort auf hundertachtzig.

»Wann lernen Sie es endlich, anzuklopfen?«, patzte er seinen Assistenten an. Er streckte sich und fuhr sich mit der flachen Hand durch das Gesicht. Inzwischen machte sich das Schlafmanko bemerkbar, und er war eben doch nicht mehr der Jüngste. »So«, sagte er dann. »Und nun reden Sie endlich, Mann. Was für eine Kontaktliste?«

Heinrichs ließ sich auf den freien Besucherstuhl plumpsen. »Die Liste der Leute, mit denen Koljenko kurz vor seinem Tod noch Kontakt hatte. Die Jungs in der IT-Abteilung haben einen guten Draht zum Telefon-Provider, deshalb ging das so schnell. Ich habe die Daten dann mit den Einträgen im Melderegister des Einwohnermeldeamtes abgeglichen.«

»Sie sind ein Held«, murmelte Ulbricht gelangweilt und blätterte durch den Ausdruck, den Heinrichs ihm auf den Schreibtisch geworfen hatte.

»Der letzte Anruf stammt von einem gewissen Kolja Smirnow, einem jungen Ukrainer.« Heinrichs nahm die Brille von der Nase und begann, die Gläser am Stoff seines Hemdes zu putzen. Immer wieder hauchte er gegen das Glas.

»Schön. Ein Ukrainer trifft einen Ukrainer. Und die sind sogar befreundet im fernen Deutschland.« Ulbricht zog sarkastisch die Mundwinkel hoch. »Und sonst?«

»Warten Sie es doch ab, Chef.«

»Nennen Sie mich nicht ...«

»Schon gut, nichts für ungut«, erwiderte Heinrichs peinlich berührt. »Also, ich mache es kurz. Während Sie ein Nickerchen gemacht haben, war ich so frei, die im Telefonregister von Alexander Koljenko gespeicherten Namen durch unsere Datenbänke zu jagen. Besagter Kolja Smirnow ist den Kollegen aus der OK bereits bekannt.«

»Ich habe es befürchtet«, brummte Ulbricht. »Organisierte Kriminalität, na herzlichen Glückwunsch. Also doch Russenmafia?«

»Schwer zu sagen.« Heinrichs erhob sich und marschierte im Büro seines Vorgesetzten wie ein dozierender Professor auf und ab. »Jedenfalls ist der in der Vergangenheit immer wieder in Zusammenhang mit Schutzgelderpressungen aktenkundig geworden. Allerdings scheint er einen sehr guten Anwalt zu haben, denn die Kollegen mussten ihn immer wieder laufen lassen.« Heinrichs blieb am Fenster stehen und wandte sich ruckartig zu Ulbricht um. »Vielleicht ein Indiz auf die Organisierte Kriminalität, der man gern nachsagt, dass sie die besten Anwälte auf den Lohnlisten hat.« Heinrichs setzte sie Wanderung durch das Büro fort.

»Mann, Sie machen mich irre mit Ihrem Rumgerenne«, bellte Ulbricht. »Da kann doch kein Mensch klar bei denken!«

Heinrichs nickte und setzte sich brav wieder auf den Stuhl vor Ulbrichts Schreibtisch, der nicht von dessen Mantel belegt war.

»Und jetzt?«

»Klopfen wir diesem Smirnow mal auf den Busch.« Ulbricht erhob sich. »Ich hoffe, Sie haben nichts vor heute Abend?« Nachdem er sich gestreckt hatte, umrundete er seinen Tisch und nahm den Sommermantel vom Stuhl. Eilig warf er ihn über die Schulter und ging zur Tür. Dort angekommen, wandte er sich zu seinem Assistenten um. »Na, worauf warten Sie?«

Sedanstraße, 18.40 Uhr

Ein schrecklicher Tag lag hinter ihr. Nichts und niemand konnte sie aufheitern. Mirja fühlte sich, als wäre die Welt untergegangen. Seitdem sie die Nachricht von Alexanders Tod erhalten hatte, fühlte sich ihr noch so junges Leben sinnlos und schmerzhaft an. Sogar ihre Eltern hatte sie gebeten, sie allein zu lassen.

Am Nachmittag hatte sie sich eine Flasche Sekt geöffnet, die sie im Kühlschrank gefunden hatte. Sie hoffte, im Nebel des Alkohols den Schmerz besser ertragen zu können und hatte gleich aus der Flasche getrunken. Nun war sie zwar benebelt, aber ihre Gedanken kreisten nach wie vor um den Verlust ihres Freundes. Er war erschossen worden – in einem alten Luftschutzbunker, gleich hier um die Ecke. Wahrscheinlich, so hatten ihr die Polizisten gesagt, waren es sogar Landsleute von Alexander gewesen; darauf deuteten die Herkunft der Munition und ein Tonbandgerät hin.

Am späten Nachmittag hatte sie von zwei Polizisten Besuch erhalten. Sie hatten sich als Mitarbeiter des KK 11, der Abteilung, dessen Leiter Kommissar Ulbricht war, ausgegeben und ihr einige Fragen gestellt, deren Sinn sie nicht verstanden hatte. Ob Alexander in irgendwelche Geschäfte verwickelt gewesen sei, hatten sie gefragt.

Und Mirja hatte wahrheitsgemäß geantwortet, nichts davon zu wissen. Alex war nie ein Mensch gewesen, der über viel Geld verfügt hatte. Immer hatte er sich mit irgendwelchen Jobs durchs Leben gerettet, um seine Rechnungen mehr schlecht als recht bezahlen zu können, vor zwei Monaten hatte sie ihm sogar seine Handyrechnung bezahlen müssen, damit er sie immer und von überall aus anrufen konnte. Er selbst war pleite gewesen. Es gab nichts, was darauf hindeutete, dass er mit dunklen Geschäften eine Menge Geld verdiente.

Inzwischen zweifelte sie daran, dass sie ihren Freund in den zwei Monaten, in denen sie ein Paar gewesen waren, wirklich gekannt hatte. Auch seine Freunde kannte sie kaum. Es gab zwei Jungs, mit denen er sich in letzter Zeit öfters getroffen hatte, aber zu Treffen mit seinen Freunden war er meist alleine gegangen. Wenn sie ihn darauf angesprochen hatte, war ihm das unangenehm gewesen, doch er hatte charmant geantwortet, dass er sie lieber für sich allein haben wolle und dass viele seiner Freunde unverschämte Lüstlinge seien. So hatte sie es dabei bewenden lassen. Auch sie hatte ihre Freundinnen; viele von ihnen hatte Alexander nicht gekannt – niemals kennen gelernt, wie ihr nun schmerzhaft bewusst wurde.

Eine Frage hatte sich den ganzen Tag über in ihrem Gehirn festgebrannt: Warum?

Warum hatte Alexander sterben müssen? Er war ein netter Kerl gewesen, immer hilfsbereit und beliebt in ihrer Familie. Opa hatte ihn sofort als »Schwiegerenkel«, wie er ihn genannt hatte, akzeptiert. Natürlich waren sie alle betroffen gewesen, als die Nachricht vom schrecklichen Mord an Alexander gekommen war, und trotzdem hatte es Mirja vorgezogen, den Tag alleine zu verbringen. Sie brauchte die Zeit für sich, wollte Abstand gewinnen.

Das Klingeln der Türglocke riss sie aus den Gedanken. Mirja, die mit einer Wolldecke auf dem Sofa gelegen hatte und ins Nichts gestarrt hatte, spürte ihr Herz bis zum Hals klopfen. Sie wandte den Kopf und konnte durch

den kleinen Flur bis zur Wohnungstür blicken.
Wer mochte das sein?
Mirja zögerte. Nein, dachte sie dann, sie wollte niemanden sehen. Nicht jetzt, nicht heute.
Sie blieb liegen und schloss die Augen. Erst als Sturm geklingelt wurde, stieß sie die Wolldecke fort und erhob sich. Ein wenig zu schnell, denn der Alkohol hatte seine Wirkung entfaltet. Sie taumelte, bekam die Lehne des Sofas zu fassen und ging erst weiter, als sie glaubte, sicher zu stehen.
Mit einem Blick durch den Spion stellte sie fest, dass niemand vor der Wohnungstür stand – also besuchte sie niemand aus dem Haus. Träge griff sie zum Hörer der Gegensprechanlage und hauchte mit schwerer Zunge ein »Hallo«. Sie hörte die Straßengeräusche, unten fuhr offenbar gerade ein Bus vorüber. Doch auch nachdem der Dieselmotor verstummt war, meldete sich niemand.
»Hallo – wer ist denn da?«
»Polizei, bitte öffnen!« Eine männliche Stimme, die es offenbar gewohnt war, Anweisungen zu geben. Mirja überlegte, ob Kommissar Ulbricht sie noch einmal aufsuchte, doch es war nicht seine Stimme gewesen. Wahrscheinlich hatte er wieder einen seiner Mitarbeiter geschickt, weil sie noch weitere Fragen an sie hatten.
Mirja betätigte den Türöffner und hoffte, so einen Beitrag zu leisten, damit die Polizisten Alexanders Mörder schnell verhaften konnten. Unten hörte sie, wie die schwere Haustür ins Schloss fiel, dann eilten Schritte die hölzernen Stufen hinauf. Mirja bekam Gesprächsfetzen mit, ohne ein Wort zu verstehen. Offenbar kamen sie zu Zweit. Nun, auch das sollte ihr recht sein, wenn es half. Sie schloss die Tür und nahm die Sicherheitskette ab, die

ihr Vater angebracht hatte.
Eilig öffnete sie die Wohnungstür wieder. Sie wollte nicht, dass die Polizisten unnötig warten mussten. Vor ihr standen zwei Männer in Zivil. Und auch wenn Mirja es normalerweise nicht oft mit der Polizei zu tun hatte, so sah sie doch auf dem ersten Blick, dass ihre Besucher keine Polizisten waren.
Der Umstand, dass sie in die Mündung einer Pistole blickte, schaffte Klarheit. Der Jüngere der beiden trug die Haare kurz geschoren, hatte eine breite Schlägernase und einen stechenden Blick. Seine Statur war drahtig, und die Hosen schlackerten um seine Beine.
Sein Partner war groß, bestimmt zwei Meter, hatte breite Schultern, eine markante Stirnpartie und eine große Nase, die rechts und links von fast eckigen Wangenknochen gerahmt wurde. Die Augen lagen hinter den Gläsern einer großen Sonnenbrille. Obwohl sie von seinem Gesicht nicht viel erkennen konnte, erkannte Mirja eine gewisse Ähnlichkeit zu den Klitschko-Brüdern. Sie wich zurück und ahnte, dass dies Alexanders Mörder waren.
Warum kreuzten sie hier auf? Reichte es noch nicht, dass sie ihr den Freund genommen und ihr junges Glück zerstört hatten?
Warum waren sie gekommen?
Mirja fand keine Zeit, sich darüber Gedanken zu machen.
»Schnauze halten und rein da.« Der Jüngere der beiden fuchtelte mit der Waffe herum und deutete auf Mirjas Wohnung. Sie fand nicht die Zeit, einen klaren Gedanken zu fassen, spürte, wie ihr Herzschlag sich beschleunigte und handelte mechanisch, als sie den Eingang freigab und die Männer hereinließ.

Wichlinghausen, 18.50 Uhr:
Die Steile Straße im Herzen von Wichlinghausen machte ihrem Namen alle Ehre. Die Sonne stand schon tief, als Heinrichs den Dienstwagen in die kleine Sackgasse lenkte, die von der Wichlinghauser Straße abzweigte. Ulbricht, der nachdenklich auf dem Beifahrersitz des grauen VW Touran lümmelte, zog einen zerkitterten Zettel aus der Tasche seines leichten Trenchcoats und studierte die Adresse. Der Umstand, dass es sich dem Namen nach ebenfalls um einen Russen handeln könnte, hatte Ulbricht keine Ruhe gelassen, und so hatte er seinen Assistenten dazu gedrängt, zu später Stunde noch einmal auszurücken, um vor Ort zu ermitteln.
Inzwischen hatte Heinrichs den Wagen neben einer hüfthohen Mauer geparkt – leider so ungünstig, dass er kaum die Tür öffnen konnte und sich zwischen Tür und Mauer hindurchquetschen musste. Ulbricht, der bereits in der Abendsonne stand, beobachtete amüsiert den dämlichen Anblick, den sein Assistent beim Aussteigen bot.
»Kolja Smirnow, wohnhaft in Steile Straße 6«, las Ulbricht von seinem Zettel ab, während er den Blick über die umliegenden Häuser schweifen ließ. Aus einem offenen Fenster schallte türkische Musik in die Hinterhofszenerie, in einem Garten wurde gegrillt. Als Ulbricht den würzigen Duft durch die Nase einsog, spürte er, dass er Hunger hatte. Kein Wunder, seine letzte Mahlzeit lag fast sechs Stunden zurück.
Heinrichs grinste, als Ulbricht den Namen des Gesuchten nannte.
»Was grinsen Sie so blöd?«, bellte Ulbricht. »Ja, Smirnow, wie der Penner-Wodka. Aber machen Sie sich nicht zu viele Gedanken über den Namen – er ist der häufigste

Nachname in Russland, so wie bei uns Müller, Meier oder Schmidt.«

»Das da ist es.« Heinrichs ging nicht auf die Belehrung seines Chefs ein. Stattdessen rümpfte er die Nase und deutete mit dem Kinn auf das Haus zu seiner Linken. Ein Mietshaus aus den späten Fünfzigerjahren des letzten Jahrhunderts; die Fassade war irgendwann einmal weiß gewesen. Neben dem überdachten Eingang reckte sich eine Distel der Sonne entgegen, eine Hummel schwirrte umher. Seite an Seite gingen die Beamten auf den Hauseingang zu. Der dicken alten Frau, die im Paterre auf einem Kissen im Fenster lehnte, nickten sie zu. Während sie die Namensschilder auf dem Klingelbrett studierten, ignorierten sie die argwöhnischen Blicke der Alten.

»Hier«, sagte Heinrichs so laut, dass sie von ihrem Fensterplatz aus mithören konnte. »Smirnow.« Er nickte seinem Vorgesetzten zu und legte einen Finger auf den Klingelknopf. Im Haus ertönte eine schrille Glocke. Sie warteten einen Moment, und als sich nichts tat, drückte Heinrichs noch einmal auf die Klingel. Diesmal ließ er den Zeigefinger länger auf dem Knopf ruhen. Irgendwo im Haus begann ein Hund zu kläffen. Die Haustür blieb aber zu.

»Der ist nicht da«, wurden sie von der alten Frau belehrt. Ulbricht trat einen Schritt zurück und blickte zu der Frau, die die rechte Wohnung im Parterre bewohnte, fragend an. »Wissen Sie vielleicht, wo er ist?«

»Weggefahren ist er. Mit seinem Freund. Ich glaub ja, dass der inzwischen auch hier wohnt. Aber angemeldet ist der Freund nicht, ich habe extra mit dem Wiesner gesprochen.«

»Wer ist der Wiesner?« Heinrichs hatte sich zu Ulbricht gesellt.

»Der Hausmeister, arbeitet im Auftrag der Immobilienfirma, der das Haus gehört. Wiesner sagt, der Smirnow sei alleine da gemeldet. Und wir zahlen das ganze Wasser und die Gebühren für den Müll. So etwas ist eine Unverschämtheit, aber als alte Frau, da ist man ja machtlos.« Sie erhob sich vom Fensterbrett und rieb sich die Ellenbogen. Erst jetzt sahen die Kommissare, dass sie einen blütenweißen Haushaltskittel trug. »Was denken Sie sich, wenn ich dem was sage – da hab ich doch gleich ein Messer im Rücken.« Sie schüttelte das ergraute Haupt und winkte ab. »Ich halt lieber meine Klappe und komm gut mit den anderen Nachbarn aus. Immerhin wohne ich hier schon vierzig Jahre, und …«

»Hat er Ihnen gesagt wo er hinfährt oder wann er wiederkommt?«, wagte Heinrichs einen Versuch.

Die alte Frau lachte, als hätte sie einen guten Witz gehört. »Der und mir was sagen? Der kriegt den Mund kaum zum Grüßen auf. Muss ja nicht alles erzählen, aber es gehört sich doch, dass man wenigstens die Tageszeit sagt, wenn man sich im Treppenhaus trifft. Was wollen Sie denn von dem?« Plötzlich hatte sich eine steile Falte zwischen ihren Augenbrauen gebildet.

Ulbricht hatte genug gehört. Er zog seinen Dienstausweis hervor, und die geschwätzige Dame warf einen Blick darauf. Obwohl sie aus der Entfernung unmöglich lesen konnte, was auf dem Dokument stand, zog sie ein langes Gesicht. Sie kniff die Augen zusammen und konnte wahrscheinlich aus der Distanz nur das Landeswappen erkennen. »Oh, Sie sind von der Polizei?«

Ulbricht nickte. Heinrichs grinste blöde.

»Oh je. Hat er denn was ausgefressen?«

»Das wissen wir nicht. Haben Sie eine Ahnung, wo er hin ist?«

»Die sind mit dem Auto weggefahren, das muss eine Stunde her sein.« Wieder winkte sie ab. »Aber ich bin Rentnerin, da verliert man jedes Zeitgefühl, sag ich Ihnen. Kann länger her sein, kann aber auch erst eine halbe Stunde her sein, nageln Sie mich nicht fest!«
»Was für einen Wagen hat er denn?«, fragte Ulbricht.
»So einen Audi. Ich kann Ihnen aber das Nummernschild sagen.« Ohne lange nachdenken zu müssen, nannte sie das Kennzeichen, und Ulbricht kritzelte es auf seinen Zettel. »Ein Audi, sagten Sie?«, hakte er dann nach.
Die alte Frau nickte. »Ja, giftgrün, eine auffällige Farbe. Ich finde das ja hässlich, aber über Geschmack kann man streiten. Hat er wahrscheinlich selbst lackiert, er bastelt immer samstags an seinem Wagen.« Sie streckte den Arm aus und deutete auf eine Garage neben dem Haus. »Das stinkt manchmal und macht furchtbaren Krach, aber ich sag nichts dazu. Ich bin doch nicht verrückt, hören Sie mal!«
»Vielen Dank, Frau …«
»Gustlaff, Hertha Gustlaff.« Nun lächelte sie. »Darf ich Ihnen vielleicht einen Kaffee anbieten?«
»Danke, nein«, winkte Heinrichs ab.
Ulbricht hatte sich aus der Hörweite von Hertha Gustlaff zurückgezogen. Er telefonierte bereits mit dem Präsidium. »Ich muss ein Kraftfahrzeug zur Fahndung ausschreiben«, sagte er knapp angebunden. Er lauschte in den Hörer, dann konnte Heinrichs beobachten, wie sich das Gesicht seines Vorgesetzten in ein bedrohliches Tiefrot färbte. »Es ist mir scheißegal«, blaffte er in das Telefon. »Nein, nichts angestellt. Vielleicht doch, das werden wir herausfinden, wenn wir den Halter haben. Also Beeilung. Und mich sofort anrufen, wenn die Kiste irgendwo auftaucht.« Er

drückte den roten Knopf und steckte das Handy in die Tasche zurück. »Alles Idioten«, brummte er und hatte Mühe, sich zu beruhigen.

Sedanstraße, 18.55 Uhr:
Sie handelte automatisch, agierte wie eine Marionette, die an unsichtbaren Fäden gezogen durch die Wohnung wandelte, die ihr plötzlich so fremd vorkam. Nachdem die beiden Männer sie in die Wohnung gestoßen und die Tür hinter sich verschlossen hatten, fühlte sie sich in ihren eigenen vier Wänden wie in der Falle. Mirja Blum fand keine Sekunde, sich mit der Situation zu arrangieren. Die Fremden bugsierten sie mit gezogener Waffe ins Wohnzimmer, und Mirja wurde das Gefühl nicht los, dass es sich bei den beiden tatsächlich um die Mörder ihres Freundes handelte. Eine andere Erklärung hatte sie nicht.
»Was... was wollen Sie von mir?«, stammelte sie immer wieder.
Brutal wurde sie von dem Drahtigen der beiden auf das Sofa gestoßen. Die Kraft, die von diesem Mann ausging, hätte sie ihm nicht zugetraut. Wahrscheinlich trainierte er im Fitnessstudio. Ihre Schulter schmerzte an der Stelle, an der er sie gepackt hatte.
»Wo sind die Unterlagen?«, zischte er.
Erst jetzt registrierte Mirja, dass der andere Mann bisher noch kein einziges Wort geprochen hatte. Er stand einfach mit verschränkten Armen im Raum und musterte sie wie ein Insekt. Die Pupillen seiner Augen konnte sie durch die Gläser seiner Brille nur erahnen. Dieser Mann wirkte wie eine Kampfmaschine auf sie, wie ein mächtiger und unerbittlicher Roboter, der hergekommen war, um eine Mission zu erfüllen. Dagegen war der Drahtige nur ein

Lakai, jemand, der es gewohnt war, Befehle auszuführen. Ohne nach dem Warum zu fragen. Und gerade das war es, was ihn so gefährlich unberechenbar für Mirja machte. Langsam nur wurde ihr klar, dass hier zwei russische Kampfmaschinen in ihrer Wohnung standen, die den Befehl eines anderen auszuführen hatten. Dabei nahmen sie jedes Risiko in Kauf, und Mirja konnte sich denken, dass den Männern ein Menschenleben nichts wert war. Sie waren es offenbar gewohnt, über Leichen zu gehen um an ihr Ziel zu kommen. Und Mirja stand ihnen, auch das hatte sie begriffen, offenbar im Weg.

»Welche Unterlagen?« Die Worte des Drahtigen hallten in ihrem brennenden Schädel nach. Sie blickte aus angsterfüllten Augen zu den Männern auf.

»Das weißt du ganz genau.« Er trat mit der Spitze seiner Stiefel unter den kleinen Wohnzimmertisch. Die Glasscheibe neigte sich, das, was auf der Platte gestanden hatte, fiel zu Boden, bevor die Glasplatte kippte und auf dem Boden in tausend Scherben barst. »Wir wollen die Unterlagen, dann passiert dir nichts.« Nun legte sich ein schmutziges Grinsen auf das unrasierte Gesicht des Drahtigen. Der Hüne hatte sich desinteressiert abgewandt. Er machte sich am Wohnzimmerschrank zu schaffen, öffnete Türen und Schubladen, wischte mit dem Ärmel den Inhalt der Schrankfächer heraus und verstreute den Inhalt der Schubläden auf dem Fußboden, um mit den Schuhspitzen den Inhalt zu durchwühlen.

»Was machen Sie da?«, gellte die Stimme der jungen Frau durch die Dachgeschosswohnung. Anstatt eine Antwort zu geben, sprang der Drahtige mit einem Hechtsprung auf sie und presste ihr die Mündung der Waffe an die Schläfe, dass es schmerzte.

»Halt die Schnauze«, zischte er gefährlich leise. »Oder willst du die ganze Nachbarschaft auf uns aufmerksam machen?«
Mirja schüttelte stumm den Kopf. Tränen schossen in ihre Augen.
»Siehst du – dann wäre es gut, wenn du uns hilfst. Also, wo sind die Akten des Alten?«
»Welcher Alter? Was für Akten?«, wimmerte Mirja völlig ratlos. Ihr Stoßgebet, sie möge schnell aus dem schrecklichen Albtraum erwachen, blieb unerfüllt. Sie hatte keine Wahl und musste sich ihrem Schicksal fügen.
»Verarsch uns nicht, wir wissen, dass du hinter der Aktion steckst. Leider war Alexander nicht schlau genug, um mit uns zusammenzuarbeiten. Und er war ziemlich dumm, denn sonst wären wir jetzt nicht hier.« Während er über ihr kniete, lachte er dreckig. »Wenigstens hatte er Geschmack, dein Alexander.« Er grinste sie lüstern an und presste die Waffe fester gegen ihre Schläfe.
Ein dumpfer Schmerzenslaut kam über Mirjas Lippen. Sie sackte wimmernd zusammen, als er seine freie Hand an ihre Kehle legte und brutal zudrückte. Machtlos musste sie mit ansehen, wie der Hüne den Inhalt ihrer Schränke auf dem Fußboden verteilte und ihn mit den Spitzen seiner Springerstiefel durchsuchte. Offenbar fand er nicht das, was er suchte, und je länger die Aktion dauerte, umso wütender wurde er. Nachdem er im Wohnzimmer nicht fündig geworden war, machte er sich an der Kommode im Flur zu schaffen. Obwohl Mirja ihn vom Sofa aus nicht sehen konnte, hörte sie, was er tat. Er kippte die Kommode um und schüttete die Dinge, die sich in den Fächern und Schubläden befanden, auf den Boden.
»Siehst du«, grinste der Drahtige, dem es offenbar gefiel,

auf dem zierlichen Körper der jungen Frau zu hocken.
»Das alles könntest du abkürzen, wenn du uns ein wenig helfen würdest.« Sein fauliger Atem schlug ihr ins Gesicht, und sie wandte angewidert den Kopf zur Seite.
»Ich weiß nicht, was ihr sucht«, keuchte sie und rang nach Luft.
Er holte aus und verpasste ihr eine schallende Ohrfeige. Mirja glaubte, dass es ihr den Kopf von den Schultern riss, als sie die Wucht seines Schlages traf. Die Wange schien zu explodieren, und ein schriller Schmerzenslaut kam über ihre Lippen.
»Juri, hör auf mit dem Scheiß!«
Der Hüne war im Wohnzimmer erschienen.
Nun kannte Mirja den Vornamen ihres Peinigers. Er unterbrach sofort sein Treiben und glitt von ihrem Schoß. Auf russisch murmelte er kleinlaut eine Entschuldigung.
Mirja rieb sich die schmerzende Stelle im Gesicht und war froh, Luft zu bekommen. Der Umstand, dass Juri die Waffe nach wie vor auf sie richtete, hatte an Schrecken verloren. Längst hatte sie erkannt, dass sie sich in einer Situation befand, in der sie froh sein konnte, mit dem Leben davonzukommen.
Der Klitschko-Verschnitt war im Nebenzimmer verschwunden, und Mirja hörte, wie er dort weiter den Inhalt der Schränke durchsuchte. Das gleiche tat er kurz darauf in der kleinen Küche. Als das Besteck aus dem Schubfach auf den gefliesten Boden fiel, erhoffte sie sich, dass jemand im Haus auf den Lärm aufmerksam werden und die Polizei rufen würde. Doch die beiden Russen waren sich ihrer Sache offenbar sehr sicher, denn während Juri sie mit der Waffe in Schach hielt, drehte der Hüne ihre Wohnung auf halb acht. Längst schon hatte sie jedes Zeit-

gefühl verloren und betete, dass der Schrecken bald vorbei sein möge.
Irgendwann tauchte der Hüne im Türrahmen auf. Juri löste seinen Blick von Mirja und sah zu seinem Komplizen auf. Er schüttelte wortlos den kantigen Schädel.
Juri nickte, zerqueutschte einen Fluch auf den Lippen und hieb Mirja den Kolben der Waffe auf den Schädel. Ihr war, als würde ihr der Kopf explodieren. Der brennende Schmerz durchzuckte ihren Körper, dann ertrank sie in einer wohligen Schwärze.

Marienstraße, 19.05
»Dieser Erich Koch scheint mir eine Art Darth Vader im Zweiten Weltkrieg gewesen zu sein«, stellte Stefan sarkastisch fest, nachdem Heike ihm berichtet hatte, was sie von Heinrich Große erfahren hatte.
Für die Bemerkung fing er sich prompt einen vernichtenden Blick von Heike ein. Doch er ließ sich nicht von seiner Freundin ausbremsen. »Immerhin hat er über Leben oder Tod entschieden, und er hat, wenn ich mich recht erinnere, 400.000 Juden ins Lager gebracht – der Rest ist tragische Geschichte.«
»Ich frage mich, ob es Aufzeichnungen gab, die über den Verbleib des Bernsteinzimmers Aufschluss geben könnten«, überlegte Heike. Sie hatte es sich auf dem Sofa in Stefans Wohnzimmer gemütlich gemacht und drehte ein langstieliges Glas Rotwein in den Fingern. Der tiefrote Rebensaft aus dem Tarragona schimmerte im Licht der tiefstehenden Sonne, die durch die offenen Lamellen der Jalousien in den Raum fiel. Genießerisch leckte sie sich über die Lippen.
»Das müsste herauszufinden sein.« Stefan wandte sich

vom Aquarium ab. Manchmal konnte er Stunden vor seinen Fischen verbringen, ihnen zusehen und einfach die Gedanken schleifen lassen. Nun durchquerte er den Raum und setzte sich zu Heike auf die Couch. Sie schmiegte sich an ihn.

»Der Krieg hat mich offen gestanden nie sonderlich interessiert«, gestand sie ihm nun. Stefan schwieg. »Ich meine, natürlich ist es schrecklich, was da geschehen ist, aber es war für mich immer nur die düstere Vergangenheit, die ich nicht miterlebt habe und nur aus den Geschichtsbüchern kenne.« Sie blickte mit großen Augen zu ihm auf. »Seit heute ist das alles ganz anders, und der Krieg hat mich zum ersten Mal in meinem Leben wirklich berührt. Es war, als wäre ich in der Zeit gefangen, während Heinrich Große mir von Erich Koch und seinen Gräueltaten berichtete. Es war einfach schrecklich, und selbst wenn wir das Bernsteinzimmer und all die anderen Schätze hier in Wuppertal finden, dann klebt so unendlich viel Blut daran ...« Nun lächelte Heike. »Ich bin schrecklich – hinter uns liegt ein aufregender Tag, und ich langweile dich mit alten Kriegsgeschichten. Was hast du getrieben, während ich unterwegs war?«

»Ich habe mir von Eckhardt anhören müssen, dass du offenbar völlig abgedreht bist und nach dem Bernsteinzimmer suchen willst, das sich in unserer Stadt befinden soll«, lachte Stefan und machte eine wegwerfende Handbewegung. »Aber Schwamm drüber. Wir kennen Michael Eckhardt schließlich lange genug um zu wissen, dass er einfach Angst davor hat, irgendwelchen Leuten im Rathaus auf die Füße zu treten. Ich habe in eine andere Richtung recherchiert. Kalla hat doch indirekt den Verdacht geäußert, dass es Vorwürfe gibt, die sich gegen unseren

Oberbürgermeister richten.«
»Du meinst, weil er sich mit einem dicken Mercedes herumkutschieren lässt?«
Stefan nickte. »Der Mord an Jörg Trautler würde da ins Bild passen … immerhin ist er im Dienstwagen der Stadt zu seiner eigenen Hinrichtung gefahren. Ich habe mich am Abend noch einmal mit Kalla getroffen. Er war so nett, mich bei meinen Recherchern in der Taxizentrale zu unterstützen. Und, um es vorwegzunehmen: Würde der OB den Dienstwagen verkaufen und stattdessen mit dem Taxi fahren, würde der Steuerzahler nicht wirklich sparen.«
»Es muss also einen anderen Grund geben«, dachte Heike halblaut nach.
»Was meinst du?«
»Trautler wurde nicht ermordet, weil er einen Dienstwagen fuhr. Er war Mitwisser bei der Suche nach dem Bernsteinzimmer.«
Stefan machte große Augen, sagte aber nichts.
»Er war als Chef des Gebäudemanagements auch für sämtliche Tunnel und Bunker zuständig. Und er war Heinrich Großes Partner bei der Suche nach den Schätzen von Erich Koch. Wahrscheinlich wusste er zu viel, und dieses Wissen wurde ihm zum Verhängnis.«
»Ist das nicht ein bisschen weit hergeholt?«, wagte Stefan nun doch einen Einspruch.
Heike schüttelte den Kopf und blickte in ihr Weinglas. »Nein«, sagte sie leise. »Ich fürchte nicht, Stefan. Das Bernsteinzimmer steht auf der Wunschliste einiger Russen ganz oben. Und wahrscheinlich können es einzelne Gruppierungen nicht abwarten, dass der Schatz des Zaren wieder zurück in ihre Heimat gelangt – dort, wo er eigentlich hingehört, denn Koch hat sich das alles nur unter den

Nagel gerissen.«

»Sollte da etwas dran sein, muss man über die Besitzverhältnisse sicherlich lange debattieren«, fürchtete Stefan. Er erhob sich und ging in die Küche, um sich ein kaltes Bier aus dem Kühlschrank zu holen. Heike hörte ihn am Eisfach herumklimpern.

»Ich könnte mir vorstellen, dass es eine finanzielle Spritze für unsere Stadt wäre, wenn das Bernsteinzimmer tatsächlich hier gefunden wird«, rief er ihr aus der Küche zu. »Andererseits würde ja dann der russische Präsident höchstpersönlich beim OB auf der Matte stehen und die Hand aufhalten. Damit wären die anderen Schatzjäger aus dem Rennen.«

»Moment«, unterbrach Heike ihn aufgeregt. Beim Stichwort OB war ihr eine Idee gekommen.

Nachdem Stefan die Flasche mit einem lauten Plopp geöffnet hatte, stand er wieder im Wohnzimmer; trank einen Schluck und wischte sich den Schaum mit dem Handrücken von den Lippen. Er blickte sie fragend an.

»Es gibt angeblich Morddrohungen gegen den Oberbürgermeister. Kalla und sein Freund gehen davon aus, dass Menschen dahinterstecken, die mit dem Sparpaket nicht zufrieden sind und ansehen müssen, dass er sich mit dem Dienstwagen zu seinen Terminen chauffieren lässt. Aber es gibt auch den Mord an Jörg Trautler, der in der Stadtverwaltung auch ein hohes Tier war. Sollte es tatsächlich Morddrohungen gegen Johannes Alt geben, dann sind die Täter in einer anderen Ecke zu suchen. Ich könnte mir vorstellen, dass die Bande jetzt die Mitglieder der Stadtverwaltung erpresst, um die Herausgabe des Bernsteinzimmers zu erreichen – sollte es tatsächlich hier gefunden werden.«

»Das ist mir noch ein wenig weit hergeholt«, erwiderte Stefan skeptisch. »Erst mal muss das Zimmer ja gefunden werden, bevor die Besitzverhältnisse geklärt werden können. Es sei denn … es wurde bereits entdeckt.«

Heike nickte. »Daran könnten sich die Anwälte in den nächsten Jahren eine goldene Nase verdienen«, vermutete sie. »Was auch wieder eine Stange Geld kostet.«

»Das könnte zu einem Politikum werden«, bemerkte Stefan. »Und was ist mit diesem Schatzsucher? Er wird auch nicht mit leeren Händen ausgehen wollen.«

»Das Bernsteinzimmer wird – rein materiell – auf 150 Millionen Euro geschätzt. Der ideelle Wert ist unermesslich«, erwiderte Heike. »Somit dürfte für alle Beteiligten genug übrig bleiben, um sich ein sorgenfreies Leben zu machen.«

»So betrachtet wäre es fatal, wenn der Schatz von den falschen Leuten gefunden wird.«

»Und genau das ist zu befürchten, aber es will mir nicht gelingen, die richtigen Verbindungen zu knüpfen.« Heike leerte das Glas, seufzte und stellte es auf den niedrigen Wohnzimmertisch. »Ein paar Leute scheinen es auf das Bernsteinzimmer abgesehen zu haben, und wenn ich Großes Ausführungen richtig deute, dann sind sie gar nicht mal so weit vom Ziel entfernt. Es wäre aus seinen Augen natürlich fatal, wenn sie den Schatz finden und er leer ausginge. Andererseits ist Heinrich Große Wuppertaler mit Leib und Seele. Er war viele Jahre in der Stadtverwaltung tätig und hat in den letzten fünfzehn Jahren seiner Laufbahn im Stadtarchiv am Haspel gearbeitet. Wenn also einer diese Stadt kennt, dann dürfte er das sein.«

»Allein aus dieser Sicht wäre ihm der Erfolg zu gönnen.« Stefan setzte sich wieder neben Heike auf die Couch.

»Aber gehen wir es sachlich an: Ein Toter in einem Bunker, erschossen von offenbar russischen Landsleuten. Vielleicht ein Zufall, vielleicht aber auch Ukrainer auf der Suche nach ›ihrem‹ Bernsteinzimmer. Im schlimmsten Fall hängt entweder die Regierung oder die Mafia mit drin. Warum also musste der junge Man im Bunker sterben?« Stefan blickte Heike fragend an, und als sie schwieg, fuhr er fort: »Weil er etwas wusste.«
»Weil er etwas wusste und dieses Wissen nicht mit seinen Partnern teilen wollte, um allein in den Genuss des Reichtums zu kommen. Womöglich war es ein Mord, der im Affekt erfolgt ist, beispielsweise, weil sich die Gemüter erhitzt haben. Oder die Partner des Toten wollten ihn vom zu erwartenden Gewinn ausschließen.«
»Wenn er derjenige war, der über das zum Fund des Zimmers nötige Wissen verfügte, dann war das ein Fehler. Oder man hat ihn erschossen, nachdem er die wichtigen Informationen weitergegeben hatte.«
»Vielleicht kann uns seine Freundin etwas dazu sagen.« Heike war aufgesprungen.
»Was hast du vor?« Stefan ahnte Schlimmes.
»Wir werden sie fragen.«
»Wann?«
»Jetzt – oder willst du riskieren, dass noch jemand umgebracht wird?«
»Du schaffst mich«, stöhnte Stefan, stellte die halbvolle Bierflasche auf den Tisch, wo sie einen unansehnlichen Rand hinterlassen würde, und stand ebenfalls auf. Er kannte Heike lange und gut genug, um zu wissen, dass sie sich unmöglich von ihrem Vorhaben abbringen lassen würde.
»Aber du weißt doch gar nicht, wo wir hin müssen«,

wagte er einen letzten Einwand.
»Das werde ich unterwegs am Telefon herausfinden«, erwiderte Heike und warf ihm den Käferschlüssel zu. »Und jetzt komm schon!« Ohne sich noch einmal zu ihm umzudrehen, stürmte Heike aus der Wohnung.

Siebzehn

Friedrich-Engels-Allee, 19.25 Uhr

»Gib mir einen Tipp«, bettelte Stefan, ohne den Blick von der Fahrbahn zu nehmen. Durch das offene Seitenfenster wehte ein lauwarmer Fahrtwind ins Innere seines heiß geliebten Käfers. Reflexartig fiel das Licht der tiefstehenden Sonne durch die Zweige der alten Bäume, die in diesem Teil der Straße ein grünes Dach über der Fahrbahn bildeten. »Ich will wissen, wie du an die Adresse des Jungen im Bunker kommen willst.«

»Keine Chance.« Heike schüttelte lachend den Kopf und spielte mit einer ihrer blonden Strähnen. Sie zog das Handy aus dem Rucksack, der zwischen ihren Knien im Fußraum stand. »Ich bin eine gute Journalistin und weiß immer, wie ich an meine Informationen komme.« Sie zwinkerte Stefan zu und strich den Saum ihres luftigen Sommerkleids glatt. Prompt erwischte sie sich bei der Frage, ob Jörn das Kleid mit dem dünnen, anschmiegsamen Stoff auch gefallen hätte. Als sie spürte, wie sich ihre Wangen rot färbten, tippte sie eine Nummer auf der Tastatur ihres Handys, die sie von Jörn Lichtenfelds Karte ablas.

»Das, was du machst, grenzt ganz bestimmt an die Verletzung des Datenschutzes«, maulte Stefan. Seine Hände ruhten auf dem großen dünnen Lenkradkranz des Käfers. Der Motor im Heck von Clemens blubberte zufrieden.

Heike lauschte dem Freizeichen, während rechts das Polizeipräsidium vorbeiflog. Nach dem dritten Tuten meldete er sich. »Heike«, rief er erfreut. »Schön, dass du anrufst. Es ist ein so schöner Abend, und ich frag mich gerade, wir könnten vielleicht zusammen etwas trinken gehen?«

»Ich fürchte, das muss warten«, erwiderte Heike schnell und bemühte sich um einen sachlichen Klang in der Stimme. »Du hast mir doch berichtet, dass der junge Mann, der im Bunker erschossen wurde, eine Freundin hat. Ich benötige dringend ihre Adresse.«

»Du willst mir die Butter vom Brot nehmen?« Er lachte, doch es klang nicht böse. »Lass uns das zusammen angehen, Heike.«

»So lange kann ich nicht warten.«

»Du hast es wirklich eilig, die Story an den Sender zu verkaufen«, stellte Jörn fest.

»Das ist es nicht.« Heike sah Stefans fragenden Blick im Augenwinkel und starrte angestrengt aus dem Beifahrerfenster. »Sie ist in Gefahr, fürchte ich.«

»Wie kommst du denn darauf?«

»Nicht am Telefon. Ich werde dir alles erzählen, sobald ich weiß, dass es ihr gut geht.«

Er schwieg einige Sekunden und schien nachzudenken. Schließlich seufzte Jörn am anderen Ende der Leitung. »Sie wohnt am Sedansberg, nicht weit vom Bunker entfernt, in dem sich die Sauerei abgespielt hat.« Jörn Lichtenfeld nannte Heike die Anschrift von Mirja Blums Wohnung. Sie bedankte sich und drückte eilig den roten Knopf. Das Blut rauschte in ihren Ohren, als sie das Handy in den Rucksack zurücksteckte.

»Und?« Stefan grinste sie an. »Bist du jetzt schlauer?«

»Ja.« Heike diktierte ihm die Adresse von Mirja Blum, und Stefan freute sich, dass sie auf dem richtigen Weg waren, denn der Käfer rollte auf das Zentrum von Barmen zu. »Woher hast du das gewusst?«, fragte er verdutzt. »Ich meine, du wusstest von Anfang an, dass ich in Richtung Barmen fahren sollte.«

»Ich wusste es wirklich nicht«, beteuerte Heike und log nicht einmal. »Vielleicht sollten wir kurz im Sender vorbeischauen und sehen, ob sich schon etwas Neues ergeben hat.«
Stefan ersparte sich eine Antwort. Er wusste, dass es sinnlos war, Heike auszubremsen, wenn sie sich erst einmal etwas in den Kopf gesetzt hatte.
Das geschwungene, metallische Kunstobjekt des Bildhauers Tony Cragg auf dem Grünstreifen glänzte in der Sonne. I'm alive hatte er es genannt – Stefan bezeichnete das Kunstwerk, das im Rahmen der Ausstellung Sichtweisen seit 2007 auf der ehemaligen Straßenbahntrasse stand, gerne flapsig als »Spermium on the run«. Nachdem sie das Opernhaus passiert hatten, hielt er sich auf der linken Fahrspur, um an der großen Kreuzung am Alten Markt links abzubiegen. Von hier aus war es nicht mehr weit bis zur Sedanstraße, und zwei Minuten später krabbelte Clemens die steile Straße hinauf. Stefan fand eine freie Parklücke hinter einem giftgrün lackierten Audi A 4 und lästerte über dessen Farbe.
Doch Heike hörte ihm nicht mehr zu. Etwas in ihr sagte ihr, dass sie keine Zeit verlieren durften. Sie war bereits ausgestiegen und trieb auch Stefan zur Eile an. Er folgte ihr zum Eingang des gesuchten Mietshauses und blickte an der Fassade des sanierten Altbaus empor. Das Haus wirkte mit seiner Stuckfassade und den Erkern fast verspielt inmitten der eher nüchtern anmutenden Häuserzeile. »Hier soll es sein?«
»Blum, Mirja Blum heißt sie.« Mit einem Blick auf das Klingelschild stellte Heike fest, dass sich Mirja Blums Wohnung offenbar unter dem Dach befand. Sie klingelte. Als sich nichts tat, legte sie den Daumen noch einmal auf

die Klingel. Gleichzeitig hörte sie im Treppenhaus Schritte. Jemand rannte die Treppe herunter, Stimmen wurden laut. Durch die geschlossene Haustür konnte Heike nichts von dem verstehen, was drinnen gesprochen wurde. Sie presste ihr Gewicht gegen die Tür, um sie aufdrücken zu können, falls Mirja Blum oben den Türdrücker betätigte.
Obwohl der Öffner nicht brummte, schwang die Tür plötzlich nach innen auf, und Heike verlor das Gleichgewicht, um in das kühle Treppenhaus zu taumeln. Weit kam sie nicht, denn sie lief zwei Männern in die Arme. Einer der beiden zögerte nicht lange – er packte sie hart an den Schultern und schubste sie zur Seite.
Heike schimpfte und beschwerte sich über den rauen Umgang, während sie vergeblich versuchte, an einer halbhoch vertäfelten Wand Halt zu bekommen und stürzte. Stefan, der hinter Heike gestanden hatte und ihr ins Haus gefolgt war, lief den Männern ebenfalls in die Arme. Er fluchte wild, als ihm das Gleiche widerfuhr, und protestierte, bevor er sich um seine Freundin kümmerte. Die Männer überhörten seinen lautstarken Protest und stürmten aus dem Haus. Es vergingen keine zehn Sekunden, und vor dem Haus dröhnte ein Motor auf, dann entfernte sich ein Wagen mit quietschenden Reifen.
Durch das Fenster neben der Tür zum Hinterhof drang das warme Sonnenlicht in den Flur.
Heike rieb sich mit schmerzverzerrter Miene einen Ellenbogen.
»Hast du dir weh getan?«, fragte Stefan besorgt und half ihr auf die Beine.
Heike nickte. »Nein, was rede ich denn da? Es geht mir gut.« Sie schenkte ihm ein verunglücktes Lächeln. »Diese brutalen Halbaffen. Das wird bestimmt ein blauer Fleck.«

Stefan konnte sich eine witzelnde Bemerkung nicht verkneifen. »Wie schrecklich.«
»Können wir jetzt?« Heike deutete ins Treppenhaus nach oben. »Vor uns liegt ein weiter und beschwerlicher Weg.«
»Den ich mit einem Krüppel zurücklegen muss«, stänkerte Stefan und fing sich einen sanften Hieb in die Seite ein. Dann traten sie den Weg ins Dachgeschoss an. Dort angekommen, erschien es ihnen, als würden sie vor eine heiße, unsichtbare Wand prallen. Die Hitze des Tages stand noch unter dem ausgebauten Dachgeschoss des Hauses.
»Warum steht die Wohnungstür offen?«, flüsterte Heike verwundert, als sie sah, dass die Tür nur angelehnt war.
Stefan stöhnte. »Weil du geklingelt hast vielleicht?«
»Sie hat nicht geöffnet.« Heike trat an die Tür und klopfte an. »Hallo? Frau Blum, sind Sie da?«
Drinnen rührte sich etwas. Doch mehr als ein Stöhnen war nicht zu hören.
»Da ist was passiert«, stellte Stefan fest und stieß die Tür weit auf. Sie schlug an die dahinterliegende Wand und pendelte sanft zurück. Stefan setzte einen Fuß über die Schwelle. Das Erste, was ihm im halbdunklen Flur auffiel, war das hier herrschende Chaos. Jemand hatte sich an der Kommode zu schaffen gemacht und den Inhalt der kleinen Schubläden auf dem Fußboden verteilt.
»Einbrecher«, raunte Stefan Heike zu und legte einen Finger auf die Lippen.
»Das waren garantiert diese Kerle, denen wir unten im Flur in die Arme gerannt sind«, flüsterte Heike.
»Möglich. Ich hoffe nur, dass da niemand mehr drin ist, der uns eins überbrät.«
»Ich rufe die Polizei.« Dann fiel Heike auf, dass ihr Ruck-

sack im Käfer lag. Und darin befand sich ihr Handy.
»Meins liegt zu Hause«, murmelte Stefan betroffen.
Heike winkte ab und murmelte leise: »Vergiss es. Komm, wir sehen nach.«
Ohne auf Stefans Protest zu achten, drängte sie sich an ihm vorbei und fand sich im Chaos wieder. Es sah schrecklich aus, und offenbar hatten die Einbrecher nichts an seinem Platz gelassen. Bilder lagen auf dem Boden, die Scherben der Rahmen knirschten unter den Sohlen ihrer leichten Sommerschuhe. Der Schlüsselkasten hing nur noch an einem Haken, die Klappe stand offen und die sich darin befindlichen Schlüssel hingen schräg nach unten. Als sie den Kopf nach links wandte, fielen Heike die Spuren der Verwüstung auch im Wohnzimmer auf. Es gab eine halbhohe Regalschrankwand. Bücher, CDs und Dekorationsartikel hatten die Einbrecher auf dem Fußboden verteilt, dabei war kaum etwas heil geblieben. Ein großer Fernseher lag verkehrt herum auf dem Boden und war sicherlich zu Bruch gegangen.
»Frau Blum, sind Sie da?«, rief Stefan nun in die Wohnung.
Als Antwort erhielt er ein Ächzen. Er folgte dem Geräusch und stand in einem völlig verwüsteten Wohnzimmer. Zwischen der Couch und dem niedrigen Wohnzimmertisch lag eine zusammengekrümmte Gestalt, die in einen weißen Frottee-Bademantel gehüllt war. Die langen, schwarzen Haare hingen ihr strähnig ins Gesicht, und ein dicker, leuchtender Bluterguss zierte ihren rechten Wangenknochen. Unter dem Tisch lag eine leere Sektflasche. Der Inhalt hatte sich auf dem Teppich ausgebreitet.
Stefan ging neben der offensichtlich benommenen Frau in die Hocke. »Sind Sie verletzt?«

Sie antwortete mit einem stummen Kopfschütteln und ließ sich von Heike und Stefan aufhelfen. Kraftlos sank sie auf das Sofa und stierte ins Nichts. Immer wieder schüttelte sie den Kopf, als könnte sie das, was ihr passiert war, nicht glauben. Nach einer gefühlten Ewigkeit blickte sie zu Stefan und Heike auf.
»Wie kommen Sie hier herein?« Ihre Stimme klang brüchig und war nichts als ein Hauch.
»Die beiden Männer sind herausgestürmt, als wir ins Haus wollten«, erklärte Stefan. Er beschrieb die beiden mit wenigen Worten.
Mirja Blum nickte. »Ja«, sagte sie, während sich ihre Augen mit Tränen füllten. »Das waren sie wohl.« Dann blickte sie sich ungläubig im Zimmer um. »Was wollen die von Alexander?«
»Das wissen wir leider auch nicht«, erwiderte Heike mitfühlend. »Deshalb sind wir eigentlich auch hergekommen – in der Hoffnung, dass Sie uns einen entscheidenden Tipp geben können.«
»Sind Sie von der Polizei?« Die junge Frau wischte sich die Tränen mit dem Ärmel ihres flauschigen Bademantels ab.
Heike schüttelte den Kopf. »Entschuldigen Sie, dass wir uns noch nicht vorgestellt haben – mein Name ist Heike Göbel, und das da«, sie zeigte auf Stefan, der einen hilflosen Eindruck machte, »ist mein Kollege Stefan Seiler. Wir sind von der Wupperwelle.«
»Ich kenne Sie.« Nun huschte der Ansatz eines Lächelns um Mirja Blums Lippen. »Die Wupperwelle ist mein Lieblingssender. Nie hätte ich gedacht, dass Sie mal in meiner Wohnung stehen.« Sie ließ den Blick durch das Zimmer kreisen. »Beziehungsweise, dass Sie in dem stehen, was

von meiner Wohnung übriggeblieben ist.«
»Worauf hatten es die Täter denn abgesehen?«, unternahm Stefan einen Versuch, das Gespräch in eine sachliche Richtung zu lenken.
»Wenn ich das wüsste.« Mirja blickte mit tränenverschleiertem Blick zu ihren Besuchern auf. »Die Typen haben immer von irgendwelchen Unterlagen gesprochen, die hier in der Wohnung sein sollen. Aber ich weiß nicht, was sie gemeint haben.«
»Vielleicht wüsste Ihr Freund eine Antwort darauf«, tippte Stefan und fing sich für die Bemerkung einen giftigen Blick von Heike ein.
»Wahrscheinlich. Er hat mir irgendetwas verschwiegen und hat mit diesen Leuten scheinbar Geschäfte gemacht, und ich habe überhaupt keinen Plan, worum es geht.«
Heike blickte Stefan an. »Wir müssen Ulbricht anrufen.«
»Kommissar Ulbricht?«, fragte Mirja Blum.
Stefan nickte. »Sie kennen ihn?«
»Er ist der Leiter der Mordkommission, die das Schwein sucht, das meinen Freund erschossen hat.«
»Mein Handy liegt unten im Auto«, murmelte Heike.
»Nehmen Sie mein Telefon – wenn es noch funktioniert. Zuletzt hat es in der Ladestation im Flur gesteckt.«
Stefan ging in den fast rechteckigen Flur und suchte in den Trümmern das schnurlose Gerät. Nachdem er es gefunden hatte, wählte er die Nummer des Polizeipräsidiums und ließ sich mit Kommissar Ulbricht verbinden.

Sedanstraße, 19.55 Uhr:
»Ich hätte mir denken können, dass es überall da Ärger gibt, wo Sie sich herumtreiben«, grummelte Ulbricht, als er Mirja Blums Wohnung betrat. Er war kurz nach dem

Team der Kriminalwache eingetroffen und hatte den Kollegen Jupp Bock nur mit einem knappen Kopfnicken begrüßt. Eigentlich hatte er ins Bett gewollt, um das Schlafdefizit der letzten Stunden auszugleichen. Noch immer hatte er sich nicht getraut, Kontakt zu Wiebke aufzunehmen. Allerdings fehlte ihm noch eine Telefonnummer. Er beschloss, Heinrichs zu bitten, weiter zu recherchieren. Damit war der Junge wenigstens zu etwas zu gebrauchen. Der Feierabend war jedenfalls vorbei, bevor er begonnen hatte. Wie sollte er sich da um seine privaten Probleme kümmern?

Der Anruf der Kollegen hatte ihn auf dem Heimweg erreicht. So hatte er auf der Heckinghauser Straße gewendet, wäre dabei fast mit einem LKW kollidiert und hatte sich auf den Weg zu Mirja Blums Wohnung gemacht.

Heike ging nicht auf den schroffen Ton des Ersten Kriminalhauptkommissars ein. Sie bedachte ihn mit einem zuckersüßen Lächeln. »Charmant wie immer«, stellte sie fest. »Wir freuen uns auch, Sie zu sehen.«

Er ging nicht auf ihr Geplänkel ein. »Vielleicht hätte ich Sie doch besser verhaften lassen sollen, als Sie sich mit diesem Rapper im Bunker herumgetrieben haben.«

»Verraten Sie mir, welches Geheimnis dieser Bunker birgt?«, fragt Heike. »Warum reagieren alle Menschen augenblicklich so allergisch auf diesen alten Kasten?«

»Das liegt wohl daran, dass sich dort ein Tötungsdelikt ereignet hat und wir den Mörder suchen.« Ulbricht fingerte sich eine Zigarette aus der zerknautschten Packung und klemmte sie sich zwischen die Lippen, ohne sie anzuzünden.

»Das heißt, Sie haben noch keine heiße Spur?«, mischte sich nun auch Stefan in die eigenartige Konversation ein.

Ulbricht bedachte ihn mit einem grimmigen Blick. »Was soll das werden? Ein verdammtes Interview?« Blöde Fragen hatten ihm gerade noch gefehlt.
»Wenn Sie gern ein Statement abgeben würden, können wir eines daraus machen«, brummte Stefan. Offenbar hatte der Reporter befürchtet, dass es mal wieder Ärger geben würde.
Ulbricht war noch nie begeistert davon gewesen, wenn die Journalisten vor ihm den Tatort erreichten und ihn mit Fragen löcherten. Daraus hatte er auch niemals einen Hehl gemacht. Den Umstand, dass Heike und Stefan von dem Überfall auf Mirja Blum nichts gewusst hatten, als sie hier hergekommen waren, ignorierte er.
»Wir wussten gar nicht, dass Sie jetzt auch Überfälle bearbeiten«, erlaubte sich Heike eine Spitze. »Sind Sie nicht für Tötungsdelikte zuständig?«
»Raub, Erpressung und Einbrüche sind meine Abteilung«, bemerkte Bock, der das Gespräch einigermaßen amüsiert verfolgt hatte. »Ich bin beim KK 14«, fügte er dann hinzu. »Aber der Kollege Ulbricht ermittelt in einem Tötungsdelikt, und wie Sie offensichtlich wissen, handelt es sich bei der Mieterin der Wohnung um die Freundin unseres Opfers. Deshalb ist es nicht außergewöhnlich, dass die Kriminalkommissariate zusammenarbeiten.«
»Ich hätt es nicht besser sagen können«, brummte Ulbricht und riss sich ein Streichholz an, mit dem er sich die Zigarette anzündete und die Luft in Mirja Blums Wohnung verpestete. Prompt verschluckte er sich am Rauch und erlitt einen mittelschweren Hustenanfall. Er überlegte, ob er sich nicht doch endlich das Rauchen abgewöhnen sollte. Wahrscheinlich war er längst ein Fall für den Arzt. Doch der Besuch beim Medizinmann musste warten. Er wandte

sich an die beiden Radioreporter. »Dann erzählen Sie mir bitte mal, was Sie hier zu suchen hatten, als Sie Frau Blum in diesem Tohuwabohu antrafen.«

Mirja Blum reichte Ulbricht einen kleinen gläsernen Aschenbecher.

»Wir recherchieren für einen Radiobeitrag, bei dem es um das Bernsteinzimmer geht«, eröffnete Heike ihm.

Augenblicklich lagen die Blicke aller Anwesenden auf ihr. Mirja Blum hatte sich schnell einen bequemen Hausanzug übergezogen. Die Personenbeschreibungen der beiden Täter hatte sie Bock bereits gegeben, und er hatte einen Zeichner angefordert, der Phantombilder der beiden anfertigen sollte. Doch offenbar war der Mann aufgehalten worden, und sie schien sich in ihrer eigenen Wohnung fremd und überflüssig zu fühlen. Nun stand sie eingeschüchtert bei der Gruppe und sagte kein Wort. Sogar die beiden Spurensicherer hatten beim Wort »Bernsteinzimmer« die Arbeit unterbrochen. Stille war eingekehrt. Die Luft in der verwüsteten Wohnung schien plötzlich elektrisch aufgeladen zu sein. Ein Funke hätte genügt, und alles wäre explodiert, da war Stefan sich sehr sicher.

Er warf Heike einen gequälten Blick zu, der »ich wusste, dass das die falsche Bemerkung war« sagen sollte. Doch sie hielt seinem Blick stand, bevor sie ihre Aufmerksamkeit auf Norbert Ulbricht richtete. Dieser blickte sie starr an, dann zuckte es in seinen Mundwinkeln, und er lachte.

»Das Bernsteinzimmer?«, polterte er los. »Sind Sie jetzt völlig durchgedreht? Ich war froh, dass man nicht mehr jeden Tag neuen Mist über diese Geschichte in der Zeitung lesen musste, und jetzt fangen Sie wieder damit an?« Er schüttelte den Kopf. »Frau Göbel, langsam weiß ich wirklich nicht mehr, woran ich bei Ihnen bin. Soll ich

Ihre Aussage so in mein Einsatztagebuch schreiben?« Er klopfte die Asche mit dem rechten Zeigefinger ab und nahm einen tiefen Zug von seiner Zigarette.
»Tun Sie, was Sie nicht lassen können, wir machen unseren Beruf und sagen Ihnen ja auch nicht, wie Sie Ihren machen sollen«, konterte Heike trotzig.
Ulbricht wollte etwas erwidern, hatte den Mund schon geöffnet, dann brach er ab und blickte sich zu seinen Kollegen um, die wie zur Salzsäule erstarrt einen Halbkreis um ihn gebildet hatten. »Was glotzt ihr so dämlich?«, blaffte er sie an. »Seid ihr schon fertig mit der Arbeit? Dann können wir ja abhauen hier.« Er deutete auf Heike. »Ich vernehme hier gerade eine Zeugin, also – ab an die Arbeit, bevor ich durchdrehe!«
Die Männer tummelten sich.
»Wobei das Bernsteinzimmer ja streng genommen nicht in deine Abteilung fällt«, grinste Jupp Bock. »Kunstraub ist Sache des KK 14.«
»Auch gut«, bellte Ulbricht. Er legte den Zeigefinger der rechten Hand an die Schläfe und wandte sich zum Gehen. »Dann habt ihr die Sache ja sicher bald im Griff, und ich kann Schluss machen für heute.« Im Türrahmen angekommen, drehte er sich auf dem Absatz um. Sein Gesicht hatte eine tiefrote Färbung angenommen, seine Augen blitzten auf. »Sagt mal, seit ihr jetzt alle total bescheuert? Macht eure Arbeit, sonst gibt es Ärger. Und lasst mich gefälligst meinen Job tun – ich werde jetzt mit meinem Verhör fortfahren«, er blickte zu Bock hinüber, »wenn es recht ist.«
Jupp Bock verzog den Mund und wandte sich ab, um ein paar Worte mit dem Team der Spurensicherung zu wechseln. »Übrigens gibt es keine verräterischen Fingerab-

drücke«, rief er Ulbricht zu. »Die Täter haben Handschuhe getragen. Wie auch beim Mord im Bunker, da war nämlich auch nichts zu finden. Und wie beim Mord an Trautler.«
»Schön, dass wir alle im Erzählkreis davon hören«, blaffte Ulbricht und packte Heike am Arm, um sie in die ebenfalls völlig verwüstete Küche der Wohnung zu ziehen. Stefan schenkte er keine Beachtung mehr. Das Geschirr war bei dem Überfall zu Bruch gegangen, und bei jedem Schritt knirschte es unter ihren Füßen. »Das alles haben Sie eben nicht gehört«, redete Ulbricht auf Heike ein. »Ist das klar?«
»Sie wollen mir einen Maulkorb auferlegen?« Heike hob eine Augenbraue. »Die Sache mit der Pressefreiheit muss ich Ihnen aber jetzt nicht noch mal erklären, oder?«
»Ich kann mich auch bei Herrn Eckhardt über Sie beschweren, vielleicht wird er dann endlich vernünftig und legt Sie an die Leine. Dann machen Sie ab morgen den Wetterbericht«, zischte Ulbricht.
»Das lassen Sie mal meine Sorge sein.« Heike gab sich trotzig. Es ging ihr gegen den Strich, wenn man sie ausbremste. Der Umstand, dass Eckhardt und Ulbricht seit Jahren befreundet waren, machte die Sache allerdings nicht gerade leichter. Und so beschloss sie, zunächst kleine Brötchen zu backen.
»Also«, sagte sie in einem versöhnlichen Ton. »Was ist dran an der Bernsteinzimmer-Geschichte?«
Ulbricht, dessen Gesichtsfarbe sich wieder einigermaßen normalisiert hatte, rang sich ein Grinsen ab. »Selbst wenn ich es Ihnen sagen wollen würde – ich dürfte es nicht. Ich habe keine Lust auf unnötigen Ärger, nicht mehr in meinem Alter. Halten Sie sich vom Bunker fern und stecken Sie Ihre Nase nicht überall hinein, mehr verlange ich gar nicht.«

»Zwei Menschen sind gestorben, und es ist mir daran gelegen, dass Sie den oder die Mörder schnell dem Haftrichter vorführen können«, erwiderte Heike. »Ich bin auf Ihrer Seite, und Herr Seiler ist es auch. Das sollten Sie inzwischen kapiert haben, Herr Hauptkommissar.« Nun lächelte sie den alten Brummbär an. »Und wenn am Ende noch eine schöne Geschichte für die Wupperwelle dabei herumkommt, umso besser.«

»Sie sind unverbesserlich«, ächzte Ulbricht und schüttelte den Kopf.

»Also – wie weit sind Sie bei Ihren Ermittlungen, und wie können wir Ihnen helfen?«

»Vieles deutet darauf hin, dass es sich – Sie haben es eben selbst gehört – um die Täter handelt, auf dessen Konto auch der Mord an Trautler geht. Dass die Männer auch den Freund der jungen Frau umgebracht haben, ist brisant. Sie scheinen etwas zu suchen.«

Im Hintergrund begann Mirja Blum bei dem Wort »umgebracht« zu schluchzen.

»Und sie weiß nichts?«, raunte Heike dem Kommissar zu.

»Nein.« Kopfschütteln. »Und ich glaube ihr. Ich werde den Verdacht nicht los, dass ihr Freund in eine dumme Sache verwickelt war, die er nicht alleine durchgeführt hat. Offensichtlich gehörte er einer Organisation an.«

»Organisiertes Verbrechen?« Heikes Augen wurden groß.

»Wir können es nicht ausschließen.«

»Na, herzlichen Glückwunsch.«

»Sie sagen es.« Ulbricht zuckte mit den Schultern. Dann beugte er sich zu Heike herunter. »Und denken Sie daran: Ich will nichts von dem, was ich Ihnen gesagt habe, im Radio hören.«

»Das verspreche ich Ihnen.«

»Schön.«

Heike konnte sich täuschen, aber sie glaubte den Ansatz eines Lächelns in seinem Gesicht zu erkennen.

Ulbricht fuhr fort: »Und jetzt sind Sie dran. Was hatten Sie hier zu suchen?«

»Wir wollten Mirja Blum fragen, ob sie eine Erklärung für das geheimnisvolle Treffen ihres Freundes im Bunker hat. Offenbar ist das aber wohl nicht der Fall, und dieser Alexander scheint einige Dinge vor seiner Freundin geheimgehalten zu haben.« Heike machte eine kleine Pause, bevor sie fortfuhr. »Oder er war an einer großen Sache beteiligt, an einer ganz großen Sache.«

»Das Wort Bernsteinzimmer kann ich nicht mehr hören«, brummte Ulbricht, als in seiner Manteltasche die Tatort-Melodie ertönte. Er murmelte eine Entschuldigung, während er nach dem Handy suchte. Als er Heikes Grinsen sah, fügte er hinzu: »Hat Heinrichs mir so eingestellt.«

Er ließ Heike stehen, und sie widmete sich Mirja Blum. »Haben Sie Freunde, bei denen Sie übernachten können?«

»Warum?« Die junge Frau wirkte verwirrt. Man sah ihr an, dass sie mit den schrecklichen Ereignissen, die über sie hereinbrachen, völlig überfordert war.

»Hier können Sie unmöglich schlafen«, erwiderte Heike sanft und deutete auf das Chaos. »Abgesehen davon, dass ich an Ihrer Stelle Angst hätte, dass die Männer noch einmal zurückkommen. Ich will Ihnen keine unnötige Angst machen, aber es ist zu befürchten, dass die beiden äußerst brutal sind. Dass sie von der Schusswaffe Gebrauch machen, wissen wir ja bedauerlicherweise.«

»Ja.« Sie nickte, und ihre katzenhaften, grünen Augen

füllten sich wieder mit Tränen. »Sie haben recht«, sagte sie leise. »Ich werde eine Freundin anrufen. Sie hat sicherlich das Sofa frei für mich, wenn ich ihr erzähle, was passiert ist.«

»In Ordnung«, nickte Heike erleichtert. Stefan gesellte sich zu den beiden Frauen. Er nickte Mirja Blum zu und strich aufmunternd über ihren Unterarm. In manchen Momenten war er schlecht im Sprechen, daran änderte auch sein Beruf nichts.

»Ich muss los«, eröffnete Ulbricht ihnen, als er das Telefonat beendet hatte. »Es hat eine Verhaftung gegeben«, setzte er an Heike gewandt nach. »Die Kollegen haben Jörg Trautlers Handy ausgewertet. Den letzten Anruf konnten sie noch nicht zurückverfolgen – er wurde mit unterdrückter Rufnummer abgegeben. Das ist kein großes Problem, aber der Umstand, dass es sich bei dem Telefon, mit dem sich seine Mörder bei ihm gemeldet haben, um ein als gestohlen gemeldetes Prepaid-Handy handelt, macht die Sache kompliziert. Aber wir bleiben dran. Es ist noch ein anderer Mann in der Anrufliste des Dezernenten aufgetaucht.« Ulbricht machte es spannend. »Den vorletzten Anruf in seinem Leben erhielt Jörg Trautler von einem gewissen Heinrich Große. Im letzten Jahr hat er sich als zweifelhafter Bernsteinzimmer-Forscher einen Namen gemacht.«

»Oh nein, nicht Große«, stöhnte Heike.

»Sie kennen ihn?« Ulbricht forschte in Heikes Gesicht.

»Natürlich, ich habe Ihnen doch gesagt, dass ich an einem Beitrag über den Verbleib des Bernsteinzimmers arbeite«, erwiderte Heike aufgebracht. »Große ist ein sehr integrer Mann, der lange Zeit im Stadtarchiv am Haspel gearbeitet hat.«

»Was nichts daran ändert, dass wir ihn mit einem Tötungsdelikt in Verbindung bringen«, konterte Ulbricht unbeeindruckt. Er wandte sich zum Gehen. Mirja, Heike und Stefan folgten ihm in den Flur. Dort angekommen, drehte sich Ulbricht noch einmal um. »Sollte an dieser verdammten Bernstein-Spinnerei tatsächlich etwas dran sein, hätte er ein Motiv: Habgier ist ein nicht zu unterschätzendes Mordmotiv. Das sollten auch Sie wissen, Frau Göbel.« Dann war er draußen.

Kaiserstraße, 20.10 Uhr

Der alte Mann griff zur Fernbedienung und schaltete den Fernseher ab. Wie immer hatte er die Nachrichten gesehen, doch die Ereignisse der Welt prallten heute an ihm ab. Immer neue Schreckensmeldungen aus Japan, immer wieder Unruhen im Nahen Osten. Es war zum Verzweifeln. Und dennoch gab es andere Dinge, die Gustav Blum an diesem Abend mehr beschäftigten. Blum ließ sich in die Lehne seines alten Ohrensessels fallen und schüttelte den Kopf. Nachdenklich starrte er ins Leere und knibbelte mit dem Zeigefinger über das vergilbte Klebeband, mit dem er die Fernbedienung nach einem Sturz vom Tisch provisorisch geklebt hatte.

Als vor dem Fenster eine Schwebebahn vorbeirumpelte und der Lichtschein der Bahn ins Zimmer fiel, erwachte er aus den trüben Gedanken. Der Junge war tot, ermordet worden. Im Bunker, so hatten sie es im Radio gesagt. Also hatte sich Alexander nicht mit seinem Wissen aus dem Staub gemacht. Er hatte um das Geheimnis, das er mit dem alten Mann teilte, gekämpft. Und den Kampf verloren.

Gustav Blum seufzte. Der alte Mann wusste nicht, ob Alexander sein Geheimnis mit ins Grab genommen hatte oder ob seine Mörder nun alles wussten. Das wäre sicherlich fatal. Unruhe packte Blum. Er legte die geklebte Fernbedienung auf der Lehne des Sessels ab und erhob sich schwerfällig. Die verdammte Hüfte machte ihm Probleme, und so hinkte er ein paar Schritte durch die Wohnung. Natürlich gab er sich die Schuld am Tod von Alexander. Er hatte den Jungen anscheinend ins offene Messer rennen lassen. Warum hatte er nicht einkalkuliert, dass es auch andere Menschen gab, die sich das weltberühmte Bernsteinzimmer unter den Nagel reißen wollten?

Eigentlich war er kein naiver Mann. Aber er hatte dem Jungen vertraut. Wahrscheinlich hatte er geplaudert und so das Interesse von zweifelhaften Freunden geweckt. Ja, so musste es gewesen sein. Doch die Ahnung war kein Wissen, und er suchte verzweifelt nach einer Erklärung. Gustav Blum wusste, dass seine Enkelin litt. Sie hatte ihren Freund verloren, ihren ersten richtigen Freund. Die beiden waren ein hübsches Paar gewesen, und Mirja hatte ihrem Opa sogar von einer romantischen Hochzeit vorgeschwärmt. So hatte er seine Enkelin noch nie erlebt. Sie hatte ihr Abitur machen wollen, danach ein Studium und eine steile Berufskarriere. Doch seitdem sie Alexander kannte, hatte sie ihr Leben grundlegend umgekrempelt. Sie hatte von einem Leben an der Seite des jungen Russen geträumt.

Dieser Traum war nun zerplatzt wie eine Seifenblase.

Blum stand am Fenster und blickte hinaus in den Abend. Auf der Kaiserstraße herrschte nicht viel Verkehr um diese Zeit. Im Haus gegenüber brannte Licht hinter einigen Fenstern; und er sah das bläuliche Flimmern eines Fernsehers. Selbstzweifel plagten ihn. Er musste seiner Enkelin reinen Wein einschenken. Morgen würde er sie besuchen. Morgen.

Und er schmiedete einen Plan. Es war an der Zeit, die Vergangenheit zu vergessen und an Morgen zu denken. Das Wissen um das verdammte Bernsteinzimmer war zu einem tödlichen Fluch geworden. Ein junger Mann war gestorben, seine Enkelin sicherlich am Boden zerstört. Er hatte es noch nicht gewagt, sie anzurufen. Zu groß war die Unsicherheit, denn er wusste nicht, was er ihr sagen sollte, wenn sie weinte.
Anlügen wollte er sie auf gar keinen Fall.

Polizeipräsidium, 20.30 Uhr

»Wie oft soll ich Ihnen sagen, dass ich für die Tatzeit ein Alibi habe?« Heinrich Großes Augen waren gerötet. Er hockte vornübergebeugt auf einem der wackligen Stühle in Ulbrichts Büro. »Als es Trautler an den Kragen ging, habe ich friedlich geschlafen, das wird Ihnen meine Frau bestätigen können. Und wenn ich nachts aufgestanden wäre, dann wäre sie aufgewacht, sie hat nämlich einen sehr leichten Schlaf, meine Johanna.« Dann fuchtelte der Historiker aufgebracht mit den Händen in der Luft herum. »Außerdem – welches Motiv sollte ich haben, meinen Verbündeten im Rathaus zu ermorden?«
»Wie wäre es mit Habgier?« Ulbricht verschränkte die Hände hinter dem Kopf und betrachtete den Forscher nachdenklich. Dass der Mann, der das Achte Weltwunder ausgerechnet hier in Wuppertal suchte, nun vor seinem Schreibtisch saß, hätte er nie für möglich gehalten. Und dennoch gab es einige Punkte, die darauf hindeuteten, dass Heinrich Große mit den beiden Morden in Verbindung stand. Nur das Wie musste er noch klären. Ulbricht richtete sich auf eine lange Nacht ein. Der Umstand, dass er im Besitz eines Waffenscheins war und angeblich keine

Pistole besaß, machte die Sache auch nicht eben leichter.
»Sie haben mit Trautler zusammengearbeitet, er hat Ihnen die Türen sämtlicher Bunker und Tunnel im Stadtgebiet geöffnet, damit Sie nach dem Bernsteinzimmer suchen konnten, so haben Sie es selber erzählt. Was, wenn Sie den Schatz längst gefunden haben? Wenn Sie ihn noch verborgen halten, weil Sie sich vorstellen, dass die Stadt Besitzansprüche stellen wird, wenn Sie das Bernsteinzimmer in einem Gebäude der Stadt finden? Dann bleibt weniger für Sie übrig, denn Sie müssten alles mit der Stadt Wuppertal teilen. Also räumen Sie Ihren engsten Vertrauten aus dem Weg und warten, bis Gras über die Sache gewachsen ist, bevor Sie den Schatz bergen und damit Ihren Lebensabend versüßen.«
»Das … das ist eine Unverschämtheit«, schnaufte Große außer sich. »Wie stellen Sie sich das vor? Ich geistere eine Zeitlang durch die Medien, gelte als der verrückte Kerl, der sich vorgenommen hat, das Bernsteinzimmer hier in Wuppertal zu finden. Man konnte in der Vergangenheit in den Zeitungen lesen, dass ich danach suche. Und dann taucht es nicht auf, aber ich verhökere das Bernsteinzimmer in seinen wertvollen Einzelteilen? Glauben Sie ernsthaft, dass der Oberbürgermeister dann nicht fragen würde, wo ich das Zimmer gefunden habe?« Heinrich Große schüttelte den Kopf. »Wenn das Bernsteinzimmer irgendwo auftaucht, wird man mich damit in Zusammenhang bringen und forschen. Würde ich mit dem Verkauf des Zimmers Geld verdienen, wäre es eine Frage der Zeit, bis einige Behörden bei mir anklingeln, glauben Sie nicht?«
Ulbricht tauschte einen Blick mit Heinrichs, der schweigend auf der Fensterbank im Rücken seines Chefs hockte und dreinschaute, als ginge ihn die Sache nichts an. Ulbricht

hatte nach dem Überfall auf Mirja Blum die Wohnung des toten Alexander Koljenko öffnen und durchsuchen lassen. Er hätte darauf wetten können, dass sich hier das verbarg, was die Russen in der Wohnung der jungen Frau gesucht hatten. Doch die Kollegen, die die Wohnung des Toten durchsucht hatten, mussten ihn enttäuschen. Nichts, was man hätte verwenden können, um den Fall aufzuklären. Ulbricht hasste es, auf der Stelle zu treten. Und der Umstand, dass die beiden Reporter der Wupperwelle schon wieder in dem Fall mitmischten, passte ihm nicht.

Ulbricht schluckte seine Wut herunter und widmete Heinrich Große die ganze Aufmerksamkeit.

»Was haben Sie denn mit Trautler besprochen, als Sie ihn angerufen haben?«, fragte er.

Sekundenlang herrschte Schweigen im Raum, und die Kommissare überlegten, ob es daran lag, dass sich der Historiker erst eine Ausrede für das Telefonat mit dem Dezernenten zurechtlegen musste.

»Ich habe ihn davon unterrichtet, dass ich Spuren in einem Bunker gefunden habe, die darauf hindeuten, dass sich dort jemand zu schaffen gemacht hat.«

»Moment, Moment!« Heinrichs rutschte von der Fensterbank und trat auf Heinrich Große zu. »Heißt das, Sie waren in letzter Zeit wieder unterwegs, um nach dem Bernsteinzimmer zu suchen?«

»Ich habe den Traum nie aufgegeben«, erwiderte Große leise. »Ich war es nur satt, mich nach außen hin zum Affen zu machen. Deshalb war ich auch nicht mehr bereit, mich der Öffentlichkeit zu stellen. Entgegen meiner Auffassung habe ich mich gestern mit einer Journalistin getroffen, die sich für die aktuellen Entwicklungen rund um das Bernsteinzimmer interessierte.«

»Heike Göbel von der Wupperwelle«, mutmaßte Ulbricht.

»Ja, woher wissen Sie…«

»Ich bin Polizist«, erwiderte Ulbricht schnell. Er hatte nicht vor, dem Forscher seine Informationsquellen zu verraten, schon gar nicht, wenn sie auf Vermutungen aufbauten. Aber er war lange genug Polizist, um eins und eins zusammenzählen zu können. Sie hatte ihm in der Wohnung von Mirja Buhm davon berichtet, Große im Rahmen ihrer Recherchen kennen gelernt zu haben.

»Können wir kurz unter vier Augen sprechen?«, mischte sich Brille Heinrichs nun ein.

Der grauhaarige Historiker erhob sich. »Natürlich. Ich warte draußen auf dem Gang.« Er verließ das Büro.

Ulbricht blickte ihm nach, bis sich die Tür hinter Große geschlossen hatte. »Und nun?«, fragte er dann an seinen Assistenten gewandt.

»Er war es nicht.«

Das Wissen können wir sicherlich auf Ihre langjährige Erfahrung zurückführen«, brummte Ulbricht ironisch.

»Nein, aber er war es nicht.« Heinrichs ging nicht auf die spitze Bemerkung seines Vorgesetzten ein. »Es stinkt ihm gewaltig, dass es offenbar Menschen gibt, die seinem Geheimnis auf der Spur sind. Und wie es sich anhört, sind diese Menschen der Sache näher, als es Heinrich Große lieb ist.«

»Sie meinen, er hat es nicht gern, wenn er die Arbeit mit der Suche nach dem Bernsteinzimmer macht und andere die Lorbeeren an seiner Stelle ernten und sich daran bereichern?« Ulbricht schob nachdenklich die Unterlippe vor.

Heinrichs nickte und rückte sich die blau gerahmte Brille

zurecht. »So ist es.«
»Dann wäre es ihm doch zuzutrauen, dass er sowohl den jungen Russen als Konkurrenten, aber auch Trautler als Mitwisser umgebracht hat, oder?«
Heinrichs dachte kurz nach und seufzte dann. »Aber er hat ein Alibi. Zumindest für die Tatzeit, in der Trautler in den Barmer Anlagen erschossen wurde.«
»Bleibt zu klären, ob er auch eines für den Mord an Koljenko hat«, erwiderte Ulbricht.
»Das lässt sich herausfinden.« Heinrichs grinste blöde, aber Ulbricht war zu müde, um ihn für seine Überheblichkeit zu rügen.
Sein Assistent durchquerte das Büro, öffnete die Tür und rief »Herr Große, kommen Sie bitte« in den Flur.
Schritte näherten sich, und kurz darauf erschien der Forscher im Raum. Er nickte den beiden Beamten zu und setzte sich wieder auf den Stuhl. »Und?«, fragte er. »Was hat Ihre Besprechung ergeben?«
Ulbricht ging nicht darauf ein. »Wo waren Sie vorgestern in der Zeit zwischen zwanzig und einundzwanzig Uhr?«
Heinrich Große dachte wieder kurz nach. »In der Stadt«, sagte er dann. »In Elberfeld, um genau zu sein.«
»Hat man Sie dort gesehen?«, setzte Heinrichs nach, während er wieder den Platz auf der Fensterbank in Ulbrichts Rücken einnahm.
Nun schmunzelte Große. Er nickte. »Wahrscheinlich haben mich mehrere tausend Menschen dort gesehen.«
Ulbricht wandte sich seufzend zu Heinrichs um. Diese Frage hätte er sich sparen können. Er übernahm die Befragung. »Ich nehme an, Sie waren alleine unterwegs?«
»Ja.«
»Und was haben Sie in der Stadt getan?«

»Was tut man schon in der City?« Große lachte amüsiert. »Einkaufen oder shopping, wie man das heute nennt. Erst Rathausgalerie, dann quer durch die Stadt und danach in die CityArkaden. Ach, da fällt mir ein, wahrscheinlich hat mich der Zuckerfritz gesehen – und Mina Knallenfalls. Sie stehen ja den ganzen Tag in der Fußgängerzone herum.«
Beim Zuckerfritz handelte es sich um eine Bronzefigur, die seit 1979 auf dem Elberfelder Kerstenplatz stand. Bei der Nachbildung des Wuppertaler Originals handelte es sich um Fritz Poth, eine volkstümliche Gestalt aus dem 19. Jahrhundert. Ähnlich war es bei Mina Knallenfalls – sie hatte hingegen nie gelebt. Die Figur war eine Erfindung des Wuppertaler Mundartdichters Otto Hausmann aus dem Jahr 1870. Seit Ende der 1970er Jahre wachte ihre Statue unweit des Döppersbergs über das Geschehen in der Fußgängerzone. Beide Figuren waren Schöpfungen der Bildhauerin Ulle Hees und aus dem Stadtbild nicht mehr wegzudenken.
»Ihre blöden Scherze können Sie sich sparen«, grollte Ulbricht. »Sollte es Ihnen noch nicht klar sein, dass wir hier in zwei Tötungsdelikten ermitteln, bei denen Sie in beiden Fällen eine Rolle spielen?«
»Wissen Sie«, sagte Heinrich Große gedehnt. »Ich habe mir nichts vorzuwerfen, und es ist Ihre Aufgabe, einen oder sogar mehrere Mörder zu finden. Sollten Sie mich des zweifachen Mordes bezichtigen, müssen Sie mir das erst mal nachweisen.«
Heinrichs trat an Ulbrichts Schreibtisch und nahm einen Schnellhefter an sich, in dem er blätterte. »Hier steht, dass Sie im Besitz eines Waffenscheins sind.« Er blickte Große an, der nicht widersprach. »Haben Sie auch eine Schusswaffe?«

»Nein.« Der Forscher schüttelte energisch den Kopf. »Ich hatte zuletzt vor mehr als zwanzig Jahren mal eine Pistole, die ich dann aber veräußert habe. Damals hatte ich mir die Waffe zugelegt, um mich sicherer zu fühlen. Inzwischen ist die Kriminalitätsrate aber derart angestiegen, dass man Angst haben muss, die Waffe bei einem Einbruch in falsche Hände zu verlieren. Deshalb habe ich die Pistole verkauft.«

»Für die Aufbewahrung gibt es spezielle Schränke«, wandte Heinrichs ein.

»Die ich nicht benötige, weil ich keine Waffe mehr besitze. Punkt.« Heinrich Große wurde langsam ärgerlich. »Hören Sie, wollen wir uns über die gesetzeskonforme Aufbewahrung von Schusswaffen in Privathaushalten unterhalten, oder wollen Sie einen Mörder finden?«

»Ich will es kurz machen«, mischte sich Ulbricht jetzt ein, dessen Ungeduld stieg. »Gibt es jemanden, der bezeugen kann, dass Sie in der betreffenden Zeit einkaufen waren? Eine Verkäuferin, einen Bekannten, den Sie zufällig getroffen haben? Oder vielleicht haben Sie einen Einkauf getätigt und den Kassenbon aufbewahrt? Anhand der Zettel könnten wir Datum und Uhrzeit des Kaufes zuordnen und Sie wären entlastet. Gibt es irgendetwas, mit dem Sie uns helfen können?«

Große sank in sich zusammen. Der stattliche Mann schüttelte den Kopf, während er seine Schuhspitzen anstarrte. »Nein«, murmelte er dann leise. »Nichts dergleichen, fürchte ich.«

Ulbricht tauschte einen Blick mit Heinrichs und erhob sich. »Dann tut es mir leid«, sagte er. »Aber wir werden Sie hierbehalten müssen.«

Heinrichs griff zum Telefon und ordnete die Abholung

von Große an. Es war ihm gleich, ob der Mann über Nacht in eine der hauseigenen Arrestzellen gesteckt wurde oder ob man ihn zur Untersuchungshaft in die JVA zum Simonshöfchen brachte. Für ihn stand plötzlich fest, dass Heinrich Große an den Morden von Alexander Koljenko und Jörg Trautler beteiligt war. Es war nur ein Gefühl, und es musste mit dem Teufel zugehen, wenn er sich diesmal irrte.

Achtzehn

Marienstraße, 21.05 Uhr:

»Ist das nicht schrecklich, dass Mirja Blum nicht zur Ruhe kommt?«, fragte Heike, als sie es sich am Tisch in Stefans Küche bequem gemacht hatten. »Erst der Mord an ihrem Freund, dann auch noch der Überfall in ihre Wohnung. Sie kommt überhaupt nicht zur Ruhe.«

Stefan nickte. Er hatte ihnen zwei Tiefkühlpizzas in den Backofen geworfen und freute sich auf eine warme Mahlzeit. »Und das alles, während sie mitten im Abi steckt.«

»Ihr Freund scheint mir ein tolles Früchtchen gewesen zu sein«, bemerkte Heike, die beim Anblick der Pizzas im Ofen Hunger verspürte. »Er hat etwas vor ihr geheimgehalten, und sie ahnt nichts Böses, als sie die Tür öffnet und diese Typen auf der Matte stehen.«

»Ich glaube langsam auch, dass etwas dran ist an der Sache mit dem Bernsteinzimmer«, bemerkte Stefan. »Zeit, dass Ulbricht die Mörder findet.«

»Es ist nur so, dass …«, setzte Heike an, wurde aber vom Klingeln ihres Telefons unterbrochen. Sie erhob sich und ging in den Flur. Hier hing ihr Rucksack an einem Haken der Garderobe. Eilig zog sie den Reißverschluss auf und warf einen Blick auf das Display. »Das ist Heinrich Große«, rief sie in Richtung Küche. »Was will er?«

»Du wirst es erfahren«, antwortete Stefan, während Heike die grüne Taste am Telefon drückte.

»Hier spricht Johanna Große«, hörte sie die Stimme einer offensichtlich aufgebrachten Frau. »Sind Sie die Reporterin, mit der sich mein Mann heute am späten Nachmittag getroffen hat?«

»Ja, das bin ich. Heike Göbel von der Wupperwelle. Ist

etwas passiert?«

»Das kann man wohl sagen. Vor anderthalb Stunden war die Polizei hier. Man hat meinen Mann abgeholt. Man hat ihn aus dem Haus geführt wie einen Schwerverbrecher, dass sie ihm keine Handschellen angelegt haben, ist alles.«

»Das muss ein Irrtum sein.« Heikes Versuch, Großes Frau zu beruhigen, scheiterte schon im Ansatz.

»Leider nein. Sie bezichtigen ihn des Mordes an diesem jungen Mann im Bunker und an Jörg Trautler. Dabei war Herr Trautler so ein netter Mann, ich selber habe ihn kennen gelernt.«

»Das tut mir sehr leid«, gestand Heike, die von der neuen Situation total überfordert war. Sie hatte überhaupt keine Idee, warum Große hinter den Morden stecken sollte. »Wie kann ich Ihnen helfen?«

»Ich habe Ihre Nummer auf dem Handy meines Mannes gefunden; anscheinend hat er zuletzt mit Ihnen telefoniert. Das muss vor Ihrem Treffen in Elberfeld gewesen sein. Sie müssen mir helfen.«

»Wie stellen Sie sich das vor?« Heike ging mit dem Handy am Ohr zurück in die Küche und setzte sich. Stefans fragenden Blick ignorierte sie.

»Sie sind doch Reporterin. Was sich die Polizei da erlaubt hat, ist ein Skandal, über den Sie unbedingt berichten müssen.«

»Das ist nicht so leicht! Ich kann mich unmöglich in die Arbeit der Kriminalpolizei einmischen, Frau Große, so leid es mir auch tut. Aber ich werde mit Hauptkommissar Ulbricht sprechen und ihn fragen, was er sich dabei gedacht hat.«

»Das ist doch eine Unerhörtheit«, schimpfte Frau Große

weiter. »Sie haben ihn behandelt wie einen Verbrecher«, wiederholte sie hilflos.
»Ich werde sehen, was ich für Sie tun kann, aber versprechen kann ich nichts.«
»Danke trotzdem. Rufen Sie mich an, wenn Sie etwas erreicht haben?«
»Selbstverständlich.« Heike verabschiedete sich von der Frau des Historikers und blickte ratlos auf das Telefon in ihrer Hand. Mit wenigen Sätzen berichtete sie Stefan von dem Telefonat.
»Na toll«, brummte er. »Ulbricht dreht jetzt völlig durch.«
»Er wird Große nicht ohne triftigen Grund verhaftet haben«, murmelte Heike und legte das Handy beiseite. Der Hunger auf eine heiße Pizza war ihr vergangen. Sie wusste inzwischen auch nicht mehr, wem sie vertrauen konnte.

Steile Straße, 22.35 Uhr:
Sie waren untergetaucht. Und er war Profi genug, um zu wissen, dass sie nach dem Audi fahndeten. Also hatte er mit einem Freund in Remscheid telefoniert und sich ein anderes Auto besorgt. Sie waren gut organisiert, und er verfügte über wichtige Beziehungen, die er in einem dringenden Fall nutzen konnte. Als Smirnow den BMW auf der verlassen daliegenden Wichlinghauser Straße abbremste und in die Steile Straße einbog, lümmelte Juri auf dem Beifahrersitz herum und kaute auf den Nägeln.
»War wohl nichts«, brummte er gelangweilt und meinte damit ihren Besuch in der Wohnung von Alexander Koljenko. Die Polizei war ihnen zuvorgekommen, hatte die Wohnung geöffnet und danach mit einem Polizeisiegel versehen. Wenn es etwas zu sehen gegeben hätte, dann

waren die Unterlagen längst im Besitz der Kripo, daran zweifelte Smirnow keine Sekunde. So waren sie spät am Abend zurückgekehrt und würden auf weitere Anweisungen warten.

Smirnow zuckte mit den Schultern. »Scheiß drauf«, zischte er und kaute dabei auf einem Zahnstocher herum. »Morgen ist ein neuer Tag, da werden wir schon einen Weg finden, uns das zu holen, was uns gehört. Ich will nur wissen, was ...« Er stockte, als er den silbernen Audi sah, der neben dem Haus parkte. Für den Bruchteil einer Sekunde hatten die Scheinwerfer des BMW den Wagen gestreift und das Fahrzeuginnere erleuchtet. Lange genug, um zu wissen, dass auf dem Fahrersitz eine Gestalt saß.

»Scheiße, die haben uns einen Abfängjäger vor das Haus gestellt«, zischte Smirnow und bremste den BMW ab. Als er den Rückwärtsgang ein wenig zu schnell einlegte, krachte es im Getriebe, und Juri auf dem Beifahrersitz verzog das Gesicht.

»Woher willst du das wissen?«, fragte sein Beifahrer.

»Guck dir die Karre doch an! Typischer Zivilbullenwagen.« Smirnow lachte auf. »Die haben unsere Spur bis hierhin zurückverfolgt. Damit hätte ich rechnen müssen.«

Im gleichen Moment flammten am Audi die Scheinwerfer auf. Kein Zweifel – das war ein Bulle, dem man aufgetragen hatte, das Haus zu observieren. Man war sich wohl ziemlich sicher gewesen, dass Smirnow und sein Tawaritsch irgendwann wieder hier aufschlagen würden. Sekundenlang waren die beiden Ukrainer geblendet, und Smirnow kniff die Augen zusammen. »Weg hier«, zischte er und prügelte den BMW in einem halsbrecherischen Tempo den steilen Berg zur Wichlinghauser Straße hinunter. Hier beschleunigte er den schweren Wagen. Immer wieder blickte er in den Rückspiegel. Der Fahrer des Audi beherrschte sein Fahrzeug ebenfalls souverän. Er hatte schnell aufgeholt und blendete ihn mit der Lichthupe.

»Du kannst mich mal«, stieß Smirnow hervor. »Ich halte jetzt nicht an.«

Der Motor des BMW dröhnte auf, und sie hatten die Berliner Straße erreicht. Die Ampel war um diese Zeit ausgeschaltet. Klar, die Stadt musste Strom sparen. So blieb dem Ukrainer ein Rotlichtverstoß erspart. Nachdem er sich versichert hatte, dass die Straße frei war, gab er Gas. Kurz nur hatte er überlegt, ob er sich rechts oder links halten sollte. Links wäre er schneller auf der Autobahn gewesen, doch er hatte sich einen anderen Plan zurechtgelegt. Viel Zeit zum Überlegen blieb ihm nicht. Also kurbelte er das Lenkrad nach rechts und beschleunigte den Wagen auf der vierspurigen Straße in Richtung Barmen.

»Wir müssen zusehen, dass wir ihn abhängen, bevor er Verstärkung anfordert«, zischte Juri, während sein Partner während der halsbrecherischen Fahrt immer ein Auge im Rückspiegel hatte.

Der Audi blieb jetzt ein wenig zurück, wahrscheinlich telefonierte der Fahrer gerade, um Kollegen anzufordern. Sollte er, dachte Smirnow verbittert und trat das Bremspedal bis zum Bodenblech durch. Die beiden Männer wurden in den Sicherheitsgurt gepresst, dann schlingerte der BMW und stand schräg in der Mitte der beiden Fahrstreifen. Bevor Juri eine dumme Frage stellen konnte, löste Smirnow den Sicherheitsgurt, stieß mit dem linken Fuß die Tür auf und hechtete ins Freie. Breitbeinig stellte er sich auf die Straße und zog die Waffe aus dem Holster. Es gab nur eine einzige Möglichkeit, den lästigen Verfolger

jetzt und hier abzuschütteln.
Er entsicherte die P 22 und zog den Abzug durch. Dann blaffte der Schalldämpfer auf, und der Audi, der sich rasant genähert hatte, geriet ins Schleudern. Der Fahrer hatte das Lenkrad verrissen, weil die Windschutzscheibe aus einem undurchsichtigen Netz bestand. Im Blindflug raste er in einige geparkte PKW. Das Heck des Audi wurde herumgerissen, als sich der Wagen in einem am Straßenrand abgestellten Kleinlaster verkeilte. Blech kreischte und Glas splitterte. Rauch stieg auf, dann kehrte eine gespenstische Stille ein. Zwei Sekunden lang stand Smirnow auf der Straße und beobachtete den verunglückten Audi. Er war sich nicht sicher, ob der Fahrer den Aufprall überlebt hatte.
Smirnow wandte sich ab, als sich Passanten auf der Straße versammelten und laut gestikulierten. Wütend feuerte er in die Menge, sah, das zwei Menschen zu Boden gingen. Er hatte sie erwischt. Egal, zwei weniger, die die Polizei rufen würden. Auch die Schaufensterscheibe eines Gemüsehändlers ging klirrend zu Bruch.
Auf dem Bürgersteig brach Panik aus, wer konnte, brachte sich in Sicherheit. Smirnow klemmte sich hinter das Steuer des BMW, dessen Motor er laufen gelassen hatte, warf den Gang hinein und gab Gas. Die Waffe warf er Juri zu. »Hier«, brüllte er gegen das Dröhnen des Sechszylinders an. »Lad mal nach. Munition ist im Handschuhfach!«
Natürlich war der BMW mit gestohlenen Kennzeichen unterwegs, deshalb würde eine Halterfrage der Polizei im Nichts enden, aber er wollte nichts riskieren. Ab sofort lief der Countdown, und er hatte keine Lust, so kurz vor dem Ziel alles zu verlieren.

Marienstraße, 22.40 Uhr

»Ich weiß, du hältst mich für verrückt.« Heike tauchte mit geröteten Wangen im Türrahmen auf. Im Wohnzimmer lief der Fernseher mit geringer Lautstärke.

»Was hast du vor?« Stefan war auf dem Sofa eingenickt und blinzelte ihr verschlafen entgegen.

Heike hatte im Gegensatz zu ihm keine Ruhe gefunden. Der Fall ging ihr einfach nicht aus dem Kopf. Sie war aufgestanden und hatte am Küchentisch recherchiert. Zahlreiche Beiträge in Internet-Foren deuteten darauf hin, dass die Spur des Bernsteinzimmers sich in Barmen verlor. An den Bahngleisen, die parallel zur Münzstraße verliefen.

»Ich muss noch mal zum Bunker.«

»Jetzt?« Bezeichnend blickte Stefan auf seine Armbanduhr, die er letztes Jahr zu Weihnachten von Heike geschenkt bekommen hatte. »Was willst du um diese Zeit da?«

»Es eilt, weil wahrscheinlich ein unschuldiger Mann in Haft sitzt und weil irgendwelche Schatzjäger versuchen, ihm das Bernsteinzimmer vor der Nase wegzunehmen.«

»Ach so.« Stefan schüttelte den Kopf. »Manchmal frage ich mich wirklich, ob du den richtigen Job hast, Heike. Wir sind Journalisten, keine Polizisten. Lass die mal ihre Arbeit machen, dafür werden die bezahlt und sind stolz, wenn sie es auch mal ohne unsere Hilfe schaffen.«

»Das kann dir doch nicht egal sein. Kommst du nun oder leihst du mir den Käfer?«

Stefan erhob sich. »Als ob ich dich alleine zum Bunker lasse«, brummte er. »Da ist jemand ermordet worden, und die Polizei verhaftet jeden, der sich dem alten Kasten in irgendeiner Art nähert. Aber bitte verrat mir mal, was du da willst.« Er verstand den Sinn von Heikes Eifer nicht.

»Ich muss da hin, um ein Gespür für die Geschichte zu bekommen, anders kann ich es auch nicht ausdrücken.«
»Manchmal bist du echt seltsam, Heike Göbel.« Er grinste. »Aber gut, ich werde dich nicht alleine losziehen lassen.«
»Weil du Angst um deinen heiß geliebten Käfer hast«, stichelte Heike, obwohl sie insgeheim zufrieden war, nicht mehr alleine los zu müssen.

An der Bergbahn, 22.50 Uhr

»Wenn Sie keinen verdammt guten Grund haben, mich aus den Federn zu holen, dann gnade Ihnen Gott!«, wetterte Ulbricht in den Hörer. Er war nach dem zweiten Bier vor dem Fernseher eingeschlafen, weil er sich gefrustet und einsam gefühlt hatte. Ein Feierabend wie viele andere, und er hatte sich nach einer Familie gesehnt, bevor der Körper der Müdigkeit Tribut zollte und er auf der Couch in einen tiefen Schlaf gefallen war. Das Letzte, was er im Halbschlaf gehört hatte, war Wellenrauschen und das Kreischen einer Möwe. Er wusste nicht, ob er das geträumt hatte, weil seine Gedanken um Wiebke gekreist waren, oder ob im Fernsehen eine Reisereportage von der See gelaufen war.
»Als ob ich Sie stören würde, wenn nichts passiert wäre«, entgegnete Heinrichs. »Es gibt eine Verfolgungsjagd quer durch die Stadt. Inzwischen sind die Kollegen im Einsatz, und wenn wir uns beeilen, dann können wir die Täter gleich in Handschellen legen.«
»Ich bin nicht für Verkehrsdelikte zuständig.« Für Ulbricht war das Gespräch so gut wie beendet.
»Wenn Sie sich jetzt beeilen würden, damit wir zugreifen können, wäre das prima.«

»Was wollen Sie von mir?«

»Die Verfolgungsjagd, schon vergessen? Es sind schon zwei Menschen erschossen worden. Eins der Opfer ist der junge Kollege, der das Haus von Kolja Smirnow observiert hat.«

»Was ist das für eine verdammte Scheiße?« Ulbricht war auf der Stelle hellwach. »Ich komme. Wo finde ich Sie?«

»Vor Ihrem Haus. Ich stehe mit laufendem Motor in zweiter Reihe, und es wäre schön, wenn Sie sich sputen würden, Chef.«

»Sagen Sie nicht ... ach, vergessen Sie es.« Ulbricht drückte den roten Knopf und warf das Mobiltelefon auf den fleckigen Couchtisch. Er blickte an sich hinab und stellte fest, dass er noch angezogen war. Eilig schlüpfte er in die Schuhe, nahm den Mantel vom Haken und stürmte aus der Wohnung. Unten am Auto fiel ihm ein, dass er den Fernseher laufen gelassen hatte.

Münzstraße, 22.55 Uhr:

»Kannst du mir mal verraten, was du hier willst?«, stöhnte Stefan entnervt, als er von der Westkotter Straße nach rechts in die Münzstraße einbog. »Es ist total bescheuert, um diese Zeit herzukommen und am Bunker herumzuschnüffeln.«

»Ich will nicht am Bunker herumschnüffeln«, erwiderte Heike und strich ihm zärtlich über die Wange. »Danke«, sagte sie dann plötzlich. »Danke, dass du mich so erträgst, wie ich bin.«

»Einsicht ist der erste Weg zur Besserung, hat meine Mutter immer gesagt.«

»Vergiss es.« Heike musste lachen. »Ich find es trotzdem schön, dass du alles mitmachst.«

Nun grinste er kurz zu ihr hinüber. »Nun tu nicht so sentimental – ich bin dein Freund und lasse dich nicht in die Nähe dieser Kriminellen.«
»Auch gut.« Sie lächelte, dann rief sie so laut »Stopp«, dass Stefan erschrak und Clemens hart abbremste. »Was denn nun?«
»Da geht es rein.« In einer Kurve deutete sie nach links. Ein mit Kopfsteinpflaster belegter Weg führte zum ehemaligen Bahnhof Heubruch.
»Da ist doch nur eine Spedition und der städtische Wertstoffhof. Da liegt bestimmt kein Bernsteinzimmer versteckt«, brummte Stefan.
»Lass mich mal machen.« Sie lotste ihn am Werkstoffhof vorbei. »Da hinten kannst du wenden. Ist eine Sackgasse, aber hier sind wir richtig.« Heike beugte sich im Sitz nach vorn und blickte nach oben. Rechts stieg ein steiler Hang an, der von dichtem Buschwerk und alten Bäumen bewachsen war. Durch die tiefhängenden Zweige der Bäume drang das Licht der Straßenbeleuchtung nur spärlich herunter auf den Weg. Über ihnen lag die Münzstraße, und ein düsteres Gemäuer mit hohen, schmalen Fenstern schien sich drohend dem Nachthimmel über Wuppertal entgegenzurecken. Die Gläser der Fenster waren staubblind und teilweise mit Brettern vernagelt worden. Putz bröckelte von der einst prächtigen Fassade.
Stefan war inzwischen am Ende des schmalen Wegs angelangt. »Schön«, brummte er und wendete den Käfer. »Und was hast du jetzt davon?«
»Kannst den Motor ausmachen. Wir sind nämlich da.«
»Was? In dieser Pampa?« Stefan wunderte sich, drehte jedoch den Zündschlüssel. Mit einem zufriedenen Blubbern erstarb der Boxermotor im Heck des Käfers.

Heike hatte die Beifahrertür geöffnet und war bereits ausgestiegen. Es war eine laue Nacht, und es roch nach faulem Laub.

»Hier ist es dunkel wie in einem Bärenarsch«, bemerkte Stefan, der hinter sie getreten war. »Schön, dass ich dir meine Lampe geliehen habe. Sie liegt wahrscheinlich zu Hause auf dem Sideboard.«

»Von wegen.« Heike öffnete den Rucksack und zog die schwere Pannenleuchte hervor. Sie drehte den Knopf und schaltete die Handlampe ein. »Siehst du, ich habe an alles gedacht.«

»Ich geb's auf«, seufzte Stefan. »Und jetzt wäre es schön, wenn du mir endlich erzählen würdest, was du hier unten willst.«

»Also gut.« Heike hob die Lampe nach oben, in Richtung Straße. »Siehst du das Gebäude da oben?«

»Die alte Fabrik?« Stefan nickte. »Kenne ich. Steht schon seit Ewigkeiten leer, soweit ich weiß. Das Gemäuer hat man dem Verfall überlassen, wahrscheinlich wird es eines schönen Tages dem Erdboden gleichgemacht, damit ein Investor hier Reihenhäuser hinsetzen kann oder so etwas.«

»Falsch. Hier hat das Gebäudemanagement übernommen. Es unterstand also bis letzte Nacht Jörg Trautler, dem Herrn der Bunker.« Sie deutete nach oben. »Das ist das ehemalige Gebäude einer Genossenschaft. Ein Haus mit einer sehr, sehr dunklen Geschichte, Stefan. Hier haben sich im Krieg menschliche Dramen abgespielt, und die SS hatte eine Zeitlang hier ihr Domizil.«

»Ich denke, das war eine Konsumgenossenschaft«, entgegnete Stefan.

»Das war es auch. Aber 1936 wurde der Gebäudekomplex

zu einer Kaserne umfunktioniert, und bis 1943 fanden hier zwei Kompanien der Panzerabwehr ihre Unterkunft. Die wurden erst wieder abgezogen, nachdem die neuen Kasernen auf Lichtscheid fertiggestellt worden waren. Und der Weg, über den wir gekommen sind, war zu Kriegszeiten ein Bahngleis. Am Bahnhof Heubruch gab es eine Weiche, über die die Züge hier hergeleitet werden konnten.«

»Moment, hier endet der Weg aber.«

»Nicht ganz«, lächelte Heike. Sie senkte die Lampe ein wenig, und der Lichtstrahl geisterte durch das Dickicht des Hangs. »Hier muss es irgendwo einen Eingang geben, der in den Berg unter das Gebäude führt. Ich habe das recherchiert.«

Stefan zog die Augenbrauen zusammen. »Willst du mir sagen, dass die Keller der Genossenschaft so groß waren, dass hier ganze Züge reinfahren konnten?«

»Nicht nur das: Es gab sogar eine Wendeanlage unter dem Komplex an der Münzstraße. Der Zug konnte umgedreht werden und den Tunnel vorwärts wieder verlassen.«

»Und was hat das mit dem Bernsteinzimmer zu tun, nach dem du suchst?«

»Nicht ich suche danach, das überlasse ich gern den Leuten, die sich damit auskennen. Aber ich habe von Heinrich Große erfahren, dass das Bernsteinzimmer unter dem Kommando des SS-Gauleiters Koch per Bahn nach Wuppertal transportiert wurde. Das hat Sinn, da er einen großen Einfluss auf die Geschehnisse bei der Reichsbahn hatte. Und nun rate mal, wer diese Genossenschaft früher betrieben hat?«

Stefan dachte kurz nach. Als ihm keine Antwort einfiel, zuckte er mit den Schultern.

»Die Genossenschaft wurde vom Bruder Erich Kochs betrieben. Also ist anzunehmen, dass er sich hier auskannte. Und nachdem die Soldaten 1943 verschwunden waren, hatten die Koch-Brüder freie Hand, denn offiziell gehörte der gesamte Komplex noch der Wehrmacht. Was liegt für einen Mann wie Erich Koch also näher, als das Bernsteinzimmer 1944 genau hier hinzubringen?«

»Heike, du bist ein Genie«, entfuhr es Stefan. Er machte keinen Hehl daraus, beeindruckt zu sein.

»Also wurden die Schätze aus Königsberg per Güterzug hierher geschafft, wo sie versteckt wurden. Und wahrscheinlich hat Koch auch dafür gesorgt, dass die Stollen, in denen sich die Schätze befinden, zugemauert wurden. Damit hat er das größte Geheimnis Wuppertals zum einen für die Zukunft konserviert und zum anderen mit ins Grab genommen.«

»Das war ein Kriegsverbrecher ersten Ranges«, murmelte Stefan. »Aber offensichtlich war er ein Genie.«

»Davon ist auszugehen. Hier irgendwo muss sich die Einfahrt in den Bunker unter dem Gebäude befinden. Wahrscheinlich sind die Tore von Unkraut zugewuchert.«

»Dann soll Große sie finden, wenn er wieder draußen ist.«

»Das wird nicht nötig sein«, ertönte plötzlich eine Stimme aus der Dunkelheit.

Heike und Stefan wirbelten herum. Sie sahen, wie sich eine hochgewachsene Gestalt aus dem Schwarz des Dickichts löste und langsam auf sie zukam. Kleinere Äste knackten unter seinen Schuhen.

Heike riss die Lampe hoch. Der Lichtkegel erfasste einen schwarz gekleideten Mann. In seiner rechten Hand hielt er eine Waffe. Die Mündung hatte er auf Heikes Oberkörper gerichtet. »Besser, ihr macht jetzt keinen Fehler«, knurrte

der Mann. Als er sah, wie Heike ihn anblickte, grinste er. »Das hättest du nicht gedacht, was?«
Heike glaubte zu träumen. Vielen Menschen hätte sie zugetraut, eine Waffe auf sie zu richten, aber ihm garantiert nicht. Es dauerte ein paar Sekunden, bis sie begriffen hatte, dass er offensichtlich zur Gegenseite gehörte.
»Du?«, keuchte sie. »Was hast du mit der Geschichte zu tun?«

Wichlinghausen, Uhrzeit 23.05 Uhr:
Es war eine gespenstische Szenerie. Aus der Ferne drang das Dröhnen von Automotoren und das Quietschen der Reifen an ihre Ohren, begleitet von knatternden Rotorblättern eines Helikopters, der mit eingeschalteten Suchscheinwerfern im Tiefflug über die umliegenden Gebäude zu kreisen schien. »Warum muss ich mir das auf meine alten Tage noch antun?«, jammerte Ulbricht und warf seinen Zigarettenstummel in einen Gulli.
Heinrichs blickte ihn mitleidig an.
»Sparen Sie sich eine Antwort«, grollte Ulbricht. »Gleich haben wir es wohl geschafft. Die Kollegen waren so frei, ihn hierher zu lassen, ohne dass weitere Menschen sterben müssen. Die Schweine sind eingekesselt. Wir nehmen die Russen fest, und ich kann endlich in Ruhe schlafen. Und verlassen Sie sich drauf: Ich werde das Telefon abschalten, Heinrichs.«
»Sie sind ein einsamer Wolf, was.«
»Wie bitte?« Ulbricht lehnte sich über das Wagendach des dunklen Touran zu seinem Assistenten hinüber.
»Sie sind ein einsamer Wolf«, wiederholte Heinrichs geduldig. »Jeden Abend gehen Sie gefrustet aus dem Büro, und wenn ich Sie anrufe, hocken Sie vor der Flimmer-

kiste oder liegen im Bett, wohl, weil Sie die Einsamkeit nicht ertragen können.«

»Ich wüsste nicht, was Sie das angeht.«

»Es geht mich nichts an. Aber ich glaube, wir wären ein gutes Team, wenn Sie im Privatleben etwas mehr Glück hätten.«

Ulbricht umrundete den Wagen und trat vor Heinrichs. Er blickte ihm tief in die Augen. »Hauchen Sie mich mal an!«

»Ich habe nichts getrunken und auch nichts geraucht, falls Sie das meinen. Aber warum fragen Sie mich nach Ihrer Tochter? Haben Sie keinen Freund oder keinen Familienangehörigen, mit dem Sie sich über solche Themen unterhalten können?« Heinrichs langte in die Innentasche seiner Jacke und zog einen Zettel heraus. »Hier«, sagte er, nachdem er den Zettel an Ulbricht übergeben hatte. »Das ist die Telefonnummer Ihrer Tochter – dienstlich, versteht sich. Die Kollegen waren so freundlich, mir die Kontaktdaten von Kommissarin Wiebke Ulbricht in der Polizeiinspektion Husum zu nennen. Vielleicht rufen Sie sie einfach mal an?«

Ulbricht blickte auf den handgeschriebenen Zettel. Wiebke Ulbricht stand dort, darunter eine Nummer und die Anschrift Poggenburgstraße 9, 25813 Husum. Er strich den Zettel fast zärtlich glatt und stopfte ihn in die Brusttasche seines ungebügelten Hemdes. Schnell wandte er sich ab. Heinrichs musste nicht sehen, dass seine Augen feucht schimmerten.

»Sie kommen«, rief Heinrichs unvermittelt, als das Geräusch der Motoren lauter wurde. Jemand brüllte durch ein Megaphon. »Es geht los.«

Bahnhofsgelände Heubruch, 23.07 Uhr

»Ich habe doch gesagt, dass ich an der Geschichte dran bin.« Langsam trat er näher. Die Mündung seiner Waffe pendelte dabei von Stefan zu Heike und zurück. Den Zeigefinger hatte er um den Abzug gekrümmt. »Ich habe nie behauptet, dass ich aus reinem journalistischen Interesse nach dem Bernsteinzimmer suche. Das ist ein Schatz von unermesslichem Wert, und ich bin kurz davor, ihn zu finden.«

»Dir fehlt das Know-how«, gellte Heikes Stimme durch die Nacht. In der Ferne vernahm sie Lärm, und irgendwo kreiste ein Hubschrauber.

»Wer sagt das? Ich arbeite mit meinen Freunden eng zusammen. Ich recherchiere, und die Russen machen einfach.« Er grinste feist und überheblich, hatte nichts mehr von dem smarten Jörn Lichtenberg, den Heike auf der Pressekonferenz im Barmer Rathaus wiedergetroffen hatte. Den guten Freund aus Studientagen, in den sie einst verliebt gewesen war. Er hatte sich wohl geändert, denn Habgier bestimmte jetzt sein Handeln. Und dass er als vermeintlich seriöser Journalist leichter an Informationen kam als andere Bürger, wusste Heike aus eigener Erfahrung. Dass er dieses Wissen zu seinem Gunsten ausnutzte, war Heike neu. »Du arbeitest mit den Russen zusammen?« Sie konnte es nicht glauben.

»Heike, was geht hier ab?«, mischte sich nun Stefan ein. »Wer ist der Kerl?«

»Ein Fr... ein Bekannter aus meiner Studienzeit. Ich habe ihn auf einer PK getroffen, und wir haben über das Bernsteinzimmer gesprochen. Dass er aber ...«

»Ja«, lachte Lichtenberg. »Das hättest du nicht von mir gedacht, was? Ich arbeite seit Jahren an der Lösung des

Bernstein-Rätsels. Und in den letzten Tagen hat mir der Zufall sehr gut geholfen. Ich habe mit einem jungen Mann zusammengearbeitet, der angeblich alte Unterlagen besitzt, die zum Versteck des Bernsteinzimmers führen. Er hat sie von einem alten Mann bekommen. Leider war der Junge nicht sehr kooperativ.« Lichtenberg machte eine bedauernde Miene.

»Moment«, gellte Heikes Stimme durch die Nacht. »Du hast Alexander Koljenko umgebracht? Oben im Bunker an der Münzstraße?«

»Ts, ts, ts. Was denkst du von mir? Das haben die Jungs gemacht. Sie arbeiten für eine Organisation und waren so freundlich, mir gegen eine kleine in Aussicht gestellte Gewinnbeteiligung die Drecksarbeit abzunehmen.« Er verstummte und legte lauschend den Kopf schräg. Das Brummen der Motoren näherte sich unaufhaltsam. »Sie stecken scheinbar in Schwierigkeiten, deshalb bin ich selber hergekommen. Die Sache mit dem unterirdischen Gleis hast du deinem Kollegen – Freund? – übrigens gut erklärt. Wenn alles stimmt, stehen da drinnen ganze Güterwaggons, die mit Kunstschätzen beladen sind. Eingemauert hinter meterdicken Betonwänden, gesichert durch die Schergen von Erich Koch, die Minen gelegt haben. Ohne den Plan nutzt alles Wissen um das Versteck nichts – niemand weiß, wo die Minen liegen. Eine falsche Bohrung, ein Schritt in den falschen Raum, und alles fliegt in die Luft. Er war ein schlauer Mann, der gute Herr Koch.«

»Du bist völlig größenwahnsinnig, Jörn!«, schrie Heike aufgebracht.

Er schüttelte den Kopf. »Ich lasse mir jetzt nur nichts mehr wegnehmen, jetzt wo ich so kurz vor dem Fund des Achten Weltwunders stehe. Und wer sich mir in die

Quere stellt, hat Pech gehabt.« Er hob die Pistole in seiner Hand kurz an. Kurz nur, aber lang genug, denn in diesem Augenblick hechtete Stefan nach vorn, geradewegs auf Lichtenberg zu. Er riss den rechten Arm hoch und ballte eine Faust, die er gegen Lichtenbergs Hand schmetterte. Ein Schmerzensschrei kam über Lichtenbergs Lippen, sein Gesicht glich einer Fratze, als er nach hinten taumelte und im Stürzen einen Schuss abfeuerte. Heike sah das Mündungsfeuer in der Dunkelheit aufblitzen und schrie.
Doch Stefan ließ nicht nach. Offenbar war er nicht getroffen worden. Er sprintete auf Lichtenberg zu und warf ihn mit der Wucht seines Körpergewichts zu Boden. Schnell sprang er auf seinen Oberkörper und packte die Hand, mit der er die Waffe umklammert hielt. Stefan drückte unerbittlich zu und presste den Handrücken auf den rauen Asphalt.
Lichtenberg fluchte und jammerte, und nach einer kleinen Ewigkeit lockerte sich der Griff um den Knauf der Pistole. Wie im Zeitlupentempo öffnete er die Finger, und Stefan langte nach der Waffe und nahm sie ihm ab. »So«, keuchte er. »Und jetzt sei schön lieb, sonst schießt du dir hier ein Eigentor.«
»Leck mich am Arsch«, zischte Lichtenberg mit hochrotem Kopf. Scheinbar hatte er sich beim Sturz verletzt, denn er wimmerte unter Schmerzen und war kaum in der Lage sich zu bewegen.
»Ruf die Bullen«, rief Stefan Heike zu, ohne sich umzudrehen.
Wie in Trance griff Heike zum Handy und wählte Ulbrichts Nummer. Es dauerte eine Ewigkeit, bis er sich meldete. Er musste schreien, war wohl gerade auf einem Einsatz. Aber er versprach, Kollegen vorbeizuschicken, bevor er

selber kommen wollte.
»Siehst du«, grinste Stefan, als Lichtenberg keine Gegenwehr mehr leistete. Er lag rücklings unter Stefan und rang nach Atem. »Sag du mir noch mal, ich muss mehr Sport treiben. Mein Gewicht ist genau richtig.«
Heike ersparte sich eine Antwort. Sie zählte die Sekunden, bis sie das zuckende Blaulicht des Streifenwagens sah, der sich in einem irrsinnigen Tempo über die ehemalige Bahntrasse näherte.

Münzstraße, 23.11 Uhr

Der Hubschrauber war auf wenige Meter heruntergegangen. Tatsächlich musste Ulbricht sich schreiend mit Heinrichs verständigen, denn der Hubschrauber befand sich nun wenige Meter über ihnen. Der Wind der Rotorblätter zerrte an ihrer Kleidung und an den Haaren. Die Scheinwerfer tauchten das Umfeld an der Münzstraße in ein gleißendes Licht. Wie ein mächtiger Quader schälte sich der alte Luftschutzbunker aus der Nacht und wirke wie ein mächtiger Betonkubus inmitten einer surrealen Landschaft.
Im nächsten Moment überschlugen sich die Ereignisse. Ein schwarzer BMW bog in halsbrecherischem Tempo in die Münzstraße ein. Er kam nicht vom Sedansberg, so wie sie es erwartet hatten, sondern aus Richtung Westkotter Straße. Ulbricht hatte eben noch einen Hilferuf von Heike Göbel bekommen und sofort eine Streifenwagenbesatzung losgeschickt. Alles deutete darauf hin, dass sie unmittelbar davorstanden, der irrwitzigen Jagd nach dem Bernsteinzimmer in dieser Nacht ein Ende zu bereiten.
Ulbricht hatte ein Sondereinsatzkommando in Startposition gebracht. Die Männer wirkten in ihren schweren

Waffen wie Wesen aus einer anderen Welt. Sie hatten die Waffen im Anschlag und verfügten teilweise über Nachtsichtgeräte. Sie wollten für alle Eventualitäten gewappnet sein. Wenn Ulbricht es vorhin richtig mitbekommen hatte, lauerten sogar auf dem Flachdach des Bunkers zwei Scharfschützen, die ihre Waffen sofort auf die Insassen des BMW richteten. Streifenbeamte waren damit beschäftigt, die Schaulustigen, die sich trotz später Stunde eingefunden hatten, auf Distanz zu halten. Auch die Journalie war bereits anwesend, davon kündete das Blitzlichtgewitter der Fotografen, die geduldig hinter der Absperrung warteten.
Der BMW schoss mit radierenden Reifen um die Straßenecke. Der Fahrer bremste hart ab, als er das bis zu den Zähnen bewaffnete Empfangskomitee erblickte. Der Wagen kam schräg auf der Straße zum Stillstand – den Motor würgte Smirnow ab. Vom Knattern des Helicopters abgesehen kehrte eine fast gespenstische Stille ein. Dann flogen die Türen des BMW auf, und zwei Gestalten kamen mit erhobenen Händen zum Vorschein. Der Fahrer warf eine Waffe unaufgefordert von sich. Ulbricht, der sich mit Heinrichs hinter dem Dienstwagen verschanzt hatte, warf einen Blick auf die Pistole. Eine Walter P 22, wie er mit fachkundigem Blick feststellte. Dann ging alles ganz schnell. Die Männer des SEK stürmten mit vorgehaltenen Waffen auf die beiden Männer zu und zwangen sie zu Boden. Sie wurden abgetastet und in Handschellen gelegt. Dann richteten sie sich auf und wurden zu einem bereitstehenden Bulli gebracht, der sich augenblicklich in Bewegung setzte.
Nachdem die Gefahr gebannt war, verließen Ulbricht und Heinrichs ihre Deckung, um sich beim Leiter des SEK

zu bedanken. »Gute Arbeit«, sagte Norbert Ulbricht und spürte das Verlangen nach einer Zigarette in sich aufsteigen. Doch er erinnerte sich auch an den Hustenanfall, den er in der Wohnung von Mirja Blum erlitten hatte. Vielleicht sollte er sich das verdammte Rauchen endlich abgewöhnen, überlegte er. War es Zeit für eine Kur? Nein, die Weißkittel würden ihn so schnell nicht in ihre Klauen bekommen.

Grinsend wandte er sich zu Heinrichs um. Eigentlich, dachte er, war der Blödmann gar nicht so übel.

»Danke«, sagte er. »Danke für alles.« Er klopfte auf seine Hemdstasche und fühlte darin den Zettel, den er von Heinrichs bekommen hatte.

Wiebke Ulbricht. Seine Tochter. Na, die konnte sich auf was gefasst machen. Sie würde ihm erklären müssen, warum sie nicht aus den Fehlern des Vaters gelernt hatte und auch zur Polizei gegangen war.

Schweigend hockte er auf dem Beifahrersitz des VW Touran und ließ sich von Heinrichs nach Hause bringen. Den Schreibkram im Präsidium konnten die Kollegen übernehmen. Er musste dringend ein paar Stunden Schlaf nachholen. Immerhin war er nicht mehr der Jüngste.

»So, da wären wir«, riss ihn Heinrichs Stimme aus den Gedanken.

»Danke – fahren Sie noch mal in den Laden?«

»Nein, morgen ist auch noch ein Tag.«

»Sehr vernünftig. Ich glaube, aus Ihnen wird doch noch was, Heinrichs.« Ulbricht stieg aus und sog die frische Nachtluft tief in seine Lungen ein. »Gute Nacht«, sagte er, als er sich noch einmal in den Wagen beugte.

»Und das, was ich vorhin gesagt habe, das meine ich auch so«, bemerkte Heinrichs.

»Wovon reden Sie?«
»Na, die Familie und die Freunde. So was fehlt einfach. Geht mir auch so. Ich lebe noch nicht so lange in Wuppertal und komme nicht dazu, mir hier Freunde zu suchen.«
Wer wollte so einen schon als Freund, dachte Ulbricht halbherzig, doch er schwieg.
»Vielleicht sollten wir einfach mal ein Bier trinken gehen.«
»Ja, das sollten wir.« Ulbricht nickte und drückte die Wagentür ins Schloss. Nachdenklich stand er am Straßenrand und blickte den Rücklichtern des Touran nach, bis sie auf der Gewerbeschulstraße verschwunden waren. Eigentlich hatte er sich immer gegen einen Partner gesträubt, eigentlich hatte er Heinrichs immer für einen dauernd klugscheißenden Nachwuchsbullen gehalten. Aber seitdem er ihm die Telefonnummer seiner Tochter besorgt hatte, war er in Ulbrichts Ansehen ein wenig gestiegen. Nun hatte er eins gut bei ihm.

Samstag

Neunzehn

Nachrichten der Wupperwelle, 8.30 Uhr

»Das Bernsteinzimmer in Wuppertal? Diese Frage beschäftigt Forscher und Historiker schon seit einigen Jahren. Nun, so scheint es, kommt Licht ins Dunkel der Gerüchte. Wie erst jetzt bekannt wurde, gibt es stichhaltige Hinweise, dass das legendäre Bernsteinzimmer tatsächlich ins Bergische Land gebracht wurde, um hier versteckt zu werden. Bei uns im Studio ist der Mann, der das Bernsteinzimmer hier in unserer Stadt sucht. Mehr dazu hören Sie gleich hier bei mir. Bleiben Sie dran, Sie hören die Wupperwelle, mein Name ist Stefan Seiler, schön, dass Sie eingeschaltet haben!«

Stefan schob den Regler zu und setzte das Headset ab, während im Radio ein Musiktitel lief. »Und – wie war ich?«

Heike, die auf einem der beiden Studiohocker saß, grinste. »Mittelmäßig, wie immer. Aber wir haben ein gutes Thema, das lenkt vom schlechten Moderator ab.« Sie zwinkerte dem Studiogast des heutigen Morgens zu.

»Wie schön.« Heinrich Große lächelte sanft. Er war froh, dass man ihn kurz nach Mitternacht aus dem Gefängnis entlassen hatte. Dennoch ärgerte es ihn maßlos, dass keiner der Polizisten es für nötig gehalten hatte, sich für das Missverständnis zu entschuldigen. Natürlich hatte er nichts mit den Morden und schon gar nichts mit der Russenmafia zu tun, so wie man es ihm in der letzten Nacht vorgeworfen hatte.

Heike hatte Michael Eckhardt am frühen Morgen aus dem Bett geklingelt und ihn um eine Sondersendung zum Bernsteinzimmer angebettelt. Nach anfänglicher Skepsis hatte er zugestimmt, und so hatte Stefan Heinrich Große dazu bewegen können, sich für Interviews innerhalb der Sendung zur Verfügung zu stellen. Dies war die Chance für den Historiker, sich zu präsentieren. Vielleicht, so hoffte er, fand er schon bald einen Sponsor, der ihm ermöglichte, die Suche nach dem Achten Weltwunder fortzusetzen.

Karin Dahl erschien im Studio. Sie steckte den Wuschelkopf in den Glaskasten. »Heike, du hast Besuch.«

»Wer denn?«

»Komm einfach mit.«

Heike rutschte vom Hocker und folgte der Kollegin quer durch das vom Sonnenlicht des frühen Morgens durchflutete Großraumbüro der Redaktion zum Empfang.

»Mann Mädchen, das nächste Mal bin ich aber wieder mit von der Partie!« Kalla sprang von dem roten Sofa auf und schüttelte ihr die Hand.

»Wovon redest du?«, fragte Heike.

»Das weißt du ganz genau. Ich liebe das Abenteuer, und dann machst du so was hier ohne mich?«

»Wen hast du uns denn da mitgebracht?« Erst jetzt bemerkte Heike, dass sich ein älterer Herr neben Kalla erhoben hatte.

»Der junge Mann war so freundlich, mich zum Sender zu fahren«, sagte er und reichte Heike die Hand.

»Gestatten Sie: Mein Name ist Gustav Blum. Ich bin der Großvater von Mirja Blum, die Sie ja inzwischen kennen gelernt haben.«

»Oh, natürlich.« Heike errötete. »Was ... ich meine ...«

»Ich bin der alte Mann, der die geheimen Pläne von Erich Koch besitzt.« Lächelnd klopfte der alte Herr auf die Pappschachtel, die er mitgebracht hatte. »Natürlich hat Koch im Gefängnis ein Testament gemacht. Und er hatte Pläne, wo sich das Bernsteinzimmer befindet. Ich weiß es, war aber aufgrund meines Alters nicht mehr in der Lage, mich selbst um die Bergung zu kümmern.«

»Da kann ich Ihnen helfen«, erwiderte Heike lächelnd.

»Wie wollen Sie mir helfen?«

»Lassen Sie sich überraschen.«

»Nicht gern. Als ich die Nachricht vom Tod des Freundes meiner Enkelin erhielt, brach eine Welt für mich zusammen. Alex war ein Verbündeter für mich, müssen Sie wissen. Ich habe mich ihm anvertraut und ihn gebeten, das Bernsteinzimmer zu finden. Ich bin ein alter Mann und kann nicht mehr so wie ich gerne will. Deshalb war es mir wichtig, dass die Jugend von meinem Besitz profitiert.«

»Moment«, rief Heike. »Heißt das …« Dann rieselte es ihr wie Schuppen von den Augen. »Sie sind im Besitz der Unterlagen, nach denen die Mörder von Alex und Trautler gesucht haben?«

»Exakt«, lächelte der alte Mann und strich sich nervös durch das silbrige Haar. »Allerdings hätte ich nicht gedacht, dass mir die Lage dermaßen entgleitet. Offenbar hat sich Alex von seinen Freunden übers Ohr hauen lassen. Sie wollten ihm den Schatz abnehmen, noch bevor er gefunden war. Und nun ist er tot, weil er dicht gehalten hat.«

»Schrecklich«, murmelte Heike. »Und die Russen …«

»Haben mit einem Deutschen kooperiert. Aber wie ich gehört habe, wurde auch er in der letzten Nacht verhaftet.«

»Ja, das wurde er«, nickte Heike. Sie dachte an Jörn. Nie hatte sie sich träumen lassen, dass sie ihn unter diesen Umständen wiedersehen würde. Doch Menschen änderten sich, und manche wurden zu wilden Tieren, wenn es um

Reichtümer ging. Sie hoffte, Jörn niemals wieder begegnen zu müssen. Sie verdrängte die düsteren Gedanken.
Dann atmete sie tief durch und lächelte Gustav Blum an. »Kommen Sie«, sagte sie. »Ich werde Sie unserem Studiogast vorstellen. Er ist Forscher und wird Ihnen für die Unterlagen sehr dankbar sein. Denn ich bin sicher, dass Sie beide gemeinsam das Bernsteinzimmer finden werden.«
»Und was wird dann?« Gustav Blum bekam große Augen.
»Dann machen wir natürlich eine Sondersendung«, lachte Heike.

Ende

Danke

Sie haben also bis zum Schluss durchgehalten. Das freut mich außerordentlich, und nun ist es an der Zeit, mich bei einigen Menschen zu bedanken, ohne die dieses Buch wohl niemals zu dem geworden wäre, was es ist. Doch zunächst steht die berechtigte Frage im Raum, wie wahrscheinlich es ist, dass sich das legendäre Bernsteinzimmer tatsächlich in Wuppertal befindet. Nun, viele Hinweise deuten darauf hin, dass Gauleiter Koch 1944 dazu beigetragen hat, das Bernsteinzimmer verschwinden zu lassen. Viele Spuren führen an und sogar in die Ostsee, einige nach Sachsen und Thüringen, aber ganz viele ins Bergische Land. Und der Umstand, dass Forscher hier danach suchen, lässt die Hoffnung zu, dass man eines Tages fündig wird. Es gibt gute Argumente, dass sich das Bernsteinzimmer tatsächlich hier befindet, das hat meine intensive Recherche, die zurück bis ins Jahr 1943 reicht, ergeben. Und: Immerhin erhält das Team des Forschers tatkräftige Unterstützung von der Stadt Wuppertal – wenngleich auch keine finanziellen Mittel. Womit wir beim ersten Menschen wären, dem ich an dieser Stelle zu danken habe: Da wäre zunächst Dirk Trundelberg von der Stadt Wuppertal. Er ist im Katastrophenschutz tätig – hoffen wir, dass wir immer auf seine Dienste verzichten müssen. Und wenn er doch gefragt sein sollte, dürfen wir froh sein, ihn an unserer Seite zu wissen. In seiner Funktion gilt er bei der Stadtverwaltung auch als „Herr der Bunker“ und stand mir mit Rat und Tat zur Seite. Der Mensch, der in Wuppertal nach dem Bernsteinzimmer sucht, ist Diplom-Ingenieur Karl-Heinz Kleine. Es war ein Genuss, Ihren Ausführungen zu lauschen und so eine Menge Hintergrundwissen rund um das Achte Weltwunder zu erfahren. Ich drücke Ihnen die Daumen, dass Sie eines Tages das Bernsteinzimmer finden und so dazu beitragen, dass es wieder gute Nachrichten aus Wuppertal gibt.

Eine zentrale Rolle im Kriminalroman spielt immer die Arbeit der Polizei. Dabei half mir auch diesmal Martin Kieczka, Erster Kriminalhauptkommissar beim KK 11. Das vorliegende Buch ist mit seiner Hilfe entstanden, und einmal mehr durfte ich viel über die Arbeit der Kriminalpolizei erfahren, einer Arbeit, der ich meinen höchsten Respekt zolle. Wollen wir hoffen, dass Sie und Ihr Team niemals in den Bunker der Müllverbrennungsanlage steigen müssen, um hier eine Leiche zu suchen.

Volker Maria Neumann, wir feiern in diesem Jahr unser zehnjähriges. Seit dem „Schwebebahnkomplott" erträgst du total schmerzfrei meine Rohtexte und feilst sie rund, bis sie der geneigten Leserin und dem geneigten Leser zuzumuten sind. In diesem Zusammenhang ein herzliches Dankeschön, dass Du bei dieser Bunkergeschichte „den Abrisshammer" nicht in Aktion bringen musstest. Es geht eben nichts über ein tolles Lektorat!

Dem Team des RGA-Buchverlages danke ich, stellvertretend Verlagsleiter Thomas Halbach für das in mich gesetzte Vertrauen und die tolle Zusammenarbeit, Ernst-Wilhelm Bruchhaus für die Umsetzung und meiner Frau Tanja für das schöne Cover! Das, was Sie, liebe Leser, nun in den Händen halten ist der Verdienst dieser Menschen.

Ich danke aber auch den fleißigen Vertretern und Buchhändlern, die sich dazu entschlossen haben, hinter der „Bernstein Verschwörung" zu stehen und das Buch in Ihr Sortiment aufzunehmen.

Tanja, Dir danke ich für die Geduld, einen Schmidt zwischen Schlafen und Schreiben zu ertragen und dafür, dass Du mir immer den Rücken freihältst und mir mit Rat und Tat zur Seite stehst. Die Bezeichnung „bessere Hälfte“ bekommt durch Dich eine völlig neue Bedeutung. Ich liebe Dich!
Ihnen, liebe Leser, danke ich ganz besonders dafür, dass Sie mir nun schon so lange die Treue halten und das, was ich mir ausdenke, lesen. Ich werde auch künftig alles dafür tun, Ihnen ein paar spannende Stunden zu ermöglichen. Wenn Sie vom Alltag abschalten können und in der Geschichte versinken, dann erst habe ich einen guten Job gemacht. Und ich hoffe, dass Ihnen die „Bernstein Verschwörung“ gefallen hat! Deshalb bin ich gespannt auf Ihre Meinung. Schreiben Sie mir E-Mails, ich bin bemüht, alles zu beantworten: info@andreasschmidt.org

Andreas Schmidt,
an einem regnerisch-sonnigen Apriltag 2011 in Ronsdorf

Bergischer Krimi
Spannung mit Lokalkolorit...

von Andreas Schmidt

307 Seiten, Broschur

ISBN 978-3-940491-09-1

Preis: 9,80 Euro

Bittere Pille

Ein Patient stirbt. Aber geplant war das nicht. Denn eigentlich sollte das, was man ihm verabreichte, helfen... bahnt sich da mitten in Wuppertal ein Arzneimittelskandal an? Dem mürrischen Wuppertaler Kommissar Ulbricht schwant nichts Gutes. Erst recht nicht, als in der Nähe eine Wasserleiche gefunden wird. Stehen die Fälle im Zusammenhang? Macht jemand Menschen zu Versuchskaninchen?
Starker Tobak, der schnell die findigen Reporter der Wupperwelle auf den Plan ruft. Aus ihrer Recherche wird eine Ermittlung, die sich quer durchs Bergische Land und bis runter nach Koblenz zieht. Und das erfahrene Duo Heike Göbel und Stefan Seiler will mit Macht die Wahrheit herausfinden.

Die neue Reihe im rga.Buchverlag
Krimi Bergisches Land

von Wolfgang Voosen

240 Seiten, Broschur

ISBN 978-3-940491-16-9

Preis: 9,90 Euro

Gabriel oder das Versprechen

Wuppertal im Frühling 2009. Niko und Sandra suchen ihr privates Glück bei der Speed-Date-Agentur „Vera & Friends". Doch ausgerechnet hier scheinen grausame Frauenmorde mit einem Faustmesser ihren Ausgangspunkt zu haben.

Als Gabriel bezeichnet sich der selbsternannte Diener Gottes: Er mordet als „Racheengel" im Zeichen der weißen Lilie ...

Hauptkommissar Jürgen Fassbinder, der Leiter der Wuppertaler Mordkommission, ermittelt mit seinem Team fieberhaft nach dem Serienmörder, denn das nächste Opfer hat Gabriel bereits im Visier. Lassen Sie sich fesseln von einem spannenden Krimi an Originalschauplätzen in Wuppertal und Umgebung.